U0490431

地椒花

潘汉东

北方文艺出版社

图书在版编目（CIP）数据

地椒花 / 潘汉东著. -- 哈尔滨：北方文艺出版社，2023.6
ISBN 978-7-5317-5954-6

Ⅰ. ①地… Ⅱ. ①潘… Ⅲ. ①长篇小说-中国-当代 Ⅳ. ①I247.5

中国国家版本馆 CIP 数据核字（2023）第 095616 号

地椒花
DIJIAOHUA

作　者 / 潘汉东

责任编辑 / 赵　芳

出版发行 / 北方文艺出版社
网　址 / www.bfwy.com
邮　编 / 150008
经　销 / 新华书店
地　址 / 哈尔滨市南岗区宣庆小区 1 号楼
发行电话 /（0451）86825533

印　刷 / 四川科德彩色数码科技有限公司
开　本 / 880mm×1230mm　1/32
字　数 / 170 千
印　张 / 6.875
版　次 / 2023 年 6 月第 1 版
印　次 / 2023 年 6 月第 1 次印刷

书　号 / ISBN 978-7-5317-5954-6
定　价 / 68.00 元

目录

CONTENTS

陇中腹地，一片黄土堆积最为厚实的高塬，曾经水草丰茂，桑麻翳野，孕育过马家窑、寺洼、马厂、齐家等诸多古老文化。20世纪80年代末，我有幸与那里的人短暂邂逅。一晃三十多年，几座熟悉的村庄，一段离奇的故事和故事中因平凡而生动的人物，依然在似水流年里掀起波澜。那年月没有监控探头，没有互联网，也没有DNA等高科技检测手段，更没有大数据信息共享，只有两个橄榄绿的身影，一块派出所的牌子，以惩恶扬善的名义，诠释守护百姓平安的使命。

一

确切地说，老乔，大名乔玉川，绰号乔老爷，比我大十来岁，也就三十五六的样子，中上个头，体格匀称，挺鼻剑眉，鹰眼微合，鱼尾上扬，一张标准的国字脸上胡楂浓密，不苟言笑，看起来比实际年龄大些。南峪派出所成立三年，他是首任所长。我去的时候，老乔已在南峪乡干了十个年头。那时所里就他一人，里外一把手。刚来时称他乔所长，后来慢慢去掉长字叫乔所，两个人时叫师父，关系近了可以叫老乔，出门就是同志，但很少这样称呼。那时我刚参加工作，正如老民警所谓生茬四角子[①]没踏到，老乔理所当然成了我的师父，至于叫他老哥或乔老爷子已是很久以后的事了。

据说这里的农村派出所，待上两年就能荒个秀才。起初还不信，没多少日子，我便有了深深的认同。老乔安排我干内勤，成天价待在所里雷打不动。至多逢集时换上便服，屁颠屁颠地随他左右，运气好的话能抓到一个半个毛贼练手解闷，顺带帮丢了本钱的小商小贩追回些损失，也给那些为一日三餐瞧病抓药送娃上学、汗珠摔八瓣粜粮卖鸡蛋、见钱不易的赶集人吃颗定心丸。白天还行，鸡毛蒜皮的事总会找上门来，到了晚上就僻静得可怕。老乔人熟事多，经常不在所里，就我一人守着一块木头牌子。派出所大小也算个单位，但有别于其他机构，若非遇到困难需要帮助或者难缠的事

①生茬四角子：方言，方位。

情，连鬼都不会主动登门。

天黑下来，偌大个院子立马变得死气沉沉。带去的几本小说杂志都翻过了几遍，然后就是望着大门上那盏昏黄的灯泡出神，灯泡戴着一顶锈迹斑斑的铁帽子，许多飞蛾、麦牛绕着它飞舞，似乎重复着某种与火相关的古老仪式。忽然感觉自己就是乡政府的一名兼职门卫，那灯就是门卫不敢轻易合上的一只眼睛。

唯一的拨号电话在老乔的房间，装在木头盒子里还上了锁，除非公事急事经所长批准方可使用。心理学家说过，独处久了，不是发疯就得抑郁，人总得找个途径宣泄才行。那段时间，我确实想找个由头骂人或者挨骂，装电话的木盒子被我撬了几次，老乔只是默默修好。后来他只要出去，就把房间和电话钥匙留给我，再后来从局总机转接电话的女同志口中得知，我去的头一个月，电话费超标十几元老乔都给垫上了，而他的工资也就几十块钱。老乔越待我这样我越难受，我说："师父，你出门还是把门锁了电话钥匙带走，否则电话落我手里，咱这点工资还不够交话费。"难受时便学会了一个"忍"字，但"忍"字头上一把刀，肚子好哄心难哄，饿了有备的干粮，再不济铁炉子上学着揪面片子。心乱了没法治，想打架没有对手，大喊大叫怕扰民，那就练拳、打坐、竖蜻蜓，一人折腾，折腾累了睡觉。开始几天竖着耳朵睡不着。我是不怕鬼神的，就怕有胆大之徒把派出所的牌子摘了去，公安的面子就丢大发了。这样的环境别说两年，定力差点的，不出俩月就会被磨成一截木头。群居练就的那点警觉很快荡然无存。起初，老乔回所我才能睡着觉，后来电闪雷鸣都甭想吵醒我，休管它天塌地陷，直睡过日上三竿，说得好听点叫"无论魏晋，不知有汉"，其实这就是猪的生活，当地人叫作“腾面袋子的”。万幸的是这种状况很快结束了，就像圈养的兽找到了恰当的出口。

一天傍晚，老乔接到南坡村支书老刘报案，说他侄子家中被盗，上千斤小麦和成百斤胡麻不翼而飞。从未下过村的我，甚至搞不清南坡村的方位，和村文书孙尚学倒是见过一面，刚接手内勤时他来送过一次报表。与支书老刘是初次见面，他四十出头乍看五十有余，个头不高，显得精明活络。乔所长说：“在南峪乡这么久，小偷小摸、五禽六畜丢失的事常见，还从未听说谁家粮食被盗。”他打电话，让我到隔壁房间做笔录。虽说包产到户好几年了，能存下这么多粮的人家不多。笔录记下了刘支书大名刘天寿，签字按手印时我问他有没有怀疑对象，刘支书说有，但不确定。老乔过来看过报案笔录，吩咐他保护现场，明天一早我们去两个人。我问都走了所里咋办，他说乡上借了个女同志办户口看门，已经安排妥当。

睡觉如鸦片能够使人上瘾，习惯了还真不愿意早起。正睡得迷糊，就听老乔敲门：“小穆，赶紧起床，把警服穿好，带把手铐，准备走了。”我挺身而起，叠被，着装，胡乱擦把脸，出门时鸡才叫头遍。心想你个周扒皮，有必要这么早吗？顺带说一下，南峪乡街道屁大点地方，划根火柴就能转三转，鸡一叫，整条街都听得见。而最守时的鸡要数铁匠家那只大红公鸡，闹钟都可以不带发条，而且约好似的，这只鸡不叫，别的鸡绝不会第一个出声。我早就注意到鸡的主人是一个脾气古怪的残疾老汉，虽然右脚缺失，打起铁来却不输身强体壮的健全人，貌似沉默寡言难以接近，见了老乔却异常热情。老乔说老汉精捷[①]，家里鸡一叫就会起床拾掇打铁炉子，一年四季从不间断。果然，经过铁匠铺的时候，老汉已开始给打铁炉生火了。老乔主动打声招呼："李家爸，早啊！"铁匠抬起头："你们是去峡里吧，听说那儿闹鬼，可要当心喽！"他似乎知道我们的去向，话里蕴含关切和警告。老乔说："放心吧，李家爸，我就是捉鬼的人。"老乔告诉我，这儿喜欢把南坡村说成峡里，因为南坡村就在南峪峡，这个乡也因南峪峡得名。

前面空无人迹，我俩很快离开街道，两侧模糊的平畴是大块抽穗的麦田。不多的几点星子在天上慵懒地闪着，穿过附近村落和川里一小段平坦的土路开始爬坡，有的地方得手脚并用。四野黑沉沉，阒寂深杳，除了两个人的呼吸和脚步声，只有路边白杨树叶子风中拍手似的哗哗响。越高的地方植被越稀少。到了坡顶才发现，前面模糊的沟岔峁梁绵延不绝，似乎无路可寻。老乔说，这里地形都差不多，初来乍到的人肯定得迷路。

没多久，我便失去了爬沟过坎的耐心，紧绷的神经老是蹦出不着调的问号：连个起码的勘查箱都没有，为啥不让局里技术室来人？要求我着警服携带手铐，他却带枪穿便服……前一向局里换"六四"他偏不换，说"五四"好，"二斤半"才算真正的好枪……就一辆破永久牌自行车，还宝贝似的舍不得用……黑提包里不知装些啥，拿在手里沉甸甸的……两间砖混房、两个户籍档案柜，两套老旧的办公桌椅，连床板都是借乡政府的。老实说，上警校是冲这身橄榄绿警服的帅气神气，干过一段时间才深有体会，警

①精捷：方言，勤快。

察并没有想象中那么光鲜。辖数万人口的乡镇派出所，只有我和老乔加上门边那块木头牌子，像一个“从”字的谜面……

“想啥哩？”老乔突然发问。“要是有一辆摩托车就好了，偏斗子没有，两轮也行。”我答道。老乔嘿嘿两声：“你小子想得美，全局才三辆偏斗子，治安刑侦部门、城关派出所各一辆，局机关两轮的没有，四轮的倒是有一辆，既当领导坐骑又兼其他公务，忙得四轮冒烟，司机都换了几个。有时领导开会都没车，还能轮上咱们？再说这路，摩托车也上不来，要是沿公路走，得绕两架大山进沟再走十几里沙石路，一个字——远，两个字——太远。前天刚下了一场大雨，路干了坑窝还有积水，骑自行车也不好走，不如步行来得快。”

“刘支书电话报警就成，为啥跑这么远？昨天下午发案，今天去是不是有点晚？”听我嘀咕，老乔道：“南坡村是这个乡最远也是最穷的村，线刚架上还没通电，你来之前不久，经局里同意，把所里原先换下来的一部手摇式电话机给了他们，这两天还坏了。晚上去没法看现场，给人添麻烦，再说有些案子也不在你早一点晚一点。”大概认为一两句解释不清，他干脆说，“经得多了，你就会明白。”我努力跟上他时快时慢的速度，继续听他讲南坡村的情况：“这个村上千号人，包产到户后，除了粮食基本够吃，其他方面没啥改变，交通基本靠走，点灯基本靠油，通信基本靠吼，娱乐活动嘛，没有！”我想笑，一转念心情却沉重起来，没想到现在农村还有这么穷的地方。喘口气我又问：“村里的治安谁负责？”老乔说：“有治保会，主任就是刘天寿。”

“这刘天寿，连侄子的家都看不好还当主任……”说出口又觉得话有些唐突，我赶紧打住了。“包产到户后，都在地里忙活或外出打工，哪有闲工夫搞治安？不过农村有个好处，几乎家家户户养狗。”老乔话没落地又冒出一句：“村里治安嘛，基本靠狗！”我扑哧一下笑出了声，他仍旧面无表情，“没啥好笑的，这是事实，一只狗叫，附近的狗都会叫，养狗是防贼的好办法。”说着加快了脚步，还一个劲地催，“今天的事情没那么简单，咱得尽量快点！”

不知不觉天已放亮，前面下坡出现一座村庄，房前屋后满坡满岔都是杏树，树上隐现核桃大小青涩的果实。如果四月间来，兴许能看见千树万树杏花开的景象。路边一所小学，院里插着红旗，老乔说这个村叫杏儿岔，插旗的是杏儿岔小学。过了村全是上坡且越来越陡，老乔背着手加快了脚步，我手脚并用地跟在后面，装作轻松的样子，但粗重的喘息还是出卖了自己。“铐子装包里，包给我！”老乔不容置疑地命令。我从腰间解下手铐装进提包，递包给他时未免有些惭愧。“前面叫牛背梁，坚持一下，上去就到。”他大声道。乖乖神，这个“一下”就是半个多钟头，五公里越野不在话下的我，此时却嗓子冒烟，骨软体乏，汗流浃背。

当我们终于登上一道峭拔的山梁时，太阳跃出了东山。脚下大片坡地平缓地铺向沟沿。中间更为平坦的地方错落分布着大大小小几十座土墙庄窠，庄窠前后绿树成荫，与远处的童山秃岭形成鲜明的对比。庄院向南的留白是麦场，场边立着五六个高大的麦草垛，一架碌碡闲置一侧。村庄前后的台地上是大块的缓坡梯田，小麦和胡麻绿浪起伏、长势喜人。沟沿下面白雾涌动，隐隐看见两条路从沟底向对面山坡突出部分环抱而上，左手的路进了一户人家，右边的路拐进山弯消失了。远处，几座浑黄高峻的山岭屏风般横亘在村落前，中间最高最险峻的岭头有烽火台，一条羊肠小道犹如系在腰间的细绳，从右至左蜿蜒而下。

“这就是南坡村，麦场不远一溜两坡水黑瓦房就是村部，对面有烽火台的高岭叫作堡子岭……”老乔由近及远地指点着。十多里山路下来，头上的汗被山风一吹，我有些吃不消，一边喘息一面摘下警帽：“师父，缓一会儿吧！”老乔略加思索：“也好，你先不露面，在这儿等着。”说着把提包递给我：“要是饿了包里有馍，就别管我了。”话音未落，一溜烟下山直奔村东头去了。顺着他去的方向，我看见最远一家的院子砖墙才起到一半。我开始打量脚下这小块倾斜的绿地，几簇蒲公英明黄的花朵星星般点缀其间，微风吹拂着传来草地和麦田的芬芳。我找块草多的地方坐下，天空是标准的高原蓝，纯净得像一块蓝手帕，几朵白云下漫步着半山悠闲吃草的羊群，三两个人从对坡右边的路向下蚁行，若再吼几嗓子秦腔，就能把思绪带入辽阔苍茫的远方……

老乔去了十几分钟，估摸一时半会儿回不来。也确实有点饿，我打开提包搜求，包里除了手铐、手电、笔录纸、盖了章的空白传唤证等法律文书，竟有两包婴儿奶粉，大概塑料袋里的油馍就是早餐。没水喝，嚼着干馍勉强下肚。挨过了一个时辰，还不见老乔的影子。着急也没用，看看四周没人索性就地倒在草地上。山风带着阳光的温暖吹过来，令人惬意而陶醉。心想，如果没公事该有多好。刚闭上眼，一阵馥郁的花香袭来，牡丹、玫瑰、月季、丁香、米兰……似乎都没有这种香味奇特。我讶异地侧过身，不远处，几团细密的粉红簇拥在柠条丛下，站着的人很难发现。窃喜之余起身捻了几朵嗅了嗅，确认是它发出的香，但叫不出名字。想自己一个城里人，应该有些见识，却被这么一种不认识的植物打动，未免自惭形秽。正走神的工夫，似乎不远处有人过来又停下了。抬眼一瞧，身后五十米开外山梁下，几个小脑袋一闪一闪的。知道是几个孩子，我又躺下，最好别让他们觉察我的存在。侧身望了望村东头，老乔还是没影。山脚的雾气已经散尽，从沟沿上来两个人，像是刘支书和文书小孙，匆匆奔村部而去。

几个小孩开始吵闹，然后有烟从那边升起。难道着火了？我不得不现身过去。三个六七岁男孩正一起往地埂下挖开的洞里添柴火，上面一堆干透的土坷垃，烟从土坷垃缝里往上蹿，旁边散放着十几颗土豆。“你们几个在干啥？”几个小家伙蓦地抬起头，扑闪的眼睛像受惊的麻雀。我缓和语气再问一遍，个头最小的孩子胆大些：“警察叔叔，我们在……烤洋芋。”我见他穿着新运动服像个城里娃，便叫他上来：“你叫啥名字？”他却机警地反问：“先说你叫啥？”我笑着报了名他才肯说：“我叫君宝，那两个是牛牛和狗剩。”然后低头不语。我蹲下来，把手里拈的花瓣放在他手里，问：“你知道这是啥花不？”小家伙眼睛突然一亮：“地椒儿！地椒儿开花了，我妈一直用这个炝浆水……”孩子放松了戒备。“地椒儿”，这名字新鲜，像谁家小孩的乳名。我把他领到有花的地方，边采集边交谈。君宝告诉我他家就是村东头半拉围墙的那户人家，妈妈叫杏花，爸爸叫刘根柱，在外做生意，很久才回家一趟，昨天又进城去了，说是今天回来。新衣服是爸爸给他买的。洋芋是牛牛和狗剩从他们家地窖里拿的。君宝爸的名字听着耳熟，一时没记起来。这时，山风送来老乔隐约的喊声：“小穆、小穆……”抬眼一望，远处巴掌大的麦场中间，老乔正使劲朝这边招手，我也挥了挥手算是回应。下山时，我让君宝烤完洋芋记着把火灭了。

赶那么急有啥用，还不是把人撂在牛背梁上。老乔等在麦场边，似乎看出了我的心思，神秘兮兮地凑过来：“你听过这句话吗？要吃泉中水，先寻地里鬼。啥话别说，谁要问起，就说公事拖住走得迟了。”后来知道，老乔已经把现场外围踩了个遍，记得哪本书上有类似时间换空间的情节。

村部挂牌子的办公室门开着，刘天寿正和几个年轻力壮的村民说话，似乎提到一个熟悉的名字“根柱”，还说给盯紧什么的话。我俩进去时，刘天寿起身相迎：“总算到了，就等你们来。”他把村民们打发走，让孙文书倒了两杯开水，然后直奔主题：“我侄子家就在沟对面，右手上去头一家。小两口去年结的婚，春节后一起出去打工，把大门钥匙交给我。只要我在家，隔三岔五过去转一圈，昨天有太阳天气还好，但因为前天傍晚下了一场大雨，沟底的水漫过桥面不能走，下午沟里水退了才过去。侄子家大门锁着，远看没啥异样，凑近发现，同样的挂锁比原来的旧，锁芯好好的，钥匙却插不进去。是不是侄子偷着回来把锁换了？仔细一瞅，门关子耷拉着还有被撬的印痕，门关子稍一扭就下来了。推开门进到院里，存粮的那间屋门张着，门口散落着些麦颗子和胡麻籽。粮栓[①]只剩下敷底子，一整麻袋胡麻也不见了，地上有杂乱的脚印。我赶紧退出来，叫人到沟口的砖厂（砖厂有熟人和电话）想法通知外出打工的侄子，一边安排保护现场。我把近处的人滤了个遍，只有一个人嫌疑最大，他自小就捣蛋，前些年在外边一直流浪胡日鬼[②]，后来听

①粮栓：方言，粮囤。

②胡日鬼：方言，游手好闲，不务正业。

说搞到钱回来打桩墙，结果因盗窃被抓判了两三年，去年才从监狱出来。”问起被盗的时间段，刘支书也无法确定，他说不是前天就是大前天晚上。该问的都问了，老乔提议看现场去。

沟底一座丈把宽、十来米长的漫水石桥，桥洞下细而湍急的流水略显浑浊，冲向逐渐开阔的河滩慢慢失去了动力，最后钻进沙石卵砾看不见了。左侧的路比河滩略高，与流水方向一致。我无法想象一场漫过石桥的大水，是怎样冲击着这条唯一通向沟外的沙石路的。刘支书说这南峪溪上游的水泥沙含量小，暴雨后涨水也就半天时间，水来得快去得也快，平时能看见的只有沟中间一条清浅而细的水流，四季不断流，冬天浮头结点冰，对沙石路和河滩影响不大。河滩平整的地方即便没有桥，人和车也可以通过。

过沟后右边往上再走十来分钟就到地方了。庄前男女老少五六个人正指指点点地说着什么，见了警察便即刻安静下来。现场院门朝西，木质双扇门，门楣有“耕读第”三个阴刻描墨字，字迹斑驳模糊，三间一坡水黑瓦土木结构正房坐北朝南，瓦面布满绿苔。正对大门的偏房是灶房，正房东侧一间就是屯粮的地方。破旧的木门大开着，挂锁被撬掉，屋中央粮囤基本被掏空，四周有散落地面的少许胡麻和麦粒。凌乱的脚印大多残缺，仅两三枚较为完整。老乔从衣兜掏出卷尺测量，我画图制作了现场笔录。其他房间门锁完好没有进人迹象。院内除了散落的几点麦粒，也只有刘天寿一个人进出的脚印。遗憾的是没准备石膏粉，几枚可疑鞋印不能制模固定。

自始至终老乔一言不发，有种老虎吃天无处下爪的感觉。看完现场，肚里唱起了空城计。刘天寿让孙文书带我们回村部他随后来，却急乎乎朝出沟的方向走了。

村部院门大张着。院里多出一辆邮电局的绿色飞鸽牌自行车，后座双侧挂着瘪下去的邮件袋。村办熏黑的墙面上，半截铁皮烟筒烟蒂般戳在那里，有气无力地冒着白烟。办公室里，一个着邮电制服微胖的中年男子坐在桌旁，专注地摆弄那部黑色手摇电话机。室内的铁炉子和派出所的一样。我心想夏天了还架个火炉，也不嫌热得慌。小孙拿出一个铁丝拧成把的黑乎乎的铁皮罐问："喝茶不？"老乔说喝。没饭吃还要喝茶？这一刻我有点崩溃。午后的饿像贴饼的锅，那是前心后背的折磨，唉！还听人说过"空腹茶，赛蛤蟆"，头一回下村就不适应，只好硬着头皮入乡随俗做一次"蛤蟆"了。

老乔熟练地拿起火箸把炉火捅旺，接过小孙递来的茶叶盒，足足放了半罐大叶陈茶，加水在炉子上熬，不一会儿茶水就咕嘟开了。小孙在炉面放三只玻璃杯，打外边拿来三个黄不拉叽的蒸馍，带着歉意说："条件差，将就一下。"我勉强掰了一块馍放进嘴里，口感粗糙还有一股碱大的涩味。熬好的茶汤浓稠，倒在杯中呈深褐色，我憋气抿了一小口，茶水苦涩得难以下咽。见我苦瓜似的脸，老乔笑了："罐罐茶小穆没喝过，可能不习惯。"劝我尽量多吃几口馍，我机械地敷衍着："还行，还行……"茶不喝，馍也吃得少。那一刻，老盼着有人安排午餐，其实是我没了解当地习惯，喝茶也顶一顿饭。

约莫半个时辰，邮差起身说："电话好了。"小孙叫声王哥，留他喝茶。"天不早了，我得赶回城里。"那人边说边往出走，骑上那辆绿飞鸽一溜烟出了院门。

炉盘上的馍连渣都不剩了。小孙刚把熬过的疲茶倒掉，就听见沟底传来杂沓的喧闹声。"看看去。"说着老乔起身往外跑，我下意识跟在后面。沟沿下十几个村民拿着铁锨棍棒，把一个小伙子五花大绑着往上拽，还有人不断呵斥"老实点"。被绑的人留八字胡，像一头被激怒的狮子，龇牙咧嘴，一头凌乱长发遮了半个脸，牛仔衣喇叭裤是那个时代奇装异服的标配，放在县城里都不多见。沟底路边停着一辆兰驼牌三码子①，刘支书跟在后面。我和老乔沟沿上刚一露头，小伙子像见了救星，脖子挣得通红嘶吼着："乔所长，冤枉啊，冤枉啊……"我定睛细看，猛然记起，这不是刘根柱嘛！就听老乔大声说："刘支书，你们这是干啥？"老乔几个箭步冲下去。刘支书说："到村部给你详细汇报！"那边刘根柱还在嚷："他们冤枉好人，你们凭啥抓我……"老乔忙叫松绑，领头的是沟口砖厂的几个。见没人听，老乔急了："把绳子解开，跑了我负责任。"他们这才松了绑，刘根柱转身要走，老乔断喝一声："站住！刘根柱，你连我都不信吗？"刘根柱回头道："乔所长，我信你，但我不信他们。"老乔厉声道："信我就到村部，把事情说清楚！"刘根柱乖乖地跟我们回到村部。

老乔让村民在村部外面候着，他单独和刘根柱谈话。

刘支书领我到隔壁办公室，进门就开始絮叨："你不了解，这个刘根柱是有前科的，看他那身打扮，流里流气，回来过个年就走了。前几天鬼鬼祟祟地回家，还勾结村上的年轻人出去发财，就怕发不了财把人带邪了。这两天不见他的鬼影，我派人打听他今天回来，安排人一早在下面砖厂等着。刚过晌午，他坐着一辆兰驼露面了，这不连车带人地弄来了。"我反问道："你们凭印象就敢绑

①三码子：方言，机动三轮车。

人?”刘支书说:“开始心里也没底,看完现场让你们到村部后,我怕社员做出格的事,打算自己去一趟,结果半路碰见他们。一看刘根柱脚上穿的回力鞋底子,和现场留下的脚印花纹一模一样。两天前的下午麻黑时分,有人半道还碰见背弯垴停着一辆崭新的兰驼三码子,像是他的。我当时就怀疑,一准这小子带人作的案,村里只有他刚买了一辆兰驼。”

我接过话茬:“那刚才停沟里的那辆兰驼是谁的?”

刘支书说:“刘根柱申辩他出城搭的顺车,要到沟口砖厂拉砖呢。大胡子司机没说啥拉上他一起过来的,天知道司机和刘根柱是不是一伙!”

我学着老乔的口吻:“贼无赃,硬如钢,若不承认你咋办?”

“大家都说是他干的,有人指认,我有啥办法。你们把他铐回去一问不就出来了!”刘支书有些激动。

我问:“指认刘根柱的人是谁?”恰巧孙文书进来传话:“乔所长让小穆去隔壁看人。”刘天寿没正面回答我,却着急道:“告诉乔所长,千万不能放了他,那小子可不是个省油的灯,耍起浑来三五个甭想近身……”听他口气,这刘根柱偷了粮不躲不藏胆子够大,不是江湖贼匪也是个厉害的主儿。

老乔出去找那些村民了解情况。面对头顶国徽警装整肃的我,刘根柱不太自然地撩了撩遮住眼睛的长发,展现出一张英俊成熟的面孔。除了两撇小胡子有些玩世不恭,眉宇间倒显出几分书生气。相较之前的狂野,小伙子温顺安静了许多。

忽然记起我报到的那天早上。就是这个刘根柱,提了烟酒到派出所,说要感谢乔所长多年的帮教。乔所长拒绝收礼,他说不给面子，僵持一阵他又说有重要事情报告。乔所长让我看门，他俩把烟酒提了出去。中午时分，老乔轻手利脚地回来说要给我接个风，把我领进当街唯一的小饭馆。后厨小套间黑咕隆咚看不清人，外间几张油腻的小方桌、几把裂缝的木条凳就是饭馆的全部家当。吃饭的人只有我和老乔。看来不逢集的时候生意冷清。老乔要了个粉条肉和两碗烩面，他很快吃完结账，我却吃得勉强。本以为他和刘根柱出去一上午，免不了喝二两，敢情酒没喝、饭没吃就把人打发了。毕竟我刚报到，人地生疏，心里有想法没敢往外说。当时对刘根柱没太深印象，只是感觉他面色白净不像个下苦人[①]。

不多会儿，刘根柱开始焦躁起来。我让他耐心待着，乔所长有的是办法。刘根柱说："外面那些人都是尻子后头[②]打喝声，背后指使的才应该当心。"我警觉地问："谁在指使？""就是沟口砖厂的老板宋黑娃。"刘根柱欲言又止，瞟我一眼道，"这些事乔所长都知道！"便不再吭气。室内凝固的空气与室外嘈杂的氛围形成强烈反差，我也不免有些焦急，于是打破僵局："你妻子叫杏花，还有个聪明的儿子叫君宝，对吧？"他有些意外："乔所长告诉你的？"我说："你先别问，谈谈宋黑娃的情况吧！"见他有顾虑，我索性拉下脸来："凭这身警服你还信不过？再说了我是乔所长的兵，有些事说透了才好配合。"

刘根柱接下来的叙述的确令人担忧，我开始掂量起老乔的话来：今天的事情没那么简单。

"宋黑娃是沟口下面庄人。砖厂原属下面庄村，大集体时期尚

---

①下苦人：方言，务农或干重体力活的人。

②尻子后头：方言，屁股后面，有"跟班，小喽啰"的意思。

能勉强维持，联产承包责任制实行后，都回家务农没人肯干了，砖厂面临倒闭。宋黑娃以极低的费用承包下来。下面庄村自从拉了电，有了水浇地后，生活条件好了，工资太低没人干，所以砖厂人工来源主要是南坡村。这几年改革开放，建筑行情看涨，砖的需求量大增。但效益再好，一两年就腰缠万贯，也叫人难以置信。砖厂一帮打工的挣点小钱，就对宋黑娃感恩戴德。如果靠正当营生勤劳致富我二话不说……人常说，马无夜草不肥，人无歪财不富，也许正应了这种理，才有人不计后果铤而走险。

“当初，我也是好学上进、不怕吃苦的人。想着把生意做大，筹集资金在几个大的集市设了半固定的百货销售点。每天早出晚归，生意刚有点起色就掂不住了。唉，怨不得别人！

“那个夏天太热，集散得早，我安顿好货物就往家赶。半道草坡上发现五六只羊，四下不见人。我抱着戏耍羊倌的念头，调顺头羊把羊赶走，一边溜达一边大声吆喝，想着给羊倌一个教训。结果越走越远，快到南峪乡和临县交界的地方时，别说羊倌，连个人影也没见着。天快黑了，返回怕找不见主人，找到主人又怕误会，回南坡村怕说不清。索性往临县一侧赶，原计划见到住家就说拾了几只羊，暂时帮忙圈养一晚。半道公路碰见一辆解放牌卡车。车上下来两个人，说他们专门下乡收羊，转了一天都没个合适的，问我赶的羊卖不，我说不卖。那司机上下瞅我：‘八成这羊不是你的吧，不敢做主？’我说自家的羊有啥不敢做主的，话出口就有些后悔。那人说：‘这么晚了，前面又没人家，你的羊肯定是赶到城里去卖。进城得走一个多小时，还得住店破费，不一定遇上好买家。我们有车，这样吧，把你和羊都拉上，实在不想卖了就当我们学雷锋做好事……’话说到这份上，知道不好脱身又怕露馅，干脆略低于市场价把羊卖给了他们……过了一段时间，乔所长找到家里来，要和我单独谈谈。说临县破了个盗羊案，两个收赃的被抓，供出嫌犯的口音和外貌特征。乔所长鬼使神差就认定是我，他以兄长的口吻规劝，只要我投案自首，绝对依法从轻处理。他还说，偶然犯错不要紧，勇于认错及时改错才是正道。我当时非常敏感，又恼羞成怒，一口否认，还让他拿出证据。

“乔所长看了看我家起到一半的砖墙，临走时长叹一声，说：‘可惜不能再帮你，但愿是我看走了眼。’那天周末，杏花抱着孩子从沟对面过来，碰见乔所长要留吃晚饭。他说天色不早，有急事得赶快回去便匆忙走了。我不敢和杏花说实话，撒谎说乔所长拉扯了个生意要去城里几天，让准备些钱物干粮洗漱用品啥的，又嘱咐照顾好君宝和她自己。我匆忙出门准备外逃。才下沟底泪水就止不住了，唉，又是一念之差。‘让杏花过上人人羡慕的好日子，好好孝敬铁匠爹……’发过的誓都成了压在心上的磨盘，又像抽在自己脸上的耳刮子。这一走不知啥时候能回来。正盘算连夜去临县再做计较，结果在下面沟口露头就被两个拿手电的抓了。是乔所长和另一位民警，他俩一直守到天黑。当我在派出所见到那个收羊的人时，悔不该没听乔所长的话，后心那个胀呀，抠心剜肺的……”

刘根柱回顾那段不堪的经历时五味杂陈，能够知耻改过也算金不换了。为尽可能多了解情况，我耐着性子听他扯那些陈谷烂糜。

“不知道那两年杏花带着君宝是咋过来的。服刑第一个春节刚过，杏花来探监，说年前那场大雪，她和海涛给我送冬衣被褥时，偶遇海涛同学孙尕喜开的小汽车，觍着脸让人家送一程。进了城才认出司机后面那人，是以前被我收拾过的宋有龙，绰号‘宋黑娃’。孙尕喜说宋有龙是他们领导，杏花恶心着急忙下车。没承想后来宋黑娃坐着他的小车找到我家。杏花提起这事就生气，说那龟孙子不是人，春节前就已经来家里骚扰了几次。宋黑娃撺掇杏花跟我离婚，说等个劳改犯不值当，不如跟了他吃香喝辣过好日子，君宝也得有个像样的爹。杏花把礼品扔出门外，宋黑娃嬉皮笑脸说喜欢有脾气的女子，没关系慢慢来，还要好事多磨，你说气不气人？遇个流氓无赖怕杏花吃亏，我让她找乔所长，无论如何再帮咱一把。虽说他亲手抓了我，也是我罪有应得。后来证明我没看错人，乔所长训诫了宋黑娃，还安顿村上治保会保护杏花。宋黑娃起初把乔所长的话当耳旁风又去过两次，一次试图占杏花便宜被治保会的人抓了。宋黑娃跪地求饶发誓赌咒保证不再骚扰杏花，刘支书让写下保证书放了他。这家伙脸皮厚，说感谢刘支书放他一马，砖厂用工还得靠支书帮忙，有事没事往南坡村跑。村里人都清楚他给支书送礼没安好心，刘天寿却是个贪财的主，一来二去，两个不搭边的人竟成了忘年交。听人讲宋黑娃在刘天寿家喝酒时，常把话题引到杏花身上，说杏花母子可怜让带些钱物过去，需要啥他宋黑娃包了。那时的刘天寿还算有点良心，说其他事情好办，杏花的事休提，人家一个吃公家饭十里八乡出挑的人物能看上个你？癞蛤蟆吃天鹅肉就别做梦了。撇开这，无缘无故送人钱物谁敢收！何况你宋黑娃有家有室有儿女，在外拈花惹草不是个事。再说那件事派出所已经备了案，乔所长说，如果再不收手新账老账一块儿算。宋黑娃当时不服气，口口声声说他再怎么也比一个劳改犯强，杏花嫁给刘根柱就是一朵鲜花插在了牛粪上。这小子嘴上欠揍，却是个亮眼光棍[①]，之后再没找过杏花麻烦。

“唉，说我劳改犯，那不是伤口撒盐、钝刀子剜肉？我自己能不长记性？而宋黑娃不一样，凭我的了解，他不会轻易罢休。这人善于伪装，仗着有俩臭钱，左右逢源，上下打点，刘天寿就是这样被他们慢慢拉下了水。今天这事明面刘天寿在安排，实际上是宋黑娃在背后操纵。抓我最积极的几个村里人，就在宋黑娃砖厂上班，刘天寿却被蒙在鼓里……听说这伙人催要高利贷出过人命，宋黑娃都给摆平了。乔所长有情有义有本事，早先有恩于我，现又百般关照，这世上我最佩服。正因为和乔所长的关系，宋黑娃把我也当成了眼中钉、肉中刺，我是无所谓，就怕乔所长有闪失……”

老乔曾提过一起命案，发生在去年秋天。死者刘某五十多岁，去胡麻湾背胡麻时栈道木板松动掉下了山涧。现场发现固定木板的抓钩脱落铁丝断茬，茬口很新，一看就知道是被人剪断的，直到现在案子还没头绪。

我刚要问“人命”咋回事，老乔推门进来。大概调查不太顺手，他一脸严肃，低声问刘根柱：“今天你是咋顺上三码子的？”刘根柱说：“午饭后，我到汽车站附近看有没有路过下面庄的班车，正转悠哩，被路边一辆兰驼车的司机叫住：‘喂，兄弟，看你这么帅气时髦，不是本地人吧？’司机是个三十来岁的大块头，黑胖脸，络腮胡，眯缝一对泡眼。我当时脱口而出：‘噫，咱们是不是哪儿见过？’络腮胡咧咧嘴似笑非笑，说：‘不会吧，这么个小县城你见

①亮眼光棍：方言，识时务的人。

过我也不一定，我可是头回见你！’我问他：‘你是不是在等人？’他说：‘等的人不来，只好自己去下面庄拉砖了！’我赶紧说：‘我是南坡村的，能不能顺我一程，给钱也行。’他说：‘真是南坡村的还要啥钱？’就爽快地把我拉上了。总觉得那人面熟，路上问他贵姓他说姓杨。我俩刚进砖厂就被绑了。”老乔问：“你一身本事，还能束手就擒？”刘根柱说：“我从车上跳下来给杨师傅发烟，没等反应过来麻绳就套上了脖子，周围几个壮汉七手八脚把我按翻在地。开始杨师傅也被绑了，因为没人开车又给他松绑，把我们送到南坡社……若不是想看看这帮人到底在搞什么鬼，就凭他几个皮牙子[①]……”刘根柱把那些人称为“皮牙子”，显然也没把那帮人放在眼里。

老乔盯住刘根柱：“大概不等别人，倒像是专等你！”然后皱了皱眉：“都是戏精，咱也给他演一场，但根柱你得受点委屈。”老乔拿出手铐示意我给刘根柱戴上，叫刘天寿进来附在他耳边说：“刘根柱有重大作案嫌疑，得连夜带回所里审查。”刘支书瞟一眼戴着手铐的人：“吃了晚饭再走吧，我马上安顿。”老乔故意把他拽一边低声说：“怕节外生枝，我们即刻把人带走，让村民们都散了。”院里那帮人还在嚷嚷，见我们铐了刘根柱往外走都围过来。有人叫刘根柱把粮食交出来，还有人说狗改不了吃屎。往跟前奔的人被刘支书挡回去：“别胡来！乔所长会秉公执法的，麻烦大伙儿了，都回吧，回吧。”

刘支书把我们一直送出村，我问：“兰驼三码子还在沟里吗？”

---

①皮牙子：本意为“洋葱”，同“屁伢子”，意为小混混，含蔑视义。

他附在我耳边："还在沟里，司机说车坏了发动不了，不然让三码子送你们。"乔所长挥手道别："回去吧，按你的想法，把那个司机安顿好。"刘天寿走后，我心里嘀咕，司机到底什么来头，始终没露面。老乔道别时话里有话，或许他和刘支书之间有着某种约定，又像是心照不宣的默契。

二

太阳已经下山，夜色如群鸦般悄无声息地从沟底漫上来。我们三人一路无话，逃也似的上了牛背梁。

梁上植被稀少，找了个背风的地方，老乔取下刘根柱的手铐吩咐不要出声。天完全黑下来，老乔让我们原地待命便闪身不见了。一阵风过感觉又凉又饿，沟底里传来"哇哇"的叫声特别瘆人。刘根柱小声说："是夜鸽子。"我不知道夜鸽子是什么鸟，心想大概是猫头鹰之类吧。躬身查看一下周围，竟发现不远处是早上君宝烤土豆的地方。试着扒拉土块下面的残灰，还真摸到一个带焦皮的土豆。我悄声问刘根柱饿不，他说有点饿，"烤洋芋吃不?"他说不吃，于是我顾不上干不干净，掰开焦皮将能吃的部分塞了牙缝。幸亏天高云厚不见星月，夜色是最好的掩护，没人看见我饥不择食的样子。约莫一袋烟工夫，老乔不知从哪里钻出来对刘根柱说："先到你家。"然后按了按我手中的提包交代道："拿好，不要打手电，不要说话。"刘根柱前面领路，整个南坡村和沟底一片漆黑，远远近近、稀稀拉拉的几点灯火像瞌睡人的眼睛，四围安静得不含半点杂质，偶尔一两声狗叫回荡在南峪沟两岸，更显出这座山村的空旷神秘和溯峡而上的幽深莫测。

堂屋隐隐透出油灯的亮。听见父亲低声唤他，君宝开门叫了声“爸”……刘根柱忙将指头按在唇边示意孩子别出声。待我们进去，他轻手轻脚把门插上。屋子不大，简陋却整洁，炕就占了三分之一。女人在炕桌上微弱的油灯旁露出月亮般的半个乳房给婴儿喂奶，瞥一眼丈夫稍稍欠身把衣服掖了掖，抬头再看刘根柱时眼神里满是怨艾，起初她并不理会我们，低头继续奶孩子。不知是灯光昏暗还是她似怒还嗔的模样，恍惚一帧精美的油画。我慌忙把视线移向地面，脚下的铺地砖被擦得一尘不染，方形黑铁炉子很干净，是当时新款的那种，下面有抽式灰屉。炉子上的铝壶冒着热气，满屋飘着地椒花的香。刘根柱拉我尽量靠近灯光给女人介绍：“这是新来的穆警……”君宝抢着说：“是派出所的穆叔叔！”女人看我时愣了一下，然后扑哧一笑，《诗经》里的句子“齿如瓠犀……巧笑盼兮”便从脑海里一闪而过。她连忙放下孩子，整理衣服麻利地下了炕，拿起脸盆从水缸舀瓢清水，又用铝壶添了热水让我洗脸。这才记起烤土豆的黑灰可能涂脸上了，为掩饰自己的尴尬明知故问道：“这是杏花嫂子？”刘根柱点点头。女人忙不迭地招呼乔所长上炕：“都饿了吧！浆水和擀的面现成着哩，君宝说他爸被抓了，没把人气死！”原来君宝早把父亲被抓进村部的事告诉了杏花。老乔边上炕边说：“我们正演一出戏。根柱没任何问题，你就一百个放心，今晚的戏需要你们配合。”杏花已经把火炉捅旺。转眼间炕桌摆上来一碟蒜片杏仁咸韭菜和一碟油泼辣子，根柱自豪地夸口：“我老婆的浆水面可是这十里八村一绝。”杏花揶揄道：“你的喇叭裤莫非也是一绝?”男人慌忙解释：“合伙的湖北佬这两天从南方进了一批牛仔服，说我长得帅，像大卫菲尔什么的，让我当模特，穿上这么一走，买的人就多了。”女人嗔道：“那是狄更斯小说里的人物大卫·科波菲尔，人家可没像你一样，嘴上没事粘两撇胡子玩。”男人则媚态可掬：“还是老婆懂得多。”说话间戏法般除掉胡子，展现出一张完美俊气的脸。杏花也让我上炕。正要脱鞋，蓦见炕头整整齐齐的一排书籍，闪过鲁迅、雨果、高尔基、司汤达、狄更斯等人的名字，旁边还放着一本薄而破旧无皮的木刻线装书，内容是那个年月几乎绝迹的《三字经》《弟子规》等，这勾起了我的好奇心。刘根柱说，其他书是杏花的命根子，《弟子规》是民国版本，养父送的，一直没看过。直到坐牢才记起来，杏花带给他打发时间。将近两年，书上有些段落都能背下来，比如：父母呼，应无缓；父母命，行勿懒，等等。“哎，哎，我是养父拉扯大的，自己就是个孤儿。”刘根柱伤感地叹气，又说道，“这是本好书，如果早点学，不会走那么大弯路……”

面煮好了，杏花问我吃甜饭还是酸饭。我不懂什么甜饭酸饭，男人解释道：“甜饭就是不要浆水。”我反应过来：“就吃酸饭。”我这个外来户向来不吃浆水面，但这一回还是吃了两大碗。“扁菠浆水地椒花炝上胡麻油，杏花的手艺果真名不虚传。”老乔说着一抹嘴，边夸边从提包里掏出奶粉递给杏花，“听说你们喜得千金，出月没赶上，这点心意一定得收下。”

“粗食淡饭的，乔所长不嫌弃就行，哪能收这礼物!”杏花没接，再三表示感谢。老乔把奶粉放在炕桌上发自内心地说：“应该感谢你，要不然这一晚我们可得遭罪喽。”边说让杏花一家休息，拿着包就要出门。刘根柱说："我也去吧，说不定能帮上忙。"老乔稍加思索："把你养父家的钥匙给我，你就不用去了。"刘根柱找出钥匙递给老乔。两袋奶粉让我对老乔多了一层钦佩。刘根柱为啥不伦不类地粘两撇小胡子，我后来问过老乔，他说不该问的别问。或许他们之间有需要保密的事情吧。

离开根柱家时，天黑得像一块炭。我俩猫着腰抄近路向沟底摸去，那辆兰驼仍在原处。影影绰绰能看见石桥的轮廓，老乔带着我过了桥，直奔刘支书侄子家。院门虚掩着，进去后插上门，直奔中间的屋子。正奇怪老乔的举动，屋里有人问点灯不，老乔说不点，用手电照一下那人："这是刘支书侄子，刘海涛。"又把我做了介绍，然后让刘海涛谈情况，刘海涛说他是按照乔所长的安排，趁天黑偷着回家的，没让人发现。大概是想叫我多了解案情，老乔让海涛把对他说过的情况再重复一遍。

原来刘海涛因为赌博欠下一屁股债，宋黑娃派人三天两头到家里催讨。去年春节后小两口以外出打工的名义进城躲债，结果秋后父亲到胡麻湾收胡麻时掉下了嘴头涧。刘海涛母亲早丧，父亲刘天禄一向身板硬朗。惊闻噩耗，小两口失魂落魄回家奔丧。宋黑娃也带几个人前来帮忙，当时没提还赌账的事，只说来悼念刘家爸。刘海涛当时就怀疑父亲的死与宋黑娃有关。

刘海涛说："今年春节，砖厂几个赌博贼又来催债，其中就有本村的周二虎，刘天寿闻讯过来时，我没敢提赌债的事，只说他们为了胡麻湾的地找上门来。尕爸[①]劝我把地兑给周二虎我没同意，

①尕爸：方言，小叔叔。

我爸生前不同意的事我不敢轻易做主，看在尕爸的面上那伙人走掉了。没等过完节我就带着妻子月娟返回城里，住处和打工的地方只有乔所长知道。”他说通知家中被盗和今晚见面的方式，都是老乔昨晚上安排好的，这样做可以避开宋黑娃的眼线。

“赌债的事为啥要瞒你尕爸？而且周二虎几个似乎还配合你，没把赌博的事抬出来？”刘海涛答道：“这事谁敢让他知道，自从我爸和他闹矛盾后，家里任何事都瞒他。特别是我和根柱哥的来往，他知道了会叨叨个没完，什么近朱者赤近墨者黑，怕我跟着学坏。其实他根本不了解我哥……周二虎几个不是配合我，而是想在我尕爸面前把好人继续装下去。”

我又问他父亲和尕爸为啥闹矛盾。“闹矛盾这事还是和宋黑娃有关。尕爸和宋黑娃走得太近，我爸教训他说吃人嘴软拿人手短，自己还是村上的支书，要注意点影响。他表面接受说心里有分寸，私下根本没当回事。联产承包时，因为堡子岭后面山湾的地要绕过嘴头崖，路不好走基本上撂荒了，没人承包，我爸承包了过来。那地经过改造比二阴区还强，不管种啥都成，特别是胡麻长势好，品质也好，所以那边就叫了胡麻湾。去年开春，宋黑娃和周二虎提着礼品上门，提出兑胡麻湾的地，被我爸骂了出去，他们不死心就去找我尕爸。不知道给了多少好处，刘天寿非要把胡麻湾的地兑给周二虎，地没兑成，老哥俩闹僵了。后来我偷着回家，听他们斗嘴才知道我妈去世前的一些经历，还有前年借地给我筹彩礼钱的内幕……”说到这儿，刘海涛开始低声抽泣，“要没有那些事，我也不会到砖厂上班染上赌博，落到现在的地步。原本寻思着有了钱，我爸我媳妇日子能好过些。开始赢了几百块钱，上手后不想后路，下的注越来越大。赌大了就开始输，越输越赌，越赌越输，后来才知道上了宋黑娃的当。现在后悔也来不及了……呜呜，我爸殁后是刘天寿操办的后事，那天他给我爸磕头时痛哭流涕，说他后悔了不该惹老哥生气。毕竟村里就剩他一个最亲的长辈，托付个事放心……”我又问：“他们为啥要兑地，现在胡麻湾谁在耕种?”刘海涛说：“我和媳妇都没能耐种那块地，我尕爸就在今年清明前做主把地兑给了周二虎。里面的原因很多，说起来话就长了……”这时，老乔打断刘海涛的话：“是时候了，你带路去李家庄院。”刘海涛说：“李家爸在铁匠铺里，半年没回来过了。”“我知道！听我的，别亮手电，也别出声。”老乔低沉地命令。三个人悄然出门，可能是适应了夜色，土路比来的时候清晰。我们原路返回沟底，再从左手那条路往上走。此刻万籁俱寂，偶有宿鸟“咕咕”地叫，像熟睡人恐怖的梦魇。

到李家庄院不到二十分钟，独门独户，庄前被浓密的树冠包围，山风吹下来，发出凄厉的呼号。老乔摸索着用钥匙开院门的挂锁，怎么也打不开，只好放弃。我们绕着庄转了一圈。脚下杂草丛生，突然有动物从脚下蹿出，可能是老鼠。庄后墙离山崖有两丈多宽的距离，左侧有两人多高的土墙围住，我们又转回到右侧，住宅和山崖间也是土坯墙，柴门紧闭但没上锁。老乔推开残破的门，扑面一股阴湿发霉的气味。这地方非常偏僻，灯火很难透出去。模模糊糊见到有辆架子车，崖面一孔废弃的窑洞。老乔按亮手电，左手遮住散光仔细查看起来。架子车木帮湿着，轮胎却是满气的，木板缝嵌着几颗麦粒。再看废窑，窑口塌陷只剩半人高的出口被年代久远的土坯整个封住，边上的土坯严丝合缝，中间一米多宽的坯取下重新镶上的痕迹明显。老乔取下几块坯，用手电往里照。洞内挺宽，靠壁码放着三四个鼓鼓囊囊的麻包。刘海涛认出其中一个包，正是自家被盗的胡麻，说他出门打工之前把胡麻装袋是考虑一旦城里找到买家直接就能拉走。不用说其他几包就是小麦了，老乔脸上闪过一丝不易察觉的笑。他迅速封上窑口查看了周围，只有柴门一个出口，另一面墙下堆满柴草工具等杂物。他从杂物堆扯出一把破木锨递给刘海涛，让他就地隐藏，不能生出一点响动。

我跟着老乔离开，柴门原样阖上。来路的另一侧隐约有条便道，丛生的杂草表明人迹罕至。便道下去，过一片树林就到了平坦开阔的河滩。老乔说，对面就是通向沟口的大路。我俩蹲在岸边的灌木丛，伴着子夜清冷的湿气。周遭安静得能听见彼此的呼吸，只有风呼啸着掠过头顶。不到半小时，我开始犯困，老乔忽然用手肘打了我一下，就见对面路上影影绰绰三个人推着一团黑乎乎的东西往这边靠近，更近一点，看得见三码子的轮廓了，似乎还听见他们粗重的喘息。老乔用手势招呼，我俩轻手轻脚撤回庄院，在离柴门七八米的地方隐藏好。不一会儿，三个人影东张西望从我们退回的小路现身，径直来到柴门前。他们推门的刹那，我按捺不住就要动手，被老乔拉住。他把提包递给我，躬身贴近柴门往里瞧。对方一人亮着手电，估计正往出搬东西。差不多的时候，老乔招手的同时一脚踏开柴门，低沉地命令："别动，我们是公安局的，蹲下，手抱头上！"我亮着手电紧随其后。一个已经瘫坐地上，另一个转身往后跑被刘海涛一木锨打翻，满脸胡子的壮汉竟然亮出匕首扑过来。老乔闪身拔出手枪，一枪托把那人砸了个趔趄，厉声喝道："放下刀子，不然开枪了！"面对黑洞洞的枪口，那人僵住了，我迅速上前夺下匕首反手铐紧，又拾起那人掉落地上的手电筒递给刘海涛照明，挨个搜身确认他们再没有凶器。老乔从包里拿出绑过刘根柱的绳索，将另两人反手绑了串在一起。刘海涛认出拿匕首的壮汉叫牛雄，是赌场的打手。木锨打趴下的却是本村的周二虎，另一个是砖厂的监工李尕蛋。

老乔后面一嗓子惊动了沟对岸，狗叫声渐渐连成一片。最先赶过来的是刘根柱，老乔说正好让根柱和海涛看住现场。我和老乔押着三人往村部去，半道碰见匆匆走来的刘支书和孙文书。老乔说偷粮贼抓住了，刘支书用手电照向满脸胡："这不是兰驼司机吗?"接着怪罪文书道："我把他安排到村部睡，让你盯着点，啥时候出去的?"小孙说自己在隔壁睡着了，听见狗叫起来才发现司机不见了。当刘天寿看见周二虎时，顿时愣在那里气得说话都不利索了："奇……怪了，竟……竟是你……"刘支书再用手电筒照一下周二虎的脚，发现穿的鞋和刘根柱的一模一样，更是气不打一处来，上前就一耳光："你个吃里爬外的东西!"周二虎差点没栽倒。刘天寿还想动粗被老乔劝住，让消消气带回去再说。村部成了临时审讯室，牛雄和李尕蛋在东头最后一间房里铐着，由刘支书和孙文书看管。为防止串供，老乔吩咐不准嫌犯说话。

审讯前，老乔安排我先发问。似乎看出了我的疑虑，安慰道："甭紧张，年轻人多锻炼，按规程问就行。"一盏昏暗的马灯把周二虎扭曲的脸照得越发狰狞，我竭力沉住气，一边问基本情况一边记录，脑子里飞快转动，搜寻那些书本上的审讯技巧。头一回审问疑犯，决不能出现引供、诱供、指明问供的低级错误，我脸一沉问道："周二虎，你可知罪?"像戏面的台词没力道，便把声音再提高八度，“交代你的问题！”周二虎先是装出一副无辜相说，没犯法交代个啥问题，然后乜斜着贼眼瞅了瞅我马上开始狡辩，说是因为刘海涛借钱不还，才拉了他家粮食抵债……这时老乔突然出现在灯光下：“周二虎，睁大你的狗眼，认得我是谁不？”周二虎也许早就认出了他，老乔这样做是为了营造一种威慑的气势。周二虎见状立马蔫了半截，他翻翻眼皮，颤声道：“是乔、乔所长……”老乔说：“兔崽子！既然认得，就不要狡辩也不用抵赖，把事情的来龙去脉详详细细谈清楚！你干的那些破事谁不知道，如果不是看在你尕爸的面上，你小子早在监狱里待着了。你说，你咋这么不争气！今晚抓你现行，是你娃跌头[①]到了，没人救得了。谈吧，先从今晚的事情谈起……”我很奇怪，老乔似乎对周二虎特别熟悉，包括他的过去和社会背景。

要不是此后老乔给我讲破案的来龙去脉，还真不知道他下了那么多功夫。

老乔凌厉地叱骂又循循善诱地规劝。周二虎的心理防线开始松动，交代了盗粮的作案经过。老乔的分析与案情发展基本吻合。换锁是为了延缓现场被发现的时间，作案选择李铁匠家门前的那条道，一是离庄里人家远，轻微的响动不会引来狗叫；二来可以嫁祸铁匠父子，暂时转移公安视线，至少能够增加破案难度。根据周二虎的说法，他喜欢琢磨公安。照以往经验，这么个小案子派出所来人也就例行一下公事，如果遇到责任心强点的，经过一番调查最多怀疑到刘根柱，他是这个村唯一有前科的人。再说刘海涛又是个输

①跌头：方言，好日子到头。

了钱的赌徒，谁知道他俩为了赖掉赌账，会不会自导自演一番，粮食搞没了还装出一副家贫如洗的样子。但人在做天在看，偏偏遇到老乔这样精明较真的警察。加之那晚突然的暴雨使他们乱了阵脚，仓促撤离时把来不及带走的粮食藏进废窑。后来安排目击者蒙骗刘支书陷害刘根柱，是他们导演的一石二鸟之计，明里嫁祸暗中转粮。没承想偷鸡不成……接下来我们对牛雄和李尕蛋分别进行了初审。天亮后，老乔让刘支书找来几个可靠的治保队员把三名案犯分开看管。

忙活一夜想着休息一会儿，老乔却说三人的交代非常一致，可能有提前预谋串供的成分。他还注意到，周二虎承认自己主谋时过于爽快。

老乔决定再审牛雄。牛雄被带进来时满不在乎，老乔血红的眼睛盯着他，对方被盯得发毛，散漫的态度一下规矩起来，在他目光闪躲游移之际，老乔咬牙切齿一声棒喝："牛老大！牛雄！都说撵人三步有杀人之心，你娃活腻了！敢给公安亮刀子！"仿佛响雷炸开，牛雄硕大的块头竟然扑通跪地："乔、乔所长，你、你饶了我吧，我都交代了呀……"听牛雄结巴着辩解，老乔眼一瞪："哼！看你那屄样，也不撒泡尿照一照，脸黑了心不要太黑！叫你牛老大你就是老大了？再大能大过天，大过天理国法？知道不！牛大自有治牛的法。再说了，公安就那么好哄，哄过今天能哄过明天？你娃撒谎不瞅地方，以为头发剪短蓄了胡子，就没人认出来！白天装羊卖蒜，晚上装神弄鬼！甭给老子摆出一副死猪不怕开水烫的架势，你不说实话有人说，没必要耍花招，老实交代才是出路……"还没见过老乔如此火爆剽悍，震撼的气势裹挟着山呼海啸般的酣畅淋漓。

老乔历数牛雄十年前加入“飞禽走兽”团伙危害一方的斑斑劣迹，被判刑的前科，同伙王老虎的下场，之后不思悔改，投靠宋黑娃助纣为虐，重新滑入犯罪泥潭的经过。十年前的牛雄刚二十出头，满脸油光，长发及肩，而现在胡子拉碴这身打扮连刘根柱都没认出来，乔所长却对他的一切了如指掌。企图蒙混过关的牛雄禁不住老乔有根有据的驳斥，头上沁出了冷汗。除如实供述宋黑娃为主谋，周二虎、李尕蛋和自己实施盗粮的经过外，又交代出他们团伙犯罪的许多内幕。据牛雄交代，他们的计划主要是逼刘海涛露面，嫁祸刘根柱。谎称三码子坏了是为当晚转移粮食找借口，若是败露了就舍卒保车，不能牵扯宋黑娃，由周二虎承担主谋的罪名，咬定拉刘海涛的粮是为了抵债。最坏的结果是蹲个一年半载的班房，宋黑娃答应给周二虎一笔钱，何况他有那么攒劲的尕爸，一般人奈何不了。但他们做梦都想不到，这次翻船就再没有上岸的机会了。

破获盗粮案的同时，老乔把多年掌握的团伙犯罪线索汇报县局，展开了抓捕宋黑娃一伙的统一行动。事后得知，公安局从砖厂地下室起获盗走的那部分粮食，缴获了仿五四、六四式手枪，单双管猎枪数支，子弹数发，收缴了一批管制刀具，扣押了一批王水、硫酸、雷管、炸药等危爆物品，带破多起积案。大量内查外调揭露出的真相令人震惊，若不是及时打掉这一犯罪团伙，任其坐大成势，对社会的危害不言而喻。

北京吉普带来两名刑警勘查完现场，给刘根柱和刘海涛做了笔录。我和老乔移交所有证据材料，案犯一并带回城里收押。粮食由刘海涛领回，扣押的作案工具就是那辆三码子，由老乔驾驶，把精疲力竭的我拉回了派出所。

第二天醒来时，太阳直晃人的眼睛，我连忙翻身起床。公安局的那辆北京吉普停在当院。老乔正和局里的司机聊天，见我开门洗漱立马说："小穆，快中午了，局里通知开会，咱们出去随便吃点东西就走。"他们或许早就等着，没打扰我，这么一想，未免有些感动，还有点惭愧，便加快了速度。虽然浑身酸痛心里却畅快，寻思破了案待遇都不一样，有局里的车接，省得为了进趟城在马路边厮守，起土瘴烟犯难不说，有时候半天等不来个顺车。路上老乔才告诉我，随车上来的民警要在南峪乡忙乎几天，调查宋黑娃团伙的外围材料。敢情这不是什么待遇，只是顺了个单位的车。

参会人员不让回家，一律住招待所，让我有机会和师父同吃同住谝闲传[①]。头天晚上我找了许多话题。那个时代，大学生开始谈论《国富论》《系统论》《地缘政治论》，还有什么弗洛伊德、马尔克斯、聂鲁达；女孩子喜欢看琼瑶的书，什么《六个梦》《在水一方》《梅花烙》等；文艺青年都喜欢谈论北岛、顾城、流沙河、杨炼、舒婷、雷抒雁；社会青年痴迷于刚刚兴起的港台录像武打片，电影《少林寺》、电视连续剧《射雕英雄传》《霍元甲》更是火遍大江南北；还有路遥的《人生》《平凡的世界》，王蒙、铁凝、张贤亮、刘心武等的小说不一而足。对于这些东西，师父全不感兴趣。那就聊福尔摩斯，老乔说："福尔摩斯毕竟是个超越现实的文学形象，他的办法到这穷乡僻壤也行不通。况且柯南道尔在塑造一个全能型侦探的同时，也把他描绘成一名毒品依赖者，使小说的品

①谝闲传：方言，闲聊。

位大打折扣。不过福尔摩斯善于钻研、吃苦耐劳、勤于思考、敏锐细心、推理缜密的一些品格值得学习，他的这句话我还是比较欣赏的：‘天才，就是没有尽头地锻炼吃苦耐劳的生存能力。’”本想卖弄一番那些惊险离奇的探案故事，人家不但读过，而且比我理解得透彻。从他的话里就能听出我俩看书的差异，我喜欢情节而他喜欢管用。

他讲我听成了临睡前的常态。大概为了使我不至于厌倦，除了析案说法也聊一些乡下趣事。比如某某领导带人下乡检查工作，派饭到一农户家，村支书为讨好上面，提前从水产部门搞到一只甲鱼交给这家妇人炖了。妇人说这东西我见都没见过咋炖。支书说这叫甲鱼，平常说的“王八”就是这玩意儿，东西金贵，是托关系从城里搞的，放在清水里养三天不给食，那叫“清肠”，然后和鸡一起炖就行了。你家不是还有只老母鸡吗？你的面擀得好，浆水炝得香，领导清廉，就喜欢一碗浆水面，粉条炒腌肉，再炒几个鸡蛋就行了。走时还特意吩咐，一定要实诚，说话要客气体面，到我家里来要说成“光临寒舍”。妇人说，家里连面都没有咋办，支书说回头大队给你送来。结果这妇人见领导就发怵，把招待人的客气话说变了味。饭菜端上炕桌，妇人记着说话要实诚，便客气地说欢迎领导光临鸡舍，鸡是我养的，蛋是我下的，面擀得不好像狗嚼皮条样的，连见一个王八还是城里来的……领导们面面相觑不动筷子。她又详细解释，哦，我们支书都说了，领导清肠三天才能吃，这王八费了我一大桶窖水可金贵着呢，别客气，都动筷子将就着吃吧……明知是添油加醋的段子，他却讲得一本正经。我尽量憋着不笑出声。老乔串故事的能力毋庸置疑，但我不喜欢他烟不离手的习惯，特别是旱烟、水烟、叶子烟，什么难闻的味他都能对付。不过他肚里的故经[①]倒是吊足了我的胃口。

接下来就闲扯那些与现案有关的事情。特别是一聊到刘根柱和杏花，老乔的眉间便生出一种无比细腻和温暖的情愫。那些往事显然经过了打磨和发酵，使得平常的经历也生动而有趣。有的细节如果自己不说，局外人是不会知道的或者不会知道得那么详细。

我说："师父，你个五大三粗的人，故事能讲出琼瑶的味道，若非山西的老陈醋，也是隔年的浆水汤，跑不掉一个'酸'字。"老乔并不拿调侃当回事："像不像琼瑶不敢论，浆水的酸确实有一点，故事来源于真实的生活，不一定对了解案情有帮助。单凭这，就比那些小资的都市言情强得多。"几句话，说明他即便不喜欢云里雾里谈情说爱，对琼瑶的作品也有了解。半晚上就听他侃杏花、刘根柱和九年前他初到南峪乡任驻乡民警的事了。

三

那年，陶杏花是杏儿岔唯一参加高考的学生。考试后第一个逢集日，杏花给母亲打声招呼说去集上散散心。揣着母亲给的十元钱，拿了几颗煮熟的鸡蛋，又从自家杏树上摘了十几颗大接杏，装进那只洗得发白的黄帆布书包出了门。

年方十七的姑娘已经出落得饱满结实，亭亭玉立，和别家孩子

①故经：方言，故事。

不同，肤色就真和杏儿岔的杏花一般白里透粉。一路上，杏花如同飞出笼子的鸟儿，在金色的麦浪和绿冠成荫的杏树间穿行，两只羊角辫活力四射。不一会儿，道旁的旱白杨和柳树成排成行，土路渐渐平直，视野突然开阔起来，说明乡政府快到了。能看见远处三三两两的行人，从各条道向同一方向汇集。噫，前面穿蓝道海军衫的挑货郎背影好熟悉。杏花老远喊了一声："李根柱——"那人放下担子开始擦汗，头转过来时杏花高兴地一拍手："真的是你呀！"刘根柱也惊喜地嗫嚅着："陶杏花，没、没想到，两年不见，你长高了，不、不过，我现在不叫李根柱，叫刘根柱……"杏花惊奇地问："人活一世，行不更名，坐不改姓，你怎么连姓都改了，说话也磕磕巴巴的？"刘根柱低下头，看样子不想回答，杏花改口道："那以后不说姓只叫名好了。"说着拿出杏子递给他，根柱不接，杏花硬塞进了他的挎包："最后一茬杏子，过两天你还吃不上了呢！"见他黑瘦清癯的样子，杏花又心疼地问了声："根柱哥，累不？"刘根柱躲闪着那对热辣的大眼睛："不累不累，听说你考大学了，考得咋样？"杏花说："别提这事儿，好久没见了就聊些高兴的吧。当初你学习比我好，为啥就不读了？"杏花的发问勾起了刘根柱的回忆。

虽然根柱比杏花大两岁，但上学晚，在杏儿岔小学时和杏花一个班。杏花的父亲原是这所小学的校长。人正直认死理，强调教师教好书、学生学好习才是本分。"文革"初期并没对这样一所乡村小学造成太大的冲击。学习上，杏花一直保持年级第一，刘根柱则老排第二，杏花在根柱面前就有了优越感，叫根柱"傻大个"他也不会反驳。那时的根柱上学要翻过牛背梁，因为路远中午不回家，所以午饭就带两个杂粮馍或几个洋芋。冬天的教室一般都架火炉，放着烧开水的铝壶，他们上学正巧在开春后，炉子撤了，根柱吃馍没水喝，便到学校的水窖用辘轳打水喝。一天上课，杏花听见后面坐的根柱肚子发出很响的咕噜声，还不时撂几个响屁。下课后，同学们取笑他，他却满不在乎地反驳："吃了人民的五谷，不放屁的是母猪。"如果谁再笑话便亮出拳头，同学也就不敢招惹他了。他再次喝窖水时，被杏花发现告诉了父亲。陶校长把根柱叫到办公室和气地说："傻娃，窖水不干净，喝生水是要得病的。"根柱却振振有词："南坡沟底的水我经常喝，我还好好的。"校长说："南坡沟里是山泉流下来的活水，窖水是死水，就是活水也不能经常喝生水呀。"根柱摸着后脑勺憨笑道："我说学校的水咋忒难喝，喝完还拉肚子。"后来教室就有了两个暖水壶，杏花负责保证同学们喝开水。

杏花还问这两年为啥突然不来家里了，根柱不答，杏花就拿小学的事打趣。根柱只是听着傻乎乎地笑，挑起摆摊的家什继续赶路。市场就在乡政府前面的公路边，20 世纪 70 年代末才逐渐放开，变得活跃起来。特别是逢集日，贩夫走卒齐聚，吆喝声此起彼伏，木材皮货、五禽六畜、粮食蔬果也开始出现，还有秦腔、眉户、皮影戏，很是热闹。

太阳刚出山。根柱歇下担子，靠着一棵大白杨支起摊位。杏花问根柱饿不，根柱带了烙饼和一个旧军用水壶，杏花把书包里的鸡蛋拿出来，两人就着一壶凉开水相互推让着吃了早餐。根柱说："你回去吧，我得守摊。"说着递给她二十元钱，杏花说无功不受禄，没接。

杏花先去了离乡政府一箭之遥的南峪中学。学校已经开课，校办只有一个陌生的小伙子，比杏花大不了几岁，瘦猴似的，戴副眼镜，一见她立马满脸堆笑。听说想知道高考情况，便热情地告诉她，高考结果半个月后才公布，问杏花贵姓，她谎称姓李。瘦猴边倒水边让座，斜眼打量杏花，说学校电话归他管，可以随时帮她在教育局打听情况，让留个名字和联系方式。杏花说不用了，凳子没沾便扭身出来。瘦猴在身后哎了声："喂，李、李同学你别急着走……"杏花头也没回，她只想尽快离开。考没考上还两说，怕碰见熟悉的老师。离开校门老远才回头瞟了一眼，发现瘦猴站在校门口，一副突兀的眼镜正朝这边张望。

集市上，除了公路中间人车通行的地方，所有空地都已被摊点占据。菜水贩子、骡马牙子[①]等各色买卖人开始招揽生意。

杏花先去唯一的国营供销门市部转了转，想着回家时给母亲带点礼物。出来便没头没脑地闲逛，东瞅瞅西看看，并没察觉自己成了瞩目的焦点。那些扔硬币的、套鸡蛋的、打气球的、卖花布的……酿皮、油茶、粉汤、煎饼、锅盔、乔圈圈等小吃摊点以前不曾见过……一辆北京绿帆布吉普车开进了乡政府，公路上偶尔有长途班车和绿皮解放卡车缓缓经过。杏花捂住耳朵，听不惯那刺耳的喇叭声。

太阳升高了，地面渐渐热起来。杏花有些口渴，见路边有摆摊卖汽水的，两分钱买一大杯喝了。来到戏台前，台上一帮人正搭布景，秦腔眉户皮影戏尚未开锣。烈日的曝晒下杏花脸色绯红，鼻尖开始沁出细密的汗珠，薄薄的白底浅蓝花布衫裹住她纤巧的腰身，

---

①菜水贩子、骡马牙子：方言，贩菜的人，交易骡马数牲口牙齿的人，泛指那些南来北往做流动生意的人。

更显出众。此刻，一双贼眉鼠眼时不时扫过她凹凸有致的身体。似乎有些察觉或是害怕遇到小偷，杏花回到根柱身边，感受着树荫的凉爽。招呼生意的间隙，根柱问她为啥不浪[①]去，杏花说没意思，她似乎对小百货更感兴趣。根柱当然乐意介绍摊子上的货品。不多时，杏花已熟悉了大多数商品批发零售价格。根柱说："麻烦你帮忙看会儿摊子，我养父就在乡政府斜对面的铁匠铺，这几个月到处跑没顾上去看他。原准备集散了再说，有你盯着，我现在就过去也让老人家安心。"说着从木箱里翻出一包上好的旱烟渣子，拿出两瓶酒。又不好意思地说，"下次给师母也捎点东西。"杏花爽快地答应了看着根柱远去，那出神的样子像极了某张海报上的女演员。

锣鼓响起，人流逐渐往戏台那边聚集。顾客减少，摊主们也开始懈怠，有的扎堆打牌，有的恹恹欲睡。杏花张罗了几单生意刚要坐下休息，过来一个穿白汗衫二十出头细高个的小伙子，嘴上还叼着纸烟。这家伙梳三七开发型，穿大裆军裤，光脚蹬一双崭新的解放球鞋。杏花忽记起戏台前见过，乜斜那对小眼睛一直坏笑着瞅自己。来人张口就是土得掉渣的普通话："嗐！白瞎了，这么心疼个人还摆摊……"杏花忙问想买什么，他却盯着杏花的脸阴阳怪气地问："你这身衣服多少钱?"杏花反应过来："你不买东西，找碴哩?"大裆裤直往前凑："不找碴，是找朋友，那边好戏开锣了，不想过去看看?"杏花往后躲闪："走开，我喊人了。"对方恬不知耻卷着舌头说："你喊人，我就说你是我媳妇，家里跑出来的。我叫宋有龙，知道你是杏儿岔的杏花，交个朋友。"说着一把抓住杏花

①浪：方言，玩。

的胳膊往树背后拽。杏花使劲挣脱想给对方一巴掌，那人趁势捏住杏花的手。杏花感到对方的力量挺大，刚要喊“流氓”就被捂住了嘴。这时根柱心急火燎跑过来：“放开她!”宋有龙见来个小白脸便没放在眼里：“你是哪根碎葱，敢管闲事?”刘根柱上前一把揪住宋有龙的衣服，只听“刺啦”一声，汗衫破了。宋有龙松开杏花，转身一招“黑虎掏心”直取刘根柱的心窝。刘根柱施展八步转功夫，眨眼把对方撂翻在地。宋有龙见遇到了练家子，爬起来就跑，恨恨地嚷道：“有种你给我等着……”周围有人提醒：“小伙子，那宋黑娃这一块儿还有人，可得当心!”果不其然，宋有龙带来两个帮手，撑头的麻脸二十五六样子，歪戴军帽，提一酒瓶，满脸的不屑，军用皮带把上身宽大的黑短袖汗衫扎进大裆军裤里。宋有龙管他叫大哥。另一位黑壮大个披头散发，胖圆脸上露着凶相，围观者躲瘟神似的往后退。麻脸鼻子哼了声：“敢打我兄弟!”说罢使个眼色，长头发一脚踢翻了摊子。刘根柱将杏花护在身后大声斥责：“你们这帮流氓，还有没有王法!”

“王法，呵呵，老子就是王法，先把我兄弟的衣服赔了……”麻脸边说边伸手朝根柱抓来，杏花急了，怕根柱吃亏喊道：“慢着，你们讲道理就赔。”那家伙竟嬉皮笑脸：“你能陪小爷我睡就算了。”刘根柱怒不可遏，一把推开麻脸。长头发跳过来撕住刘根柱的领子就是一拳说：“敢打我大哥!”根柱也不是吃素的，只见他丹田下沉避其拳锋，来个“海底捞月”近身扛摔，长头发被狠狠摔在地上。这边杏花一声尖叫挡在根柱后面，酒瓶已经砸在了根柱头上，玻璃飞溅到杏花头上。长头发顺手拾块砖爬起来扑向根柱，紧要关头突然一声断喝：“住手！我是公安局的!”就见身着警服的乔玉川威风凛凛地奔过来，后面跟着拄拐的李铁匠。乔玉川一个箭步过去夺下砖头把长头发铐了，那位大哥转身想跑，被铁匠的拐杖轻轻一划拉倒在地上，再找宋黑娃时已不见了踪影。有人说那小子精，在公安来之前就溜了。见刘根柱头上流血，乔玉川让杏花扶去卫生院包扎，李铁匠帮忙收拾散乱的摊子。

两个流氓被铐在一起带回了乡政府。戴军帽的麻脸叫王庆寿，拳脚上有两下子，幺号“王老虎”，背地人称“飞禽走兽”，在这十里八村都有名。长头发和他一个村，单名牛雄，排行老大，练过几天三脚猫的功夫。他们拉了几个狐朋狗友，尽干些欺男霸女、坑蒙拐骗、偷鸡摸狗的事，一般人不敢招惹，这一次算是栽了。事情真有这么凑巧，吉普车就是送乔玉川上任的，顺便把这俩魔头带回公安局审查，又牵出几起案子。后来王庆寿被判刑四年，牛雄判了三年，宋有龙的父亲原是下面庄大队的支书，领儿子投案自首，说刚认识那伙地痞，因系初犯，被收容审查一个多月后改为治安处罚。王庆寿监狱出来又犯死罪已是后话，牛老大出狱后老实了一阵，直到后来投靠了宋黑娃。

按说南峪乡是三县交界的旱码头，历史上跑过土匪，治安比较复杂，新中国成立后治安得到了根本改善。“文革”结束，拨乱反正的头几年，该乡治安问题有所反弹。原先那个公安特派员，鸡毛蒜皮的事还行，对付“飞禽走兽”一伙便显得力不从心了。乔玉川当过侦察排长，转业后又到省公安厅干部培训学校学习一年，政治可靠，专业素质过硬，派到这儿搞治安还真是派对了地方。

收拾完“飞禽走兽”，乔玉川看着远去的吉普车松了口气。集已经散去，市场上几个人还在拾掇摊子，一辆手扶拖拉机满载唱戏的物什准备离开。乔玉川信步向铁匠铺走去。此刻，李铁匠正在小铁炉上给根柱和杏花炖茶，旁边摆着锅盔、油饼糜面馍。根柱头上缠着绷带没事人一样。杏花嗔怪不已，说根柱是西番的牦牛——知进不知退。见乔玉川进来，铁匠忙招呼坐下喝茶。乔玉川问根柱伤情如何，根柱说破点皮没事。杏花接过话头："还说没事，都缝了针。"乔玉川说小伤也不能掉以轻心，得勤换药打针，伤好了把诊断证明药费条子拿来。李铁匠重复着感谢的话。乔玉川说："我初来乍到人地生疏，真该感谢的是你们，要不是你们仗义相助，解决这帮'飞禽走兽'也许还得费些周折，有用得着我乔玉川的尽管吭声，今后还得仰仗大家。"因为刚上任，还有许多事情要办，说罢起身离开。那时的乔玉川还不清楚这三个人的关系，但并不妨碍他们今后的交往。

送走乔玉川，李铁匠让根柱在铁匠铺休息几天，等伤好了再出门。根柱说自己没那么金贵，就当被蚊子咬了一下。再说杏花咋办，回家太晚她妈一定着急。天色不早，刘根柱执意去送，杏花说天黑前自己能赶回家。根柱知道杏花是在意他的伤，要强的话里明显带着歉疚，不由分说拉起杏花就走，身后留下铁匠的一声叹息。

一路上他们有许多话题，除了分别后的思念，更多还是对过去的回忆。

正长身体的年纪，根柱带的干粮不扛饿，杏花就从家里拿来白面馍。打小跟着养父李铁匠习武弄棍的根柱，有意无意成了杏花的"保镖"。两小无猜的二人读完小学，到南峪中学上初中又分在一个班。根柱上学更远了，为早晚能和杏花一路，他坚持不住校，练就了一双飞毛腿，上学时间能缩短一半。第二学期的春季运动会，也是杏花最激动的日子，那几天她带领的拉拉队成为校园最靓丽的风景。李根柱则在她们的加油声中，把其他参赛选手远远抛在身后，将五千米长跑的冠军奖状捧回了家。然而不久，杏花家的天塌了。

根柱从牛背梁下来时，天边刚露出鱼肚白。这个时候，杏花定会等在村口的大杏树下，然后二人一起去学校。但那个清晨，天色大亮也没见着她的影子。想到杏花大概先他一步走了，他拿出长跑的劲头，追了一路失望了一路。根柱第一次迟到被老师罚站，还第一次向老师撒谎，称杏花让他代请一天假。根柱一整天都魂不守舍，无心上课，下午不等放学便直奔杏儿岔。杏花家院门紧闭，一树杏花探出墙外，风一吹，花瓣雪片般飘落。四周出奇安静，不祥的预感促使根柱连续敲门，刚有翻墙的念头，院里便传来杏花妈警觉的声音：“谁?”根柱道：“陶家妈，是我!”听见根柱的声音，陶家妈放他进去，迅速反手插上门，手挡住红肿的眼睛，嗓音嘶哑地唤一声：“杏花，根柱来了。”见没动静，便指了指西屋。根柱没有迟疑，三步并作两步过去推开了门。杏花正披头散发，抱膝蹲在地上，守着一堆散乱的书籍发愣。她应声抬头，失神地望过来，泪痕未干的样子令人心碎。根柱忙问出啥事了。杏花伏在膝盖上哭起来，瘦削的肩一耸一耸的，似乎身体集聚了太多的委屈。根柱慌忙低声道：“别哭，陶家妈听见……”杏花咬住嘴唇仍未止住抽泣：“爸爸、爸爸在城里被军、军管会的人抓了，送公安局。家、家里搜出我爸、爸的呢子军大衣，说、说是特务的证据，还有那些书全部收走，他们说是毒草，当时……我的房锁着，剩下这些书，是挑出来我要读的……”从断断续续的诉说中，根柱感到了她的恓惶无助。

“除了这一堆，还有一本，你不是借给了我吗？”根柱道。杏花抹一把眼泪：“是，是那本《钢铁是怎样炼成的》？”“对，虽然我没看完，但主人公的钢铁意志乐观精神值得佩服。”根柱嘴里这样说，心里却把杏花想象成了书中的冬妮娅。“别说、说大话，这些书咋办？”杏花仍在抽泣。根柱迅速清点起书来，大多发黄但保管完好，足有五六十本之多，多半是那个时代极为少见的外国名著，有20世纪50年代出版的，还有民国版本。其中几本根柱曾借来看过，比如司汤达的《红与黑》、歌德的《少年维特之烦恼》、小仲马的《茶花女》，以及泰戈尔的诗集和小说……这些书是杏花的命根子。又记起铁匠大[①]给他讲的故事，有个土财主把一瓦罐银子埋在院子里，多少年之后……杏花家院里正好有大缸，他试探着问：“你家有缸和塑料布吗？”杏花一听，转身取下床上苫的塑料布，又从床下找出麻绳。根柱把书捆好打包提到院里。杏花指着东厢屋檐下的两口缸说：“小缸我妈沃了浆水，只有大的空着。”根柱一边把书小心地塞进大缸，一面让杏花问一下陶家妈。想到杏花曾纠正过自己的方言，又改口道：“噢，问一下师母吧。”此刻，杏花妈已经在院里了，她没言语，拿一块塑料布扎住缸口，找把镢头递给根柱，让他在一侧房檐下挖个坑，然后便去了厨房。

根柱甩开膀子干了将近一个时辰。他和杏花把缸整个放进挖好的坑，拿块木板盖了，又覆土夯实，再把浆水缸挪到上面撒些干土，直到看不出任何痕迹。师母做好晚饭，杏花准备了半盆清水。根柱双手起了泡，破的地方很疼。他用杏花递来的毛巾敷衍着擦了

①大：方言，爸爸。

手背。鸡蛋面端上炕桌，根柱也不推辞，三两下吃完，瞅瞅天色将晚便告辞回家。一个十四岁的娃，下这么大力气，回家还要爬一架牛背梁。杏花妈过意不去，拿来一提麻纸包的点心，无论如何让他带上。根柱竭力推辞，一来二去不免挠到痛处。杏花瞅见他的表情，让根柱把手展开。根柱躲闪着："没事，就一个泡泡。"杏花妈忙拿来针，说："傻娃，泡泡挑破才得好。"杏花妈给根柱挑完泡，用纱布细心缠上。根柱还是不拿点心，杏花妈道："回家晚了，你铁匠爸会担心的，就算是带给他的一点心意吧。"根柱无法抗拒她满脸的慈祥，下意识接过麻纸包，问杏花明天去学校不。杏花咬着嘴唇，用了很大气力，方才轻轻吐出一个字："去!"根柱见师母也点了头，这才深鞠一躬抽身出门。只要还能和杏花一起上学，根柱说让他干啥都行。走出一段距离发现四周没人，便牛犊般撒欢连蹦带跳了。据杏花后来说，那帮人又来家里搜查，显然一无所获。

根柱把陶校长的遭遇说给铁匠听。铁匠责怪根柱不该拿师母的点心，郑重说了一段话："爸没读过几天书，是非还能分清，陶校长不是坏人，杏花母女更不用说。助人为乐是做人的本分，记住喽，帮别人就是帮自己，不要希图人家回报。"次日，李铁匠早早把根柱叫起，让给杏花家送去半袋新磨的面粉，杏花母女执意不收。根柱说这是铁匠爸的意思，东西放下就走了。此后，根柱和杏花一如往常，上下学都在一路。周末假日有事没事，根柱都去杏花家，煞有介事地把学到的武功教她几招。铁匠迁就他，时不时准备些洋芋、莜麦、扁豆面、胡麻油带给杏花妈。杏花家大小事情也乐意叫他帮忙。小小年纪就懂得吃苦耐劳，这也是农村孩子的长处。杏花说，他还有个特点，就是性情直率爱憎分明。对路的人特别讨喜，不卯[①]的人特别讨厌。杏花最美好的回忆，就是和根柱一起到牛背梁上采地椒花。山上现成的辣辣和龙胖[②]剜出来就能当零嘴，多采的地椒花晒干够用一年。暑假期间，根柱央求铁匠大给他做了几个铁丝笼子，装着套来的雉鸡、鹧鸪、野鸽子、狚狸猫[③]给杏花送去。根柱说漂亮长尾翎子的野鸡学名叫雉，麻毛短尾的是嘎啦鸡，学名鹧鸪，狚狸猫和灰羽野鸽子杏花认得。这些漂亮的动物给杏花带来了意外的惊喜，但不久，根柱的一个举动，又给了杏花意外的惊吓。根柱抓到一只野兔，或许知道杏花不喜杀生，便剥好送来，让她们改善一下伙食。杏花见到血肉模糊的一团，立马让他拿走，操一把木锹把根柱撵得满院乱窜。若不是杏花妈出面圆场收了兔肉，根柱还不得爬墙上树钻炕洞。过一阵，杏花启动黛玉模式，见天蹙个眉。根柱探其究竟，竟是为那些笼中之物。杏花说那些宝贝太烦人，少则一周多则半月，不是碰死就是绝食而死。不能再抓野物，根柱便从香婶那儿要了几个鸡娃给杏花送去，伴随这些绒绒的小东西一天天长大，杏花暂时忘掉了那些痛苦和烦恼。

师母几乎把根柱当成了自家孩子，还要给根柱父子俩织毛衣毛裤。根柱说不用，他们春秋穿的、过冬的，兰香婶子都给准备好了。腊月里，刘海涛家杀年猪，兰香婶把一条猪腿给了根柱，李铁匠让送到杏花家。师母说："根柱啊，我再难也比你家强，虽说杏花爸不在，但学校每月都给生活费，大队还有我几个工分，日常用度不愁，千万别再拿东西来了。倒是你爸腿脚不便，打铁辛苦需要

---

①不卯：方言，不和。

②龙胖：当地野菜，根可食用。

③狚狸猫：当地一种长尾黑条纹的松鼠。

一个好身体，拿回去自己吃。”师母死活不收，生气地说：“再带东西就别登我家的门了。”根柱只得又背了回去。根柱回想这些年，铁匠既当爹又当妈。凭着模糊的记忆，他也曾问过妈妈去哪儿了。但一提找妈，铁匠的脸就会不由自主地抽搐。根柱瞅他空着的裤管和难过的样子，便不忍再提。不提不等于不想，有段时间，根柱时常做些奇怪的梦。梦中的女人若即若离，似乎是兰香婶子又像是陌生的女人……每次梦醒，枕头一角都被泪水打湿。

初中毕业不久，根柱突然出现在杏儿岔，说自己不上学了，要出趟远门，特意来和杏花道别。杏花问他为什么，根柱脸上流露出和年龄不相称的沉重，始终不肯解释。杏花由于担心和惋惜，急出了眼泪。他不敢正眼瞧，掏出一方新手帕送给她。照刘根柱现在的说法，那双眼睛真的会说话，会动摇一个大男孩的决心，其实屁大的小孩懂得啥叫眼睛会说话。

杏花说：“读高中上大学不是你一贯的理想吗？”根柱抱怨：“就算高中毕业成绩再好，还不是要集体推荐，上大学要的是又红又专，像我这种天不收的倔驴……”话没说完一转话头，让杏花上学注意安全，保证十月份挖洋芋时回来。说自己读不读书没那么重要，张铁生没读多少书还不照样革命。杏花一听就火了，殊不知杏花爸就是因张铁生事件被波及。她攥紧拳头怒吼道：“别提张铁生，瞅你没出息的样子，简直就是一丘之貉！”根柱个子高杏花一头，此刻却垂头丧气，像犯了错的小学生。杏花又记起父亲的教诲：“任何时候，都不能放弃读书和学习，读书是治疗愚昧的良药，学习是通向智慧的阶梯。”和其他孩子不同，《三字经》她从小就背得烂熟：“……玉不琢，不成器。人不学，不知义……幼不学，老何为……”杏花说根柱违背学习的初衷，好多人想上高中都没机会。根柱成绩比自己还好，初升高顺理成章，直接上师范都没问题。就算不上师范，凭他的体育特长，当个运动员也能混个铁饭碗。她背地看过根柱的卷子，早就知道根柱不考第一是为了让着自己。

根柱不再说话，只有满脸的委屈和无助。这时杏花妈挎着柳筐打外边进来，筐里有两个新鲜的包菜，见杏花愠怒的样子问道：“怎么了？有话好好说。”杏花直言快语：“妈，根柱连高中都不上了，要离家出走。”杏花妈沉下脸问道：“一个农村孩子，不上学就一辈子当农民，跑外面去还能干啥！”根柱不答，杏花妈又问：“是家里困难？”根柱摇头，“和你爸闹矛盾，家里待不下去了？出门你爸知道吗？”根柱哀求道：“师母，您就别问了。”“那你告诉我要去哪儿？”语气带着少有的严厉。根柱不得不低下头说，想去一趟陕西。杏花妈问他带钱了没有，根柱说只带了些炒面。见根柱去意已决，杏花妈也不好再说什么，挽留他中午吃了饭再走。根柱正犹豫，杏花妈道：“不给这个面子？浆水现成着呢，又没啥好饭。”根柱看了一眼那口浆水缸，摇摇头又点点头。杏花连拉带推地让根柱进屋。韭花咸菜碟先摆上炕桌，杏花妈又弄了三个菜：炒鸡蛋韭菜、粉条炒腌肉、素炒包菜。最让根柱难忘的就是胡麻油炝了地椒花的浆水面，根柱说那面溜滑酸爽清香，是他这辈子吃过的最香的浆水饭。杏花妈告诉他，做浆水饭是跟杏花奶奶学的，可惜杏花生下不久她奶就过世了。为拒绝杏花妈给的路费，根柱谎称自己想通了，开学后继续上学。结果他还是走了，留下一个令人费解的谜团。

远处，杏儿岔的涝坝时隐时现，也许牛背梁那边刚下过雨，坝里的水早上还清澈如镜，现在透过杏树碧绿的间隙，呈现出一小片浑黄的水域。

刘根柱终于肯说出四年前出走的原因。出走的前几天，兰香婶死了，送丧的那个晚上，根柱知道了她就是自己的亲生母亲。在胡麻湾地里干完活收工，其他人都平安回家，只有落在最后的刘兰香掉下了嘴头涧。那两天刘天禄突然发病起不了床，刘兰香是去胡麻湾顶工的。本来刘天禄不让她去，说嘴头崖的路不好走，刘兰香执意要去，不到三天就出事了。刘天禄听见噩耗硬撑着爬起来踉跄到院里，一头栽倒地上昏死过去，村里人七手八脚把刘天禄抬进屋，按胸、掐人中，好不容易缓过劲来。

当晚刘兰香的遗体就放在堡子岭下。公安局来人看了现场，从死者贴身衣袋发现一封信一份遗书，做出了自杀的结论。

丧事由弟弟刘天寿操办，海涛捧遗像，根柱举丧棒。刘天禄让人搀扶勉强支撑送了妻子最后一程，身边是拄拐的李铁匠。按照当地土俗，遗体没有进庄，就葬在堡子岭下。刘天禄失去爱妻、刘海涛失去母亲，悲痛之情难以言表。但李铁匠父子受到的打击似乎更大，其中缘由只有刘天禄明白。

根柱努力从记忆中搜寻到了母亲的影子。

想起南峪乡政府对面的铁匠铺，那儿有自己快乐的童年。铁匠大做了不少玩具，尖端嵌铁珠的木猴子①、木板滑轮车、小镢头、小铁铲、小唢呐、小木枪……最喜爱的是粗铁丝做的铁环。玩铁环

①木猴子：陀螺。

是根柱的长项，许多比他大的孩子都没他玩的花样多。那天逢集，根柱正在公路边的麦场里和四五个小伙伴比赛滚铁环，来了一位长得好看的阿姨把根柱唤到跟前，眼睛直愣愣地看他。根柱开始很害怕，铁匠大曾告诉他，千万别和陌生人说话，遇上人贩子会把他抓进麻袋背走的。但阿姨手里提着个精致的兰花布袋子，显得又漂亮又和善，给他两个衣兜塞满了水果糖，甚至蹲下来捧住他的脸，轻轻叫了几声根柱。根柱嗅到一股奇异的花香，这增加了和阿姨的亲近感，好一会儿他都沉浸在那种体香和花香交织的氛围里。这时，小伙伴们开始叫他李根柱。阿姨恋恋不舍，从布袋里掏出一丛粉红的花塞在他手里，临走时分明眼含泪花，突然的哽咽把根柱吓坏了。根柱给小伙伴每人分一颗糖，嗅着花香跑回了铁匠铺，把遇见陌生阿姨的事告诉了铁匠大。铁匠接过根柱手里的地椒花，怔怔地看着那团粉红，然后跌坐在炕沿，说："那个阿姨可能是你兰香婶子。"铁匠背过身去，根柱没发现他痛苦的表情，继续问："兰香婶子为啥要哭呢?"眼前闪过铁匠抽搐的脸。小根柱把糖掏出来往炕桌上放："大，根柱不吃别人的糖。"铁匠抱起根柱，几乎带着哭腔："大的好娃，大的……"便哽咽着说不出话来，剥颗糖放进根柱嘴里。次日，铁匠关铺子、锁门，带着根柱回到了离开四年的南坡村。

那年的南坡村还叫南坡大队，铁匠残疾了不能干农活，大队照顾他干老本行，按销售铁器的多少算工分。铁匠铺搬到乡政府对面是 1961 年初，自由市场刚刚开放，铁器需求量猛增。铁匠除了交够集体，个人也有提留，好日子刚开始就遇到了闹心的事。老乔所说闹心的事后面再讲。

突然回村的李铁匠再次成了人们茶余饭后的谈资。好心的乡邻替铁匠解释说，根柱该上学了，打铁不安静，而真正的原因铁匠只能烂在肚子里。刘天禄还是大队书记，他和铁匠商量把铁匠铺又搬回了村里。这一年“割资本主义尾巴”，铁匠打的东西只能由供销社统购统销。城里和离城近的乡镇都在搞武斗，努力打铁也成了“唯生产力”。铁匠索性不干了，窝在家里教根柱识字习武。据说铁匠年轻时不仅一表人才，而且擅长祖传的心意六合拳、八步转、梅花拳等。即便铁匠残疾了，一旦操练开来，三四个人也甭想近身。村里老辈都知道他爷爷考过清朝的武举，得过探花，父亲曾经和民国初年的武术大师孙禄堂切磋过武艺。如果不是残疾，他都有心收几个徒弟。又过了一段时间，县、乡成立革委会，城里闹翻了天，南坡村因为偏远反倒成了被遗忘的角落。除了公社书记叫成革委会主任，铁匠作坊停工外，村民们该干啥干啥，颇有点鸡犬之声相闻，老死不相往来的景象。刘天禄说铁匠作坊停工还有个原因，怕叮叮当当打铁声引来山外的造反派。对于这个理由，铁匠未置可否。为给根柱打下扎实的武术功底，铁匠大门不出二门不迈，一门心思放在根柱身上。

刘兰香说铁匠身边没个暖炕的不行，让刘天禄给他物色个老婆。铁匠心想，谁还能看上一个废人，起初并没在意，由着刘天禄折腾。但他做梦都想不到，自己还真有女人缘。那天他正在院里教根柱习武，天禄带来一个模样俊俏的寡妇，说是临县人。那寡妇单就看上了他，而且不嫌他残疾带娃。女子守寡五六年，比铁匠小一轮，男人死在了引洮工程的工地上。铁匠犹豫一宿却拒绝了这门亲事，羞得那寡妇寻死觅活的。亏得天禄和兰香多方打听，给那女子寻了个满意的下家，才好歹收拾住局面。铁匠的理由很简单，怕后妈对根柱不好，还警告天禄不许再提找女人的事。天知道铁匠是怎么想的。

打着灯笼都难找的姻缘就这么黄了。刘天禄第一次当着兰香的面发了火："再没比这更窝心的了。没见过这么犟的人，干脆叫他'铁犟'算了。"刘兰香一边安慰丈夫一边又提议："铁匠不给根柱找后妈也行，父子俩都到咱家上灶。"头两次铁匠没回应，架不住夫妻三番五次地劝，铁匠说："我习惯了一个人过，根柱过去也行，伙食费按每月五元！"天禄和兰香根本没打算收伙食费，知道铁匠说一不二的脾性，只好依了他。

铁匠告诫根柱：人要长眼色少说话，吃人家的饭跟着人家转，眼里要有活，人要勤快，不能拿人家给的东西。但天禄家有好吃好喝的总让根柱带回来些。后来，铁匠也不再给根柱立规矩，默许他带回食物。有时根柱会独自发呆，想公路边的麦场，第一次见到兰香婶的情景，想糖果的甜和地椒花的香。起初，兰香婶让海涛管自己叫哥总觉得别扭，后来也慢慢习惯了。

时间一长，根柱心里常生出许多疑问。兰香婶的肤色身段口音，和村里女人都不一样。人前人后，对自己的态度也忽冷忽热。有人在场的时候，她甚至会装着不认识，私下却对自己特别好，吃的穿的和海涛一样。刘天寿那时刚成家另过，除了逢年过节，平时很少来哥嫂家。根柱见了叫他尕爸，她却让根柱叫他叔。叫叔就叫叔呗，无非是个称呼。孩子的好奇如同阵雨，来得快去得也快，那些奇怪的想法也只是一闪。一闪而过的念头，比兰香婶洗衣服时撩起的肥皂泡还不真实，不真实得风一吹就破了。

根柱要去杏儿岔上学了。入冬的前几天，兰香婶趁铁匠不在家，把根柱叫过来试穿新做的棉鞋衣裤。根柱没忍住提了要求："兰香婶子，我能不能叫你妈妈?"刘兰香当即变脸："你嫌'兰香婶子'不好叫，就叫'香婶'，干脆叫'婶子'也行，不许叫妈!"此后，根柱就把"香婶"和"婶子"混着叫，后来觉得"香婶"顺口亲切，私底下一直叫"香婶"。

香婶是个闲不住的女人，屋里屋外总是收拾得干干净净。天禄叔外面说一不二，家里却软面条一根，啥都听香婶的。多少年过来，香婶一家并不把根柱当外人。香婶死的时候，一种从未有过的心痛撕碎了根柱的五脏六腑。他想不通，好好的香婶为啥会自杀。就在那天晚上，李铁匠昏了头，把不堪的往事悉数抖搂出来。他倒是痛快了，根本没顾及一个懵懂逆反的少年，能否经得住真相的打击。那些"野种"的传言一旦坐实，铁匠慈父的形象就毁了。"生父远作方外客，亲娘却是梦中人。"亲妈没了，亲爸也不是铁匠大。根柱觉得自己就是个弃儿。这个家包括周围的一切霎时变得冷血而陌生。没有血缘的村庄成为他逃离的唯一选择，这就是根柱辍学的主要原因。

四

夕阳西沉，热气散尽，凉风吹送着青草和野花的气息。根柱和杏花不知不觉到了阳坡屲。这百米山道两旁长满沙棘、柠条、酸刺等灌木杂草，斜坡上去再有十几分钟就是杏儿岔。杏花提出歇会儿，两人找块灌木间的草地坐下。

杏花感慨道："天大的事都不能辍学吧，时光不会倒流，错过就永远回不来了。"她向四周扫一眼又说，"根柱哥，你不知道，在你走后，母亲对我上学独来独往不放心，建议住校我没答应。妈一个人在家我又不放心，说好中午上学生灶，下午放学就回家。没过几天就感觉不对劲。那天放学刚走到这阳坡屲，突然蹿出个贼眉鼠眼的小伙子，一身黄衣服，跟在后面喊：'哎，同学！哎……'我没理会只顾赶路，那家伙死皮赖脸凑上来：'别走啊，女同学！'听得出是带本地口音的普通话。我心里一哆嗦，加快了脚步。他几步撵上来一把抓住我的胳膊：'同学，别怕，我不是坏人，我在南峪中学开学典礼上见过你，全校数你最好看。我也是城里读高中的学生，叔叔是县里的领导，只想跟你耍个朋友。如果你愿意，让我叔把你转到城里上学，还能推荐你上大学……'说着扯了扯胳膊上的红袖箍。我试图挣脱却被抓得更紧，他说：'我比你高一年级……'隐约想起开学典礼会场边，那辆吉普确实下来一个如他这般装束的人。自知不敌，我顺他的话大声道：'噢，你和领导一起坐小车来的，肯定是好人。你先放手，都不知道你的名字，总得有个认识的过程吧。'他一把搂住我的肩膀：'答应做朋友不？只要答应说啥都成，名字算啥，哥给你个……'他龇牙咧嘴贴过来，露出恶心的黄牙。记得我爸说过，遇事一定要冷静，我一手护脸，说：'这也太突然了，既然你叔是大官，你肯定不是坏人。再者你这么帅，城里有的是漂亮女生，还能看上乡下的?'这时听见屲底的涝坝有人吆喝牲口。他勉强松开手，眼睛却钩子样盯着我，摇头晃脑阴阳怪气，说：'城里的校花校草加起来也没你心疼……'为打消他的邪念，我说：‘你跟踪我几天了吧？一会儿我哥来接，不想让他知道，明天给你答复行不？’这家伙凶相毕露吓唬我：‘谅你个小丫头也不敢骗我，明天这时候我在这儿等你，如果敢告诉你哥或别的什么人，你就别想上学了……’说完那人一闪身钻进旁边的灌木不见了。我吓得满头大汗跑回家，上气不接下气说给我妈听。妈叫我别怕，以后她到阳坡屲接送。第二天，我妈把我送过阳坡屲，下午放学又拿根棍子守在那里，她说确实看见有个穿黄衣服的人从茂密的沙棘柠条背后闪过。

“这才几天工夫，一早还是大太阳，午后却乌云密布电闪雷鸣地下起了雨。那天根本没想到会下雨，有同学劝我晚上在女生宿舍挤挤。想到母亲肯定在阳坡屲等我，心一横决定冒雨回家。邻村的两个男同学自告奋勇送我，去老师那儿借了雨衣雨伞。路上黄汤泥水的崴脚打滑，我干脆凉鞋一脱提在手上。雨越下越大，赶到阳坡屲比平时晚了许多。母亲远远看见，突然喊了声：‘杏花呀……’从坡上往下来冲，没跑几步脚底一滑摔倒在地。我和同学急忙上前把母亲扶起，她脚已经崴了，肿起个大包。我把两位同学做了介绍，母亲叹口气：‘唉，我还以为……谢谢同学了。’她是把其中穿黄衣服的同学看成了坏人。我问母亲还能走吗，她说能走。‘看样子雨停不下来，天黑了路会更难走。’母亲说。穿黄衣服打伞的男生道：‘陶家妈，我们把您送回家吧。’我妈谢过两位同学，说不远就是村口，执意劝他俩回家。

“秋天的雨大风也大。到屲顶时，伞都差点被吹跑。衣服早已湿透，冷得浑身打战。母亲努力挪动着崴伤的脚，咬紧牙关一声不吭。那一刻我哭了，我说：‘妈，你真是的，这么大雨还来。见了我就定定待着，有必要那么激动把自己摔成这样！’我搀着妈妈一步一步往家里挪去。我妈苦笑着说：‘看来这黄衣服都成心病了。’风寒加上担惊受怕，我妈病倒了，卧床将近一个月。

“那段时间，我学会了洗衣做饭煎药熬汤。你说可笑不，有个媒婆趁机提出给我找婆家。那年我才十三岁，她竟说什么，城里有户好人家看上了我，只要答应成年后做那家的媳妇，就可以去城里读书，我的衣食住行包括学费都有人管，还能顺便接我妈去城里看病。媒婆所言只能当个笑话。我妈身体虚弱，说出的话却相当硬气：‘谁也甭想打我闺女的主意！’她让我上学时带一把剪刀，说，就算天塌下来都不能耽误学习。”

回顾往事，杏花说，自己不顺心的时候就默诵《孟子·告子下》的名篇：“故天将降大任于斯人也，必先苦其心志，劳其筋骨……所以动心忍性，增益其所不能……”有时写一写日记，也是极大的安慰，比如：“幸福和美好都是从苦难和忍耐中获得的，麦子必须磨碎了才能做成馒头，胡麻必须压榨才能流出喷香的油。”那些句子像冬天的火苗，又像黑夜里的灯，一直暖暖地照在路上。

杏花妈吃了许多西药片片都不见效。队长找来一位外乡的土郎中，瞧完病开出药方，有几味药却难找。杏花说：“多亏杏儿岔小学的师生，他们知道我的难处后分头行动，很快把药找齐了。几服中药下去，妈的病奇迹般好转……我始终忘不了那些帮助过我的人。比如送鸡蛋的毛炭爷，捧鸡汤的三狗妈，最有意思的是九花奶奶，常过来陪我妈做针线谝闲传。九花奶奶大字不识却有个习惯，只要瞅见地上有字的纸片，就会小心翼翼地拾起来，用掉落的白头发绾住放在手心，双手合十念念有词，之后煞有介事地塞入灶房的墙缝。估计她是在敬那些文字。也不是自夸，我爸是这地方最有学问的人，学问里有他们喜欢的味道。当初，九花奶奶的举动常引我发笑。打那以后，我不再笑话她们的虔敬和愚昧。村里人大多不识字却喜欢有文化的人。他们只是在家人不顺或有过不去的坎才敬神。我想，在科学认识还没形成之前，敬天敬地敬祖宗都是自然而然的，他们心里的神就像炝浆水的地椒花一样，有着和这片土地无法割舍的血缘，散发着纯朴而又善良的香味。”根柱不信神，却听得出神，似乎杏花的每句话都是香的，这香不但养身而且养心，值得珍藏一辈子。

杏花说，那段时间，她最大的收获，就是收获了踏实的快乐。每次上学放学路过阳坡峁，都能有意无意遇见村里人。有的装着路过，有的像溜牲口放羊，还有漫花儿吼秦腔的。仿佛这段沉寂多年的山路，因她而热闹起来。她也因此获得了勇气，释放着朴素而率真的天性。每次走过这条山道，都会亮开嗓子，反复练唱从父亲那儿学来的歌曲，比如《我们走在大路上》《小路》《喀秋莎》《山楂树》《莫斯科郊外的晚上》。

根柱每每想到校园，就想起她教同学们唱歌时的模样。杏花灵动的嗓音、优美的旋律萦绕在这片黄土塬上，定会释放一种美妙而富有磁性的魔力，把雉兔雀鸟、花草云朵都吸引过来。

“你走了快两个月还没音讯。马上到中秋节了。那天我到供销社买了几个月饼往家里赶。一路没碰着人，到这儿比平时晚，四周出奇静，远处牛背梁上厚厚的积雨云，变幻成黑龙的样子。自从那件事后，仍感觉后面有双眼睛忽远忽近，不禁又有些发怵。起初以为心理作用，却分明看见个人影。我决定主动回避，看他能干个啥。趁拐弯我闪进了旁边的灌木林。那人迟疑好一阵才慢吞吞露面，左顾右盼似乎寻找目标哩。你猜是谁？”

“谁呢，不会是打劫的吧！”根柱明知故问。杏花瞟一眼那坏兮兮的模样，拉下脸道：“你肯定猜出来了，是你兄弟海涛，比咱们低两级的小跟屁虫，两年没见，长得比我都高。我当时松了口气，把剪刀放进书包，学着《水浒》里母大虫的样子跳出来大喝一声：‘呔，站住，哪里走！’海涛吓了一跳，他很快反应过来，尴尬地笑了，然后如释重负地出了口气。我装着发怒，眼一瞪：‘说，跟踪我多久了！’海涛慌不择言：‘我是我哥的弟弟刘海涛，以前见过的……我哥李根柱让我跟着你……’海涛解释时语无伦次。见他胳膊上的黑纱，得知他母亲刚去世不久。我做梦都没想到，他的母亲会是你的亲妈。

“海涛说，你出走时他正好到南峪中学上初中。你让他保护好我，当时我还笑话他，让你个小屁孩保护我？先管好自己吧。如果当时知道他妈也是你妈，我会更担心，怕你想不开，有个三长两短的。海涛说，原本家里让他住校，为了保护我才早晚跑路上学，真是苦了他。他们班为照顾路远的学生，早上赶八点半上正课，不用上早晚的自习，这和我上学放学不同步。直到听说我在路上遇见了坏人，他自己掌握时间悄悄合上我的节奏，你说能不让人感动吗？我当时就说，海涛，你和根柱的心意我领了，姐不需要保护，你还是住校吧。他很执拗，大概习惯了对你言听计从。我说服不了他，于是约好早上各走各的，下午放学时早走半小时，在校外上坡的路口会合一起回家，这个约定持续到高中毕业。

“那两年，从海涛口中知道了你的许多事情，包括南坡大队一些流言蜚语。提到黄衣服，海涛说，和你们队上的周二虎特别像。他爸是个三脚踢不出屁的老实人，他妈却是出了名的喜欢撒泼嚼舌根的‘母老虎’，仗着小叔子是县上的领导，经常与人干仗，庄里人见她都得让三分。铁匠叔却不买他的账。有一次‘母老虎’嚼你香婶的舌根被铁匠叔碰见，吓唬说，如果再听见她无中生有烂嚼舌根，就要了她的狗命。海涛还说，他妈出事前几天他爸病了，职务也被撤了，周二虎的爸当了大队书记。最可恶的一次，是周二虎偷了别家的鸡在家炖着吃了，‘母老虎’让周二虎把鸡毛肠肚拿到牛背梁，埋在你们几个烤洋芋的地方，放言说鸡让你们几个给烤了，当着失主面演了一场贼喊捉贼的把戏。队里人被蒙在鼓里，骂你们几个偷鸡摸狗没干好事。当时你在学校不知道，要是知道了肯定和她拼命。亏得你天禄叔和铁匠大出面赔偿了事。”

根柱听了，瞪大无辜的眼睛：“这些事情我咋一点风声都没扫着？”

“有些事你们全村都知道，就瞒着你一个。你叔和你大不让说也是为了你好。”言罢，杏花话题一转，“你知道半道堵我的那个人是谁？”根柱没吱声，探询似的盯着她。“海涛带我去认人，没承想真是你们大队的周二虎。”杏花的答案令根柱突然感到愤怒。根柱问：“那年国庆我回来挖洋芋，你为啥没提这事？”杏花嘟囔着说：“我也不让海涛告诉你，如果当时让你知道，还不把那个周二虎给废了。”

根柱揪一下头发，自责地说：“也是啊。那段时间，我心情糟透了，正找不到出毒[①]的地方……你有所不知，在你家挖完洋芋返回时，我和海涛在牛背梁上分的手。他扯一把开始落叶的地椒儿塞在我手里。在我们村，地椒儿有留客的意思。海涛是劝我留下来，他说：‘李家爸一人怪可怜，自家院子就那么敞着，带杆烟锅一个人待在大队铁匠铺里，晚上也不回家。没有床就在地上铺层麦草睡觉，打铁炉子也没见冒过烟。白天拿把大锤在铁砧上敲，不打铁但整个南坡村都能听见。’正说着，梁下叮叮当当的声音就传了过来。海涛说：‘就是铁匠叔在敲打，想让你听见，叫你回家哩。’见我表情麻木，他又说：‘有一天，我大让我去给铁匠叔送饭，他头发蓬乱，脸色铁青，抽搐得厉害，失魂落魄得神鬼都不敢招惹。我爸隔三岔五带些馍过去看看，陪铁匠叔说话，劝他回家。说老哥俩在一起也是个伴，说根柱迟早回来，这么下去身体吃不消。铁匠叔盯着地面，一锅一锅抽旱烟，长吁短叹就是不说话……’海涛的话，我是一句也没听进去，嘴里支支吾吾。我说要当货郎去呢，认了个秦安师父，回家的钱都是他给的，我不能失信。春种秋收农忙时节我会回来，到时候看情况。临走时我让他嘴扎紧，和他见面的事不能告诉任何人。那两年我似乎中了邪，搞不清心肠为啥那么硬，现在想起来不是个滋味。”杏花安慰道：“你现在不是挺好吗，父子握手言和，生意也有起色……”

根柱突然记起什么，给自己脸上一巴掌。杏花愕然道：“有蚊子？”根柱面带愧色：“怕你见怪，前年冬上我在城里见过你，和一个顶帅的小伙子，没敢跟你打招呼……”杏花脸一红，恍然大悟似

①出毒：方言，出气。

的："好呀，才知道你这家伙，咋就跑那么快，躲着我还……"她拧一下根柱的胳膊，顺势靠在他结实的肩膀上。一年多了，那次进城的经历还记忆犹新。

由于父亲的历史问题，杏花失去了推荐上大学的机会。杏花说，她最灰暗的日子，是高中毕业后的那一年。要不是根柱回来帮忙，别说生产队的任务完不成，自己能否走出抑郁的情绪都很难说。

时光似乎又回到了那个寒冷的冬天。1976年冬至前，母亲突然告诉杏花，父亲的问题可能得到纠正，因为需要家属的申诉材料，让她进城去找周叔叔。父亲蒙冤的几年，周叔叔一直以匿名方式资助母女。有些事连陶志远夫妇都瞒着，杏花就更不知情。这次周叔叔把姓名地址都写在信里，至少说明有些事情不用再隐瞒。

那天，杏花冒着凛冽的寒风，早早来到乡政府的公路边等班车。冻得有些发红的脸蛋，一身臃肿的碎花棉衣裤，加上怀里的大红公鸡显有些滑稽，却自带一种年画的喜感。班车到达县城时，太阳刚探出东山。杏花一下车就开始打听周叔的住处。听说，这位周叔也一度靠边站，他的职位不久前才得以恢复。县城不大，杏花很容易便找到这里。县委大院都是独门独户，清一色红砖瓦平房，周炳坤住在二号院。黄漆斑驳的单扇院门，显然没杏花想象中阔气。越过红砖院墙，能看见一棵杏树光秃秃的树冠。

听见敲门声，周夫人问："谁呀？""阿姨，这是周叔叔家吗，我叫陶……"话音未落，周夫人即刻猜到是谁了，打开院门时眼前一亮："哎哟，你就是杏花？来就来嘛，大老远还带这么个活物！"周夫人有些喜形于色。杏花抿嘴一笑，垂下好看的睫毛："我妈特意让带上的，一点心意，感谢阿姨和周叔多年的关照。”周夫人给人干练爽净的印象。一头齐耳短发黑亮柔顺，肤色白皙，目光有神，中等个子，体格微胖，灰色小翻领束腰呢料服恰到好处。她把鸡放入杏树下的笼子，领着杏花进了堂屋。正面墙上挂着《毛主席去安源》的画。侧面长沙发坐着一个帅气的小伙子，穿着一身灰色干部装。周夫人说：“帅帅，到你屋里去，沙发给客人坐。”帅帅去了套间。周炳坤闻声出来，周夫人做了介绍，说要给杏花包饺子，一挑门帘下厨去了。

周炳坤招呼杏花进到书房，拿出一份说明和陶志远的档案。那一刻，杏花才算真正走进了父亲的历史。陶志远，原名陶哲，参加工作前的经历就四个字“在家务农”，别有用心的人拿这几个字做足了文章。

周炳坤和陶哲原是陇东一所师范学校最要好的同学。在校时，周炳坤就加入了陇东地下党，后来转入中国人民解放军，随彭德怀一野部队参加扶眉战役和兰州战役。陶哲则经人举荐进入国民党蒋云台的部队，因精明强干不久即擢升为少校营长。兰州战役后为了促成蒋云台尽快和平起义，组织上考虑周炳坤是蒋云台的小老乡又是校友，派他配合陇右地下党做蒋部的工作。周炳坤找到陶哲，两人一拍即合。在地下党的斡旋下，蒋云台酝酿在陇南起义，周炳坤受上级指派，和陶哲共同掌管护卫营。在这个节骨眼上，陶父去世，剩下陶母孤苦无依。陶哲在做好起义准备同时，把护卫营交给了周炳坤，并以奔丧名义辗转返乡。蒋云台武都起义成功后，周炳坤也升任西野某部团长，陶哲却再也没能回到部队。几年后，周炳坤转业到家乡当副县长分管文教，得知陶哲更名陶志远，成了一名中学教师。老同学相逢自是感慨万千。不久，陶志远申请回杏儿岔筹办小学，周炳坤开始不同意，要他在城里中学当校长。陶志远说，自己返乡后，有个姑娘一直在家里悉心照顾母亲，回家也是为了结婚，否则对不起她。周炳坤不再勉强，但杏儿岔小学一直都是他关照的对象。后来陶志远被人诬陷，若罪名成立将难逃一死。周炳坤对此大感蹊跷，除了自己，应该没人知道老同学的过去。但公安局军管会拿到的材料，有陶哲在蒋云台部队的许多真实描述，有些细节连自己都不知道。负责军管会的王德贵是周炳坤的对头。此人造反起家，有些手段，陶志远案自始至终由他经手。为稳妥起见，周炳坤嘱托军管会一位老部下，无论如何要先保全陶志远性命。万幸的是，对方不知道陶志远和周炳坤的关系，否则后果难以预料。周炳坤自己也一度遭到排挤和打压，若不是有部队老首长保护，自己能否过关都很难说，因此不便亲自出面，暗中以学校名义资助杏花母女。

城里再好毕竟陌生，杏花写好材料便着急回家。周叔叔说年前就可能有消息，等事情有了眉目再走。阿姨也劝她别急安心住下，闷了可以出去散散心。如果一个人上街不放心就把帅帅领上，帅帅脑瓜再不好使也是个伴。

杏花耐住性子留了下来，她开始关注周帅。小伙子中上个头，浓眉大眼，一脸憨相，帅气也算名副其实，但一开口就感觉不对劲，像个三四岁的孩子。周帅大杏花几岁，杏花却私底开玩笑让他叫姐，周帅开口就叫了。一次周帅当着父母面叫杏花姐姐，把杏花闹了个大红脸。阿姨道：“周帅很乖的，叫姐姐也没关系，你别见怪，就把他当成弟弟吧。”阿姨告诉她，周帅小时候发烧被耽误，得了脑炎后遗症。知道原委后，杏花多了份恻隐之心。她发现只要和周帅在一起，阿姨就特别开心。于是有意无意领着周帅出去玩，给寂寞的日子增添了不少乐趣。杏花是个开朗勤快有眼色的孩子，买菜做饭、洗洗涮涮、收拾屋子之类她都抢着干。她还买了几样毛线，用阿姨的棒针给周帅打毛衣。一打毛衣就想起了根柱。根柱来杏儿岔帮完夏收走了。两个月前，海涛过来挖了一阵洋芋，根柱却没有音讯。听海涛说，根柱两个春节都没回家了，外面风餐露宿的，肯定吃过不少苦遭了不少罪。周帅白白胖胖、养尊处优至少有父母疼爱。她也想给根柱打件毛衣，估计身材瘦些，个头和周帅差不多。

宁静的日子很快被打破。一天周末，杏花拉着周帅的手刚出门，就撞见了这辈子都不想见到的人。那家伙一身油腻的蓝布工装，拎一块猪肉迎面走来。周帅喊了声“二虎哥”。杏花定睛一瞧，脑袋“嗡”的一声，不是见着鬼了吧？周二虎看见杏花，僵在那里两眼发直，片刻，竟嬉皮笑脸地问：“帅子，你牵的谁呀？”周帅孩子气地答道：“杏花姐姐……”周二虎呵呵一阵干笑。杏花头一低拉着周帅就走。周二虎不罢休，后面阴阳怪气地喊：“哎，别走啊，陶杏花，老熟人了，咱们聊聊，你该不是看上我兄弟了吧。”杏花没好气地和周帅一溜烟走远了，余光瞅见周二虎进了周叔的家。杏花显然猜出了他和周叔的关系，但不愿意相信这是真的。她不得不考虑，接下来会发生什么。周帅见杏花的脸瞬间转阴，怯怯地问：“姐姐不喜欢？”周帅经常把不高兴说成不喜欢，杏花苦笑一下：“姐姐喜欢着呢，姐姐问你，周二虎和你们到底是啥关系？”周帅惶惑地看着杏花嗫嚅道：“二虎哥，我哥啊，啥，就哥……”口齿不清地重复着。杏花叹口气，一个傻子能问出什么。她边走边给自己打气，尽量止住烦乱的心绪。

杏花领周帅逛完商店，给他买了些糖果饼干，又想到城隍庙一转。城隍庙坐落在城南，少说也有几百年历史，是县城内唯一的古建筑遗存。杏花早年听说，那城隍爷灵验，香火一直没断。尤其每年五月十八城隍爷圣诞的三天庙会，全县百姓扶老携幼倾城而出。城隍庙钟鼓齐鸣，连日焚香，烛火盈天，好不热闹。因为民间传说城隍爷就是大名鼎鼎的文天祥，建庙的人也是一位爱民如子的清官。若非战乱灾荒年景，以前庙会一般由官府组办，后来演变成民间自发，公私合营后不让摆摊设点，规模也越来越小。20 世纪 60 年代中期，庙会被认为是封建迷信活动遭到封禁。杏花听父亲讲过，民族英雄和清官理应受百姓敬仰，举行庙会属于民俗，不该一概而论。

杏花凭感觉向南走，不一会儿就看见了城隍棋台高高的翘檐。及至庙前，空旷处已变成堆草垛的地方，场边有几棵高大的旱白杨。城隍庙大门虚掩，漆皮剥蚀殆尽，黛瓦多半残缺，院门正对一座石砌雕栏的祠堂。祠堂木构正殿虽说灰头土脸，但挺拔的廊柱依然肃穆高大，瓦当脊兽和斑驳的雕梁画栋颇具匠心，门上一把锈蚀的大锁早已失去了铁将军的本来面目，X 形的白纸封条残破泛黄，字迹模糊。门楣上有长方形印痕，原有的匾额竟不知去向，仅余两侧阴刻的对联墨迹尚存。杏花定睛细瞧，上联“自信飘零如武部”，下联“不知昭假有文山”。杏花小时候跟着父亲背诵《过零丁洋》诗，还有那篇著名的《正气歌》，如今依然能够倒背如流，她自然知道“文山”就是文天祥，而对应的“武部”是谁就令人费解了。

杏花心里顿生悲凉，如果父亲在侧，一定能知道答案。透过纸糊过的破损的雕花木窗，祠庙里的物什东倒西歪，落满灰土，泥偶神像蛛网密布已辨不清模样，显得异常破败冷清。院里厚厚一层风干的落叶，被燥冷的北风一吹，有种片刀刮过骨头的破碎声。看来已经很久没清理打扫了，若不是有帅帅陪着，杏花很可能被这肃杀的氛围吓着。他俩赶紧折回热闹的大街。快中午时分，杏花知道得回去了，不想见的人终究要面对。

一家人围桌开饭。周二虎坐在下手，表现得很有礼貌，一口一个尕爸尕妈地寒暄。杏花熟练地盛饭上菜摆桌，等阿姨也坐定了，才在周帅旁的空位坐下。周叔叔心情很好，给杏花介绍："不认识吧，二虎是我侄子，和你同乡不同村，在副食品商店上班，今天炒菜的肉是他拿来的。"边说边给杏花碗里夹了一片回锅肉，杏花机械地往嘴里拨着饭团，想着"谢谢"却没说出口，飞快吃完饭钻进了厨房。她手里忙活，耳朵却没闲着。那些家长里短她并不在意，在意的是有没有自己担心的内容。听见周二虎在抱怨说，副食门市部最牛的人是割肉师傅，那师傅常把几句口诀挂嘴上，什么"肥搭瘦，薄搭厚，骨头要剔到没有肉"，其实，那家伙比谁都奸猾，油水大的肥肉全让他走了后门，如果不是看在尕爸面上，这么好的五花肉是买不到的。杏花随父亲落的城镇户口，自然清楚副食的紧缺。当时买猪肉都要凭肉票，城里每人每月只有二两的供给。

周二虎已经走了，杏花进去收拾饭桌。此刻，周炳坤坐在沙发上点燃一支烟，像自言自语又像是给杏花说："我的这个侄儿，还算机灵孝顺，但是毛病不少，安排当兵也不去，一天游手好闲的不是个事，最近给找了个临时工，总算对付着去了。你父亲的事不能让他知道。”杏花听得出，周叔叔对侄儿并不放心，又像在给自己吃定心丸，便不好意思地笑着回应：“这多少年都是周叔在帮我们，我也是现在才知道，真不知如何感谢呢!”周炳坤说：“不用客气，我和你爸有同窗之谊，又有战友之情，还是同事老乡。年轻时我对他的人品和学识就非常佩服，如果那时候他听我的，不定干得比我出色，唉……”这番话，让杏花心里的石头落了地。

自打和周二虎同桌就餐，杏花老像吃了死苍蝇，但她尽量不去多想。周二虎却不单纯，见到杏花，老毛病又犯了。杏花远比两年前成熟迷人。碍于尕爸这座大山，他没敢正面打听杏花的事情。看见杏花和周帅亲密，他恨得牙根发痒。尕爸尕妈在家的时候，周二虎不敢造次。于是经常选择上班溜号送东西，想方设法和杏花接近。而杏花呢，每逢周二虎上门就让周帅在场。杏花私下会问周帅，如果二虎哥打姐姐你帮谁，周帅肯定地说帮姐姐。杏花的不待见让周二虎无从下手。阿姨也察觉侄儿来得有些频繁，知道侄儿的秉性，便叫他谈话。阿姨说：“杏花才十五六岁，不是谈恋爱的时候。你还是把心思用在工作上，干出成绩转正了自然有女孩子喜欢。年轻人要有上进心，不能游手好闲，有时间多回乡下看看，陪陪父母，也帮着干些农活。”并告诫他以后不要有事没事登门，经常送东西对尕爸影响不好。

初中那几年，周二虎吃住都在叔父家。当初周炳坤对这个侄子比较上心，现在有所疏远，也怪他自己不争气。周二虎上高中那年，被革委会副主任王德贵看中，培养成了一员“反潮流”干将。这小子不知死活，拉帮结伙整了不少老师同学，后因调戏女同学被扭送派出所。校领导知道他和周主任的这层关系，于是大事化小小事化了。虽未造成严重后果，但周二虎背了处分。周炳坤只得给他换学校，由于学校远便让他住了校。毕业时因为受过处分，周二虎不能继续深造，又不愿意回家务农，周炳坤便让夫人出面给他找了个事情做。周二虎认为尕爸没诚心帮，机关进不去，好的企业应该不成问题，却说什么当临时工也不错，表现好了有转正的机会，天知道得等多久。手头这点工资还不够自己挂几次马子[①]。

尕妈谈话后，周二虎并不死心，经常一身挺阔的呢子大衣，油头粉面地在县委大院附近晃悠。

周末一大早，阿姨翻出一件大衣送给杏花。衣服有八成新，双排扣浅驼色呢料，看起来特别时髦。阿姨说她年轻时舍不得穿，现在身体发福不能穿了，杏花的身条和她那时差不多。杏花慌忙推辞，阿姨拉长了脸道："就一件旧衣服，你来家的这段时间样样活都干，还给帅帅打毛衣，阿姨都过意不去。"她直接将大衣套在了杏花身上。"嗬，还真合身，今天就穿着吧！"阿姨看看周帅，杏花织的高领毛衣也刚合适。说话当口，她又找出一件深色中山装套在儿子身上，横竖上下地看着两个年轻人，乐得合不拢嘴："真是一对可人儿。"杏花还想推辞，阿姨塞给她十元钱说："今天天气好，你们俩出去玩吧，顺便给我买几根缝纫机上的针。"杏花只好应承，领着帅帅出门去了。

冬日的阳光特别通透明亮，无遮无拦的暖意扑面而来。街道两侧，高大的钻天杨赤裸着枝干指向蔚蓝明净的天空。进城以来，杏花还从未仔细留意过周围的一切。城里街道比乡镇集市宽了不少，

①马子：方言，对象。挂马子，指找对象。

一条柏油路穿城而过，除了政府机关、武装部和医院有几栋砖混水泥建筑，商店、饭馆、民居几乎全是平房。好一点的门面是土木结构的二层楼，显得低矮破旧。居民住的房屋和农村差不多。那些土墙围住的一排排整齐的红瓦白墙两坡水砖房，基本都是国营单位家属院，里面住着令人羡慕的干部职工。单位的大门头都插着缤纷的彩旗，街道两侧和背街小巷的墙上贴满了“粉碎‘四人帮’，人民喜洋洋”的标语，几面白墙画着那个时代最流行的漫画。杏花很快把目光投向街道上往来的人流和偶尔驶过的汽车，她喜欢那种绿帆布的北京吉普，小时候曾和父亲一起乘坐过……

杏花和周帅上街一走，引得不少人驻足回头。知道的人说那是周县长的娃，多帅气的小伙子可惜脑子坏了，不知道的人夸他们是天造地设的一对。

杏花买针时，瞥见一个熟悉的身影从另一侧出去，闪进旁边的巷子不见了。她让周帅在商店里等着，自己朝巷子追过去。巷子通向河边，两侧有套巷，杏花来回找了几趟没见人影，不管不顾地喊起来：“李根柱！李根柱！”不明白根柱为啥躲着她。正垂头丧气地往回走，周二虎突然鬼一般从侧巷钻出来：“巧了，打扮这么漂亮洋气，是在找我们村的土包子李根柱？”杏花先是一愣，然后直言不讳道：“你见了，他在哪儿？”周二虎说：“别找了，那个小货郎早没影了。”原来周二虎暗中跟在后面，李根柱从供销社出来，杏花后面追赶的一幕没逃过他的小眼睛。周二虎拦住杏花自作聪明道：“李根柱欠你钱了？没关系，我给你要去。”杏花没好气地说：“那你给我要回来呀！”周二虎皮笑肉不笑地接话道：“今天人跑了，改天跟他要，不过你得答应我一个条件。”杏花想知道他葫芦里究竟卖什么药，问道：“啥条件？”“今天我请你和帅子下馆子答应不？”周二虎试探着，杏花暗中从兜里掏出针：“阿姨让我买了东西就回去等着用呢。”周二虎见四下没人，继续纠缠：“两年前阳坡岿上，你不是说我长得帅吗？现在你住我尕爸家，都成亲戚了，就不能交个朋友？”说着一把搂住杏花的腰，杏花又羞又恼，一针扎在周二虎手上。只听“嗷”的一声，杏花趁机跑远了，背后传来气急败坏的声音：“好呀！还敢扎我，看哥咋收拾你……”杏花飞快跑进商店拉起周帅就走。记起两年前阳坡岿发生的事，只想尽快摆脱周二虎的纠缠。

阿姨已经开始做饭，见杏花面红耳赤地进屋，胸脯剧烈起伏，后面跟着帅帅，奇怪地问：“没多玩会儿，这么早就回来了？”杏花掏出钱和针交给阿姨：“帅帅不想玩，就回来了。”“钱是给你的，怎么一分没花，你还是拿着吧。”阿姨只把针收下。“阿姨，腊月半都快过年了，我妈一个人在家……”泪水在杏花眼眶里打转。阿姨只当是她想家，安慰道：“好好的咋哭了，过两天兴许你爸的事就有了眉目，到时候让你周叔派个车送你回去。”

随后的几天，杏花没敢出门。小年刚过，周叔叔带回消息，上级决定重新调查陶志远冤案。杏花终于看到了希望，不等车送便告辞周叔一家，乘长途班车回到了南峪乡，她要把喜讯尽快告诉母亲。那天正赶上新年的第一场雪，纷纷扬扬的雪花追逐着归心似箭的杏花，直到一座村庄和一对相拥的母女被温暖的新棉轻轻覆盖。

雪是丰年的预兆，也是旱塬久违的福祉。老乔把雪说成温暖的新棉，让我记起一句诗来：“杏花逊雪三分白，雪输杏花一段香。”卢梅坡的诗是咏梅，杏花香不及梅花，从老乔嘴里说出来，却有别样的味道。这点诗意如蜻蜓点水掠过老乔刻板的脸。老乔说，那场“千山鸟飞绝，万径人踪灭”的大雪落在南坡村，险些要了李铁匠的命。铁匠两次大难不死自有他的福报。老乔似乎有意埋个伏笔，以激发我的好奇心。

他继续讲述根柱和杏花：“城里那次巧遇，根柱有自己的说法。农村山大沟深，赶一趟集不容易，进城就更难，有的人一辈子没进过城，货郎就成了偏远山区的香饽饽。那天进城采购山里人的急需品，碰见穿着时髦的杏花和周帅手拉手，不免产生想法，认为杏花贪图城里人生活，小小年纪就攀了高枝。一个月后，也就是铁匠再次从大雪里捡回性命的那个春节，根柱回到了南坡村，敏感而极端的李根柱自此变成了踏实孝顺的刘根柱。由于误解，根柱曾发誓不去杏儿岔，不过他会安排海涛去杏花家帮忙。如果杏花问起来，就说再没见过李根柱。现在看来，海涛说这两年没见过根柱也不算撒谎，李根柱的确已成为过去，改了姓的刘根柱将脱胎换骨。”

老乔摁灭烟蒂又续上一支，问：“讲哪儿了?”估计是怕我睡着，或者自知扯得太远。我眨巴着眼：“根柱送杏花这么久，还在阳坡皿打转，两人怕要整点事了。”“只要不出格，大姑娘小伙子在一起整点事有啥奇怪的。”老乔言罢复归正传：“到杏花家门口时，杏花倒是邀请了根柱。根柱说：‘还是不进去好，拆了纱布，哪天专门拜见师母。’他从裤兜掏出一把牛角梳子递给杏花，说是带给师母的。杏花爽快地接过梳子，让他大门外稍等，一溜烟跑进了院子。不一会儿，背手拿件新织的毛衣出来，说：‘根柱哥，你把眼睛闭上不许偷看。’根柱刚一闭眼，杏花在他脸颊上亲了一口，毛衣往他怀里一塞转身跑了。根柱愣了片刻回过神，捂着毛衣摸着脸，心怦怦跳像泡进了蜜罐。

“根柱折返的时候天已经黑了。对于习惯走夜路的人来说，自己就是一盏灯。沟底的蛙鸣应和着蛐蛐欢快的叫声，星星一颗一颗地亮起来，越来越稠的夜空像谁深蓝的记忆。其实，很多烦恼源于人的自私和任性。香婶和养父都是他最亲的人。得知去世的香婶是他的亲妈之后，到陕西寻亲未果千里迢迢往回走，逃票、爬煤车、睡桥洞、打零工、摆地摊、乞讨……啥都经历过，有上顿没下顿的。风餐露宿也就罢了，时不时还被狗咬人欺。靠着翻山越岭跑步习武练就的身体，不至于客死他乡。最后遇见的秦安大叔是个好人，收留不说还给路费，让他把家里的事办了，回去跟着大叔干货郎。陇东、宝鸡、关中、河套、内蒙古，最远去过山西的太行山，一路走来，这小子懂得了许多做人的道理，但也染上不少坏毛病。比如自由散漫不修边幅、做事任性没有原则等。外出两三年回来三四次，给杏花家帮完农活就走，对养父视同陌路不闻不问。根柱回顾离家的日子，哪一桩不是自讨苦吃自寻烦恼。除了那位虚无的亲生父亲，那些难以启齿的原因，来不及捅破的窗户纸，造成母子间无法相认的遗憾。就算是养父母，他得到的爱也不比那些有亲生父母的孩子少。可以说，铁匠付出了全部心血。还有他的香婶，生前没来得及叫声妈，但给了他生命，也力所能及地给了他母爱。人活一世，草木一秋，总抱怨命运不公有用吗？每个人都有难处，熬过去了都不是事。路上遇到的一草一木都是机缘，有的饥饿时给你一些果子，你就很快乐；有的野外给你遮风避雨，你也很高兴；有的长出翠绿的叶子开出漂亮的花，带给你美好的感受，活成了你想要的风景；还有一些荆棘划破你的手脚，你不能老记着划破手脚的，给你那点小小的教训，而忽略了因此获得的经验和能力。这些都让你懂得绕开悬崖，不至于失足坠落深渊。根柱记住了秦安师父的话：‘生恩不比养恩大。当一个人冷漠的影子在前面延伸蒙蔽了双眼，后面绝对有一团温暖的光在不断靠近，你只需一个转身，所有问题都会迎刃而解。’”

这些泛泛的说教，与其说是根柱所言，不如说是老乔自己的感悟。

老乔似乎沉浸在自己的叙述中了：“根柱决定回家的日子，也正是他和杏花在城里闹误会的那个春节。一场罕见的大雪覆盖了陇中，也覆盖了方圆几百公里的道路。大雪封山的时候，秦安师父正和根柱挑着货郎担，行进在六盘山腹地。那时的雪厚得出不了门，师徒被困在山里近半个月。秦安师父的朝夕教诲，使得根柱心胸豁然开朗。虽然收留他们的老乡善待有加，根柱仍然难耐思乡的寂寞惆怅。”老乔吸完最后一口烟，把烟屁股摁进烟缸，这是谈话结束的信号。我迷迷糊糊听他最后的描述：“银装素裹的大山残雪未消，身披冰挂的岩石草木泛着冷峻的寒光。根柱放弃了所有货物行头只身上路。靠着随身的一点干粮，步行一百多公里回到了南坡村。当蓬头垢面的根柱突然出现在面前时，铁匠真不敢相信自己的眼睛。自然，根柱提出任何条件他都答应，其中就包括改姓的事。铁匠说只要还叫他一声‘大’，所有的付出都值得。闯荡几年，根柱也成熟稳重了许多。铁匠撑着虚弱的身体拿出存折递给他，根柱没接却失声痛哭，双膝跪地：‘就算改了姓，但从今往后，您还是我的亲大！’铁匠顿时流下了欣慰的泪水。他说存折上也没多少钱，暂时替根柱保管着娶媳妇用。从那时起，根柱就在本县跟集摆摊，再没出过远门。根柱回家的第二年，杏儿岔等来了两个好消息：一是陶志远洗清了罪名，但案件的来龙去脉尚未彻底查清，暂时就地安排工作。二是恢复高考，杏花得到消息时错过了头一次机会，不过次年七月份的第二次考试她还是赶上了。”

五

半个月过得很快，根柱的伤早已痊愈。他和杏花相约进城查看高考结果。班车一到县城，两人就直奔教育局。迎接他们的只有墙上一张破旧的通知，上面明明白白写着公布成绩的日期。

“三天后才公布，咱们白跑一趟，唉！”杏花叹口气。根柱说：“要不，咱们在城里玩几天？”杏花一听急了：“站着说话不腰疼，你一人吃饱全家不饿。我妈独自在家着急，你忍心？何况……”根柱听着杏花的抱怨并不接茬，怔怔地盯着教育局大门，出来几个年轻人渐渐消失在街角。根柱若有所思自言自语：“出来的人也是学生，有的兴高采烈有的垂头丧气，分明是知道了结果，是不是该进去碰碰运气？”犹豫再三，根柱鼓足勇气拉着杏花进了大院。

挂招生办牌子的办公室门虚掩着，一位四十来岁戴眼镜的中年男子陷在破旧的沙发里打盹。杏花推开门小心翼翼地叫声老师，那人慢慢抬起头显得很不耐烦：“下班了，有事下午再来！”直到看清一位漂亮姑娘站在面前，立马似笑非笑缓和口气：“你也是打听成绩的吧？过两天再来，成绩还在整理，到时候都上墙……”杏花发现此人除了脸上的褶子，和南峪中学那个“瘦猴”有些相似。杏花说："我们是南峪乡的，进趟城不容易，能不能行个方便查一下分数？"那人扫一眼杏花身后的根柱干咳了两声，抽出一支海洋牌香烟点燃，跷起二郎腿吸了一口问道："你们两个都是考生？"杏花说："他不是。"那人拉下脸来："无关人员出去，我先问问这位女同学的情况。"见根柱没出去的意思，便下逐客令："你们都走，改天公布了再来。"杏花说这是我哥，然后推了根柱一把，根柱这才退出办公室。那人示意杏花把门关上，目光蚂蟥般叮在杏花脸上："你叫啥？"杏花报出姓名时，那人颇感意外，竟一下站起来扶了扶镜框，踱到杏花跟前："陶杏花，你是陶志远的女儿？"杏花没想到眼前这人竟说出了父亲的名字。杏花下意识地问："您是？"那人即刻把烟摁进桌上的烟灰缸说："我姓黄，你叫我黄叔叔好了，我和你爸原来一块儿工作过。"说着拉开办公桌的抽屉，取出一沓钢笔抄写的花名册，迅速找到陶杏花的名字："呵，不错，你没问题，高出分数线三十多分。"杏花看一眼分数，心里别提多美了。黄叔叔递给她一份政审表说要下班了，表填好下午或者一周内交来就好。这时根柱推门而入，头上沁出了细密的汗珠。杏花有些兴奋，说："根柱哥，黄叔叔给我查到分数了。"根柱看一眼杏花，将信将疑，掏出两包蓝盒海洋烟，说："给黄叔抽去。"黄叔叔嘴里说不好意思，却顺手接过烟塞进了抽屉。从教育局出来，杏花嫌根柱出手大方，埋怨花了冤枉钱。根柱说没事，生意好了一次就能赚回来。杏花打小就知道根柱的脾性，不达目的决不罢休，这次还是为了自己，顿时有了一丝小鸟依人的感觉。

杏花的喜悦写在脸上，根柱则心事重重。他把杏花领进那家新开的回民馆子，要了两碗面后问杏花，哪里冒出个黄叔叔？杏花记得父亲曾提过一个叫黄同生的人，自己到南峪中学上初中之后，那人到杏儿岔小学当督导，父亲出事之前就走了，没见过本人也能猜个八九不离十。根柱说，那人看起来斯文，却爱占便宜，笑起来有股子邪劲，眼镜后面小眼睛色眯眯的，一定不是个好人。杏花指头按在嘴唇上，示意他自己要先填表别乱说。杏花填得很认真，剩下家庭出身和父亲政治历史表现两栏时，她咬住笔头思考了一会儿。牛肉拉面端上来，根柱劝杏花吃过饭再说。杏花斟酌再三，在出身栏填上“工人”，父母政治历史表现栏填了“政历清白”四个字。

根柱下午没让杏花露面，替她交了表，顺便打听到那个黄叔就叫黄同生。根柱说，交表时黄同生问自己的姓名，还说陶杏花本人为啥不来，表没看就直接塞进了抽屉，漠不关心的样子，哪像个叔叔的样？在根柱眼里，这个黄叔叔行为举止有些蹊跷，杏花却只顾着高兴，没把根柱的话当回事。

根柱说：“你上了大学指不定把我忘了。”杏花答道：“哪能呢！我的理想是当个老师，毕业后回来教书，咱俩还在一起。”

三天后，根柱自告奋勇去了一趟县城。直到在张榜公布的名单里看见陶杏花的名字和分数，这才放下心来。他也打听了，不出二十天，录取通知书就会寄到考生家里。根柱把知道的点点滴滴一字不落地说给杏花，杏花则把这消息写进了给父亲的信中。

等待也是一种煎熬，都一个月了录取通知书还没下来。想到父亲也在等待，杏花破例借了学校的电话，向父亲诉说心中的焦虑和担心。当她提到政审和黄同生的名字时，陶志远顿时着急起来：“那人心术不正，你赶快去找一下周叔叔。”杏花哭着说：“我不去，我就想见爸爸！”“你别急，爸爸马上请假回来。”和其他就业工人不同，陶志远仍是一名重点管制对象，这种身份厂里一般是不会准假的。能够“马上请假回来”说明陶志远心里有数。这是他第一次成功请假，因为狱政科的人告诉他，这几天公安局要来人，有个案子需要他的配合。

五年了，陶志远第一次走出悬挂育新机械厂牌子的大门。身着白色警服的司机和狱政科干事办好交接手续后，领着陶志远向大门口那辆吉普车走去。身后沉重的大铁门又缓缓地合上了。

陶志远下意识坐到后排。上车才发现，坐在旁边的人竟是久未谋面的周炳坤，正微笑着向老同学致意。吉普车一溜烟上了公路，周炳坤这才开口：“司机小罗是自己人。”陶志远轻轻“噢”了一声，奇怪道：“咋搞得跟地下工作者似的？”他心里明白，这次能请上假，仍是老同学之力。忽然想到“卑微”二字，但话一出口还是从前的味道：“把你的好烟给颗。”周炳坤忙递上一支“老兰州”，火柴一划给他点着，郑重其事地说：“这也是工作。案件最近有了很大进展。路上还得两个多小时，正好把这消息当面告诉你。”周炳坤从文件夹掏出两张照片递给陶志远，如释重负的样子。一张照片是王德贵，另一张大概是翻拍的黑白老照片，贴在一张旧式表格上。照片有些发黄，上面一张娃娃脸。陶志远对着光仔细辨认，目光似乎被灼了一下，表格上的娃娃脸和王德贵眉眼相似。陶志远如梦方醒自言自语：“难道他们是同一个人？”周炳坤道：“万幸的是，追随蒋公起义的几位知情人依然健在。当时缴获了一批胡宗南潜伏特务档案，这张照片就是从那堆档案里找到的。如果能确定这个王桧就是王德贵，事情不就真相大白了？我这次先去省城拜访了蒋公云台。据他回忆：‘1949 年春，我部最初与解放军接触时，两名敌方收买的士兵，伺机刺杀解放军联络员，被负责警卫的陶哲抓获。为表明我方起义的诚意，我下令以逃兵名义处决他们。其中一人曾是陶哲的人，所以交由他处置也是出于信任。那时候我的部队还在陇东。扶眉战役之后，我才把队伍拉到陇南。王桧加入特务组织的事，我是在起义成功后才知晓，是从缴获特务组织的档案中发现的，陶哲估计到现在都不知道。’”

陶志远似乎呛了一口烟，伴随一阵剧烈的咳嗽，周炳坤拍着他的背，使他尽快平复下来。陶志远问：“奇怪，你是怎样将王桧和王德贵联系在一起的？王桧被处决是当时公开的秘密。”周炳坤道：“是省公安厅负责复查案件的一位领导提出来的。他就是当初和蒋云台接头的那位解放军联络员，也是缴获那批特务档案的归档者。这位领导有着超强的记忆力，知道王桧的特务身份且见过王德贵。他说，解铃还须系铃人，除非王桧还活着。”陶志远说：“这个王桧和我同村，曾给我当过几天勤务兵。他从小没了父母，是奶奶养大的。我提前命人挖好坑，杀只鸡伪装现场，说要亲自毙了这个不知死活的东西，将他带进那片林子朝天放枪。念及同乡和他八十岁的奶奶，我放了他一条生路。千错万错，我不该欺瞒蒋公，如果当时毙了他，就不会有现在的麻烦了。”

陶志远记起那次去城里开会的情形，王德贵当时在主席台就座，不一会儿就借故离开了。陶志远懊悔道：“二十多年过去，也就和他打了那一回照面。万万没想到，那满面横肉的家伙居然就是王桧。没认出他算我眼拙，但他认出了我，不知感恩也罢，为啥要置我于死地？”周炳坤笑着说：“老同学大概教书教傻了。那样的政治环境，他能当上革委会副主任，最怕的就是有人知道他的底细。

你的出现成了他的噩梦。没有底线、不知敬畏的人往往经不住利益的诱惑。再说大恩如仇，如果社会没有规则缺乏约束，人性之恶就会暴露无遗……”陶志远听着老同学的一番高论，若有所悟：“看来，太善良也会招来祸殃。”周炳坤道：“还有个好消息，要给你彻底平反了。先委屈你到教育局任职，这事现在不能声张，等收拾了王德贵等人再说。今天直接送你回家……”陶志远似听非听，心里那块石头无法令他释怀。“老同学有难处尽管开口！”周炳坤似乎看出了他的心事。陶志远借机把杏花参加高考和自己担忧的事说了出来。县城就在前面，周炳坤看了看手表，吩咐小罗：“直接到教育局。”

陶志远和司机在车上等候。迎接周炳坤的是自己的老部下，新上任的局长杨昌硕。得知来意，杨局长马上吩咐办公室查一下陶杏花的录取情况。不查不知道，一查吓一跳，陶杏花的档案不见了。这事非同小可，杨局长说，只要上了分数线的考生档案全部提交省教育厅，按志愿寄往各大高校。教育厅没收到陶杏花的档案，局里存放档案的地方也没有。周炳坤当着办公室工作人员的面发了火：“下午必须见到档案，无论何人，敢在这件事上玩忽职守、徇私舞弊，坚决严办。”杨昌硕望着周炳坤愤然离去的背影，一刻也不敢耽搁。他给招生办的人下了死命令，中午不休息都要找到档案。

其实，谁在搞鬼杨局长心知肚明，有了领导的支持他才好放开手脚。招生办主任黄同生没敢露面。他的后台正是王德贵。此人原是一所初中的勤杂人员，大字不识几个却很会来事。黄同生在学校教政治，课上得不咋样，满脑袋鬼主意。两人谋划成立战斗队夺了学校的权，王德贵成了校革委会主任，黄同生为副主任。没几年，靠着打砸抢，王德贵当上了革委会副主任，差点取代周炳坤的位置。黄同生顺理成章当了学校的一把手，后来因另一派反击，黄同生被驱逐。接手校长的是素有威望的杨昌硕。王德贵为避锋芒，把黄同生安置到偏僻的南峪中学。几年后周炳坤成了靠边站干部，杨昌硕进了五七干校学习改造，王德贵乘机把黄同生安插进教委。又过了四五年，城里的形势趋于稳固。王德贵想在农村抓几个典型。黄同生不失时机地进言，说杏儿岔小学一直风平浪静，不抓革命只育黑苗。王德贵就派他去杏儿岔小学，以教委督导名义“抓革命除黑苗”。刚到学校，黄同生借传达最高指示和县革委会精神召开大会，号召积极检举揭发右派“走资派”。他慷慨激昂却没人响应，若不是陶校长打圆场，黄同生差点下不了台。此后，黄同生建议全校停课，帮生产队修梯田搞运动，被陶志远以耽误娃娃上课为由劝止了。黄同生心有不甘，尝试拉拢个别教职工也没得逞。没多久，陶校长到县上开会，莫名其妙进了监狱。虽然杨昌硕对这段历史很清楚，但自己刚出五七干校复职，谨慎一点是必要的。

杨昌硕派人把黄同生从一场饭局上找来。他压住火气轻描淡写地问：“黄主任，一份考生的档案不见了，上面要求追查。你负责招生办工作……”后面的话没说完，就被一嘴酒气的黄同生打断：“哦，啊，那名考生政审没通过，反正她也上不了学，档案应该还在，我去给你找找。”他显然做好了应对的准备。

档案很快放在了杨局长的面前。牛皮纸袋没有封口，里面除了杏花填的那份政审表，还多出一份检举信。大致内容是说，陶杏花父亲陶志远是反革命分子国民党潜伏特务，仍在监狱里服刑；陶杏花生活作风有问题，和一个叫刘根柱的男生不清不白，政审时对组织隐瞒实情，不老实不正派……杨昌硕心里不是个滋味。邓小平同志恢复高考，放宽政审条件的政策摆在那里，却还有人炮制黑材料整人。杨昌硕给周炳坤做了电话汇报，周炳坤指示先把档案送上去，无论如何要保证娃有学上，处理人的事放在后面。杨昌硕立即与省招生办衔接，杏花填报的省城重点高校已经录满，只有一所不知名的师范专科学校还有机会。杨昌硕马上安排人整理档案，以最快的方式送往那所学校。

周炳坤向陶志远通报了这些情况。事已至此，他劝陶志远不要生气，一定严厉追究黄同生的责任。又让妻子炒几个菜，拿出一瓶珍藏的茅台。陶志远说，喝酒就算了，死活不让开瓶。周炳坤理解老同学的归心似箭，吃过晚饭便安排吉普车连夜将他送回了杏儿岔。

见到朝思暮想的妻女，陶志远禁不住热泪横流悲喜交加。喜的是女儿长成大姑娘了，亭亭玉立又考上了大学；悲的是这几年的牢狱之灾，给母女俩带来了巨大痛苦和磨难。包括这次人为的作梗，让女儿失去了上最好大学的机会。陶志远说，自己的审查还没有结束，要不是周炳坤的运作，他们连这几天假都不给批。一家人还没说上几句话，学校老师和村里人就闻风而至。杏花说，那一夜，她家比过年还热闹。

陶志远临走前对妻子说："周炳坤夫妇特别喜欢杏花，有意认干女儿还想碰亲家。"杏花妈说："认干女儿可以，碰亲家的事免谈。就算周帅是个正常人，杏花上了大学，谁还能管住以后的事。农村女娃十七八岁就谈婚论嫁的事情常有，偏远一点的地方十五六岁出嫁的都不稀罕，但咱杏花有文化有抱负，自然和那些女娃不能相提并论。”

父亲走后，杏花收到了录取通知书，却怎么也高兴不起来。去吧，是自己瞧不上的普通大专；不去吧，费了很大周折才争取到。再说父亲的事还得靠周叔叔，现在又欠下这么大个人情。为了报恩，将来是不是真得嫁给周帅……杏花不敢往下想，心里特别烦闷。

通知报名的头一天，根柱来了，少不了那时候通常的赠品：一个印有领袖语录的笔记本和一支英雄牌钢笔，另外一大包猪肉罐头、水果、点心给师母，一双新式女平跟黑皮鞋给杏花。见她还没有去学校报到的打算，根柱有些着急：“好赖也是大专，而且国家有补助免学费包分配，自己花不了几个钱，两年出来就能工作挺划算。要真上了你报志愿的那所大学最少得四年，还不知把你分配到哪里……”

他俩在杏儿岔涝坝的水边消磨了一个下午。秋日的暖阳抚慰着两个年轻躁动的灵魂。没有任何海誓山盟，霜色点染的杏树如同少女羞红的脸颊。澄碧的一池秋水和茂密的杏树林收藏了他们怦然的心跳及那些热烈而温馨的窃窃私语。

根柱告诉杏花，他跟着师父当货郎时，曾在山西杏花村遇着几个知青，和其他年轻人不同，他们都喜欢读书，对未来充满希望。根柱说：“我和秦安师父把走南闯北搜罗的十几本旧书送给了他们。那天，知青们在一孔僻背的窑洞请我俩喝酒，高兴的时候开始朗诵诗歌。第一首就是杜牧的《清明》，后来开始朗诵新诗。其中一首我非常喜欢，他们抄在纸上送给我，现在都记得。”

根柱轻轻朗诵道：

当蜘蛛网无情地查封了我的炉台，
当灰烬的余烟叹息着贫困的悲哀，
我依然固执地铺平失望的灰烬，
用美丽的雪花写下：相信未来。

当我的紫葡萄化为深秋的露水，
当我的鲜花依偎在别人的情怀，
我依然固执地用凝露的枯藤，
在凄凉的大地上写下：相信未来。
……

我之所以坚定地相信未来，
是我相信未来人们的眼睛——
她有拨开历史风尘的睫毛，
她有看透岁月篇章的瞳孔。

不管人们对于我们腐烂的皮肉，
那些迷途的惆怅，失败的痛苦，
是寄予感动的热泪，深切的同情，
还是给以轻蔑的微笑，辛辣的嘲讽。

我坚信人们对于我们的脊骨，
那无数次的探索、迷途、失败和成功，

一定会给予热情、客观、公正的评定，
是的，我焦急地等待着他们的评定。

朋友，坚定地相信未来吧，
相信不屈不挠的努力，
相信战胜死亡的年轻，
相信未来，热爱生命。

根柱用广播里学到的普通话朗诵完这首诗的时候，杏花眼里闪烁着莹莹泪光。

透过西斜的落日，他们发现了两片红透的杏树叶子，风起时翩然欲飞。叶子的形状如同两颗燃烧的心相互依偎，似乎要将彼此融化。根柱摘下树叶像捉住一只巨大的蝴蝶。杏花小心地把它放进了贴身的衣袋，她说要把两片叶子当作书签。根柱又找来一块片石，用土块写上“破铜烂铁”的字样，远远地打了个水漂。望着一连串水花飞珠溅玉，根柱说，扔掉的其实是“同生铁生”两个令人晦气的名字。处在任何境遇都不能倒下，不能被几点时代的污垢毁掉青春的色彩和远方的诗意。人活一世，草木一秋，“生若夏花之绚烂，死如秋叶之静美”。参破生死方能更好地把握人生，生命的每个瞬间都是美好的存在。罗曼·罗兰也说过：“世界上只有一种英雄主义，那就是当你看清生活真相的时候依然热爱生活!”罗曼·罗兰的名言、泰戈尔和郭路生的诗句把两颗年轻的心连在了一起。那一刻，根柱就像一位年轻的诗人，他的一举一动、一言一行似乎都不同凡响，或许是被那些充满激情的话语鼓舞了，杏花终于决定去师专上学了。为照顾杏花母亲，除了师专的寒暑假，根柱几乎住在了杏花家里。

老乔说："那些诗句名言诓女娃还行。杏花后来曾埋怨根柱，因为他压根就没读过罗曼·罗兰的《名人传》和泰戈尔的诗集，当时脱口而出的那些句子都是从知青那里听来的。埋怨归埋怨，杏花对根柱的感情可不一般，经受得住考验……"

我和老乔在招待所住了一周。白天忙着开会搞专案，晚上一回客房他就开始掰扯那些往事。有的似乎尘封多年，遇见我才往出来掏。而在我看来，根柱和杏花的故事远不如他的段子精彩。越到后面我越腻味，他不快不慢的语速倒成了催眠曲。最后一晚总算等到了尾声："杏花毕业那年，陶志远已是县教育局的副局长。改革开放后，革委会被撤销，周炳坤升任县委副书记兼县长。"

"在打掉'飞禽走兽'团伙那一年，公安局军管会撤销，公检法机构得以恢复。王德贵和黄同生先后被清理，因所犯多种罪行锒铛入狱。1983 年严打时，王德贵的儿子王庆寿又因流氓抢劫被枪毙……"

王庆寿是王德贵的儿子，这让我略感意外，但结合前面的铺垫，又不觉得突兀。老乔补充道："杏花毕业后到杏儿岔小学当老师，如果不是超生，现在都应该当校长了。"说着把烟蒂摁入了烟缸。我终于松了口气，不用催眠可能会睡得更踏实。老乔刚钻进被子又突然"哎"了一声："我差点忘了，刘根柱给娃上户口的手续还在抽屉里，回头你给咱记着把杏花女儿的户口上了。"我打个哈欠嘟囔着："知道了，不就想走个后门吗？所长安排的事我还敢忘？该睡觉了……"刚要关灯，老乔一个激灵坐起来靠着床头："你说啥?”他的举动令我睡意全无。“起来，听我说!”老乔见我极不情愿地直起身，不禁眯缝着眼咧嘴笑了。他发烟我没接，便自顾点燃猛吸一口：“走后门的事情得说清楚，还记得你刚来那天的事吗?”我点头。“刘根柱给我提酒，你知道为啥?”我无精打采地回道：“你帮他忙，他感谢你，不很正常吗?”老乔听到这儿拉长了脸：“正常?他是要我犯错误哩。他的二胎刚出生没几天就想直接上户口，那时候我如果答应他，是不是得违反政策?只有单位和村上处理过了才能上户。现在杏花也背了处分，根柱也交了罚款，手续齐全我只是做个顺水人情。”老乔继续自问自答，“你知道杏花家在城里，学校旁边也有房，为啥还住在偏僻的南坡村?”我困惑地望着他。老乔弹了弹烟灰，背靠枕头对着招待所的天花板：“以我的猜测，一是因为杏花和她父亲产生过隔阂，多少年了，陶志远都没有完全释怀。二来为了上班方便，开学一家人住学校旁的老宅，放假便回南坡社的新房，况且南坡村还有承包地。除了这些原因，就是杏花超生违反计划生育政策，南坡村偏远可掩人耳目。但无论如何都得给孩子上户口不是?”

“刘根柱蹲监狱两年，出来不久杏花就怀孕了。杏花有教育局管，刘根柱却归乡上管。大概因为他是我的帮教对象，杨书记让我去做工作，最起码让根柱做个‘男扎’。你可能不懂，男扎就是给男人做绝育。人家孩子都快生了你才要男人结扎，不是马后炮吗?为完个结扎任务有必要这么做吗?我干脆给根柱说，你两口子城里生完孩子再回来。乡政府跟寻[①]我就说找不见人，杨书记至多说我

①跟寻：方言，追查。

办事不力……”

老乔看我一眼说：“千万保密，这是给乡上领导放水，说出去我老乔的名声就坏了。”我说：“师父，这话要能传出去，你就割了我的舌头。”

老乔吐个烟圈盯着前方，似乎审视着他要讲述的对象：“女人产后住父母家最合适。但她和父母的芥蒂不光是过去那点事。陶志远是个原则性极强的人，一开始就不同意杏花生二胎，怕违反生育政策丢工作。再说杏花请长假的理由是生病住院做手术，若住教育局大院，很快就会露馅。之前的隔阂要说回到她师专毕业那年，杏花先是分配到县教育局工作，多好的事，可她偏要当老师，把她调到城里中学又不去，自己申请到杏儿岔小学教书，其实是为了逃避她和周帅的婚约。周炳坤也就罢了，关键周夫人拾个棒槌当了个针（真），硬是要把杏花娶进门。为这事杏花和父亲闹掰了，陶志远心肌梗死差点丢了命。住院期间为了让父亲早日康复，杏花暂时答应考虑和周帅的事。组织为照顾病人，给她爸分了一个独院两间半平房，杏花妈就留在了父亲身边。陶志远还想把杏花也调进城，这样全家团圆皆大欢喜。杏花当面什么都答应，心里却有自己的主意。开学上课的日子她和根柱私会，生米煮成了熟饭。就算有这档事，周夫人也没有放弃，她说只要杏花愿意，孩子也可以认成周家的。结果杏花先斩后奏偷着和根柱领了结婚证，这下把周夫人气了个半死。陶志远撂下狠话要和杏花断绝父女关系。周二虎知道这件事后，带俩哥儿们守在阳坡屲袭击了刘根柱。刘根柱起初确实感觉理亏，没怎么反抗。扛过几棒之后，见对方下死手才被迫还击，在折了两根肋骨的情况下，他居然把周二虎几个打跑了。案子是我处理的，因为牵涉周夫人，而且周县长直接给我打电话，说这事很恶劣，要依法严办。事后刘根柱和杏花选择了原谅，我从中进行调解，把周二虎几个治安拘留，并做通周县长夫妇和陶志远的工作，默认了刘根柱和陶杏花结婚的事实，调杏花进城的事情也就拉倒了。其他人我不敢说，根柱和杏花对我是相当感激。”老乔说起这件事，似乎比破了大案还自豪。

我故意给他泼冷水：“周二虎他们几个应该按伤害罪判刑，你这是降格处理。”老乔突然侧过脸来眼睛一瞪：“我还不知道轻伤构成犯罪？但这事做对了，不是因为周炳坤是县长，遇到老百姓也得这样处理，自诉案件调解有利于化解矛盾……”师父发起火来挺吓人的，于是我赶紧引开话题。我说：“师父，明天公事一完请你吃牛大碗[①]。”师父缓和了语气：“其实，杏花是个有情有义的女子，她一直给周帅物色对象，就是几年前给周县长家找的保姆。女娃模样周正人也麻利，后来和周帅结婚，现在周县长有了孙子，也了了杏花的心愿。如果杏花不是执意超生，可能早调进城里了……”在老乔呓语般的叙事中，我渐渐滑入了梦乡。老乔后面说啥我不知道，但从此对他滔滔不绝的口才佩服得五体投地。我对没发生的事从不上心，但给那孩子上户口的事却记住了。

那段时间收获颇丰。除了对辖区的了解程度远远超乎我的想象外，老乔答疑解惑的耐心程度也超出了我的预期。而在不适合说话的场合他又是绝对的沉默如金。老乔常说：“知百家事，解百家忧”是基层民警必备的功夫，但知道多了不能乱说，乱说就成了“倒闲

---

①牛大碗：方言，大碗牛肉拉面。

话”，违反纪律。干工作得做到“嘴勤、腿勤、手勤、脑子勤”，还要耳聪目明，大概这正是一名警察必备的素质吧。

六

作为专案组成员，老乔带着我参与了对其他犯罪成员的审讯取证工作，并协助整理本案所有的案卷材料。第一阶段工作结束的那个晚上，老乔以他特有的感悟和体验，给我讲述农村破案的套路心得。他说，首先，农村地广人稀，人际关系相对简单，要多下村走动，和百姓搞好关系，掌握山川地貌风土人情，对当地治安状况了然于心；其次，工作要有方式方法，有目的地培养几个靠得住的秘密力量和治安积极分子，愿意为你工作并提供有价值的线索；最后才是现场勘验及推理判断随机应变。其实那些所谓的巧合，就是在胸有成竹之后抓住了稍纵即逝的战机。案发之初，心里就应该有明确的方向。比如这次破获盗粮案，你必须知道南坡村人晚上休息的时间，沟底有什么动静会引起狗叫，哪条路把粮运出去不易察觉，暴雨来临后河滩涨水对作案者以及作案工具遗留痕迹能造成多大影响。确定了熟人作案，这个熟人与被害人之间的纠葛，结合实地环境遗留痕迹，掌握作案人心理及相关人员动向，达到排除疑点、去伪存真的目的……

我爱听有情节有笑点的故事，对归纳演绎分析总结不大感冒。我还有个毛病，喜欢随意抛出问题：“既然根柱和海涛是弟兄，根柱也算是刘天寿的侄子，为啥刘天寿对刘根柱作案深信不疑，还安排人抓他?”老乔说:“这需要了解人的心理和所处背景,关系亲密而指证作案更具欺骗性。刘天寿比他哥小得多,是他们家的老生胎[①],哥俩关系挺好。1960年,父亲去世后长兄为父,刘天禄对这个相依为命的弟弟特别照顾,就算亏了自己也要紧着兄弟,即便刘兰香进门后也没有改变。照刘天寿的说法,李铁匠拾哈[②]的老婆,转眼又成了自己的嫂子。起初他对这事特别抵触,处处给刘兰香脸色。那时的南峪中学只有初中,到县城上高中的人极少,高中毕业的学生各单位抢着要,不愁没个铁饭碗。刘兰香非但不和他计较,还劝刘天禄砸锅卖铁让兄弟读高中。她的做法感动了刘天寿。当时的刘兰香刚生下海涛,刘天寿说自己十七八的大汉[③]了,再去城里读书要遭人闲话。本来家里就困难,又添个孩子,多个干活的多挣几个工分。再说城里人也过得紧巴,回家务农一点不比捉公事的瓤[④]。刘天寿就辍学回到了南坡大队。他是这个村唯一上过初中的人,不久便被选为生产队长。

“刘兰香持家有方,是个贤惠的好嫂子。家务琐碎从不让弟兄俩沾手,刘天寿感受到了从未有过的家庭温暖。刘天寿刚满十八岁不久,哥嫂就商量给他张罗媳妇。好几个条件不错的姑娘他都没看上。直到铁匠领着六岁的根柱回到村里,哥嫂商量让根柱来家里吃饭。刘天寿心里再不乐意也还将就,最怕的就是刀子样的闲话。一天晌午收工路过麦场,听见杨玉珠、麻巧玲几个在草垛后调笑:

①老生胎:方言,最小的孩子。
②拾哈:方言,捡来的。
③大汉:方言,成年人。
④瓤:方言,差。

‘……那女人劲大很，白天一个，晚上一个，还勾搭小叔子……不清不楚……’刘天寿气疯了，铁锨往地上一杵，朝她们怒吼道：‘一干嚼舌烂根的骚货，也不撒泡尿照照，自己是啥糗样。再胡说八道，卸折纽[①]一帮野狼日的狗腿。’一贯斯文的人突然爆发的脾气，着实吓坏了几个婆娘。望着鸟兽散去的几个背影，刘天寿往地上一蹲，委屈得直掉眼泪。他明白，假使老哥不是大队支书，自己也不是她们的小队长，几个悍妇能轻易放过他？他曾亲眼见过这帮婆娘扒掉爷们的裤子，把一个老光棍治得嗷嗷叫。和社员一起干活，总能听见类似的闲言碎语，听得多了虽说难受，私下也认同了某些观点，埋怨老哥吃了窝边草娶个拖油瓶。埋怨归埋怨，他还是担心这些传言被哥嫂听见。观察一段时间，哥嫂似乎并不知道那些恶毒的语言。倒是刘天寿自己有了过不去的坎，思来想去，二十的人了，留在哥嫂家吃瓜落不如分家另过。他很快和沟对坡那个曾看不上眼的姑娘草草结了婚。本来村里人就排外，道听途说所谓的‘野种’手脚还不干净，便起了偏见。刘兰香死后根柱不认养父出走，未婚先孕娶了杏花，应该心满意足好好做生意过日子，又因盗窃进了监狱，所以对他就更没好印象。后来宋黑娃等人隔三岔五地吹风，说根柱一到晚上打扮得流里流气，出入酒吧录像厅歌舞厅，和社会上不三不四的人打得火热……把海涛欠赌账的事也算在根柱头上，说债主是根柱纠集的一伙外地人，刘天寿头就大了。盗粮案发后他联系不上刘海涛，现场足迹的巧合更增加了刘天寿对根柱的怀疑。刘天寿私下说过，刘根柱和那个三码子司机可能一伙，偷粮

---

①纽：方言，你们。

食是一帮赌博贼叫的活页子[1]。”

我不假思索，又提出疑问：“刘天寿难道真不认识牛雄？牛雄是宋黑娃的人，他们和宋黑娃关系不一般。”老乔说：“牛雄替宋黑娃卖命，所作所为都是见不得光的事，所以一般不让他抛头露面。刘天寿没见过这人也说得通。”我又问：“抓刘根柱会牵连到侄子，他就没怀疑过债主单独作案？”老乔说：“如果案子破不了，是不是有看护的责任？案破事了，偷自己的粮食还能算偷？若真像刘天寿说的那种情况就简单多了。有地里鬼这一层他还是能够想到的，‘日防夜防，家贼最难防’，赌博人还不起账，债主一般都是当面拿东西，哪有半夜偷着来的。偷粮食吃力犯法不说，抵不了几个钱还惹祸上身，聪明点的赌徒不会这么干。刘天寿被那帮人牵着鼻子，跟着别人的思路走……如果不吃透案情内幕，十个刘天寿都会被忽悠。”一个单纯的案件竟牵扯出这么多弯弯绕绕，忽然觉得干警察有点意思。遇事得多动脑子，小案子也不敢马虎。

老乔清楚团伙犯罪的复杂性，也知道突破点。他说：“这伙人的供词漏洞百出，那些避重就轻的交代，像是给活人眼里插柴。”当我移交完案卷材料，终于可以松口气的时候，老乔又向局里提出了几起恶性案件的并案线索，包括两起凶杀案。其中最令人焦心的便是刘天禄遇害一案，这伙人的证词居然滴水不漏。最初调查的情况是刘天禄占了李铁匠的老婆刘兰香，铁匠可能怀恨在心，因此铁匠父子成为最早纳入视线的嫌疑人。照这样思路查下去似乎顺理成章，但老乔说，这只是迷惑人的表象。“人是抓了一篓子，难啃的

---

①活页子：方言，提前串通。

骨头还在后面。接下来的工作，是如何把这根骨头变成破案的钥匙。”老乔这话切中要害。如果没有足够的证据，宋黑娃、周二虎一伙不会轻易就范，死者的沉冤或许真就无法得到昭雪。

头一件事就是去周二虎家。这次老乔一身挺阔的橄榄绿，器宇轩昂，英气十足，黑提包一刻也不离身。刑警队两位同志一大早就开着吉普车上来，在老乔的带领下绕道南峪溪口直奔目的地。

“你们这帮天杀的，把我的娃抓了，还敢到家里来，你们还我虎子，还我……”在母老虎杨玉珠歇斯底里的号哭叫骂中，老乔带着刑警队的两位同志开始了有条不紊的搜查。我和一位女同志正准备对撕扯纠缠民警的杨玉珠采取措施，蹲在墙角一言不发的周老蔫，突然提了一柄尖头铁铲冲过来，一把扯住婆娘的领子，铲头朝下，眼睛血红地瞪着她。或许是丈夫从来都蔫了吧唧，习惯了事事顺她，从没见过这阵势的杨玉珠吓坏了。我急忙夺下尖铲喝止道：“不要胡来，公安人员依法搜查，你们必须配合，任何人都不得阻碍执法妨害公务！”最初的搜查并没发现异样，杨玉珠暂时安静下来，不时瞟着我手里的尖铲。老乔拍着灰从堂屋出来，瞅见这东西眼睛一亮，厉声问道：“这铲子是谁的？”周老蔫刚要回话，却被杨玉珠拉了一把说：“不知道。”“铲子在你家，怎么说不知道？”老乔说着拿过铲子，招我进了左手的厢房。炕头墙上有个神龛，老乔示意我把那尊黑乎乎的神像取下来。杨玉珠突然大喊：“哎呀，那是我娃供的家神，你们不能动哇，要遭报应的！”怪声怪气扑过来被民警拦住。怕她再胡闹，老乔让刑警队的同志将她控制起来。我把透着绿锈的神像递给老乔。老乔吹了吹上面的灰说，那是一尊手持蓝莲花的绿度母，根本不是什么家神，又示意我继续在神龛里找。我试着敲了敲瓮后熏得黑黢黢的墙面，凸起的地方发出空响，后面有暗门。拆了暗门，取出五六件玉器。有玉玦、玉佩、玉璧、玉扳指，还有十几枚袁大头银圆。最后是一块麻纸包的东西，老乔打开纸包说是鸦片。杨玉珠彻底瘫软在地，周老蔫气得直打哆嗦："哎，败家的婆娘，啥都惯着娃，这下好，省心了呀。"我们把两口子带回村部调查，确认周老蔫不知情，女人交由刑警带回公安局继续审查。老乔说，扣押的那把铲子叫"洛阳铲"，是盗墓贼常用的工具。

据刘天寿说，刘天禄出事后，周二虎积极帮忙办丧事，之后又提出兑胡麻湾的地，并保证给村里交双倍的承包费。刘天寿一合计，反正老哥也不在了，海涛小两口担不了风险，跑不了远路，吃不下苦，胡麻湾的地不能撂荒，有人耕种比啥都强，干脆做主让刘海涛把地兑给了周二虎。

老乔决定到胡麻湾走一遭，刘根柱主动请求当向导。

我俩在南坡社的村部凑合了一晚。天刚蒙蒙亮，老乔把我叫起来喝茶，刘根柱过来时，我们已填饱了肚子。老乔拎起他的黑提包，三人一块儿出发。

天朗气清，鸡鸣狗吠，地势越走越高，麦田才开始抽穗，大概离收获时节尚早。刘海涛站在自家门前，像是专等我们路过。他伤感地说："我大我妈都在上面出的事，你们可得当心。"根柱说："兄弟放心，有我呢。"海涛在老乔耳边低语一阵之后，我们继续前行。

这条远看如细绳的羊肠道崎岖蜿蜒，有的地方特别陡滑，手脚并用还得倍加小心。青石突出部分看似挡住去路，但石头上开凿的台阶比黄土路好走，斑驳绿苔和石缝里的蕨类植物衬托出石阶的古老。将近一个小时才爬到右面山腰。前面就是嘴头崖，涧峡两面呈现出的地貌与黄土坡迥异。对岸怪石嶙峋、杂树丛生向峡里蔓延，下面崖壁陡直令人晕眩。稍缓的半山竟生长着青绿的油松，高大挺拔，森然合抱，这在黄土塬上绝无仅有。深涧发出风的呼啸和木棒撞响大缸般的嗡嗡声，向下看时的确有些骇人。路越走越窄，绕向山后。左手的青石崖分布着高低错落的方形孔洞，像是古代修栈道留下的遗迹。绕过嘴头崖的一段路仅容一人通过，中断的两三米由钉入悬崖的圆木架支撑两块木板连接，木板七八厘米厚、三十来厘米宽，用抓钩和铁丝固定。仔细观察，会发现一处抓钩和铁丝显然比其他地方新。老乔说，那就是刘天禄掉下去的地方，现在重新固定了。当时剪断的铁丝和撬松的抓钩伪装得很好，木板只是陷下去，并没有完全断离。我问换下的旧铁丝呢，老乔道："先看了回单位再说。"

又走了几分钟，前面的山路逐渐宽阔，山湾里一片平缓的台地在阳光下呈现出碧绿的色彩。胡麻花星星点点地开放，如同无数蓝紫色的萤火在大块翡翠中闪烁。沿着台地的边缘再往前走。右边深幽的峡谷里，清澈的涧水或疾或徐时隐时现，景象和牛背梁上看到的截然不同。高高的黄土塬怀抱一片陡峻的石崖。远处群峰耸翠层峦叠嶂，云朵和雾霭缥缈其间恍若仙境。再向前十几米，能看见左边堡子岭上的烽火台了，一条路直通山顶，胡麻地和来路相接处几米远的地方有一山洞，洞中泉水琤琮，沿着胡麻地边的排水渠流向山弯的另一侧。

台地最前端，面对北向的堡子岭时，基本能看到胡麻湾全貌了。右边的地块缓缓上升又向前低下去，那里突然隐现一片花田。再往前走，便看见大朵大朵盛开的鲜花，姹紫嫣红，美艳异常，恍若进入了陶渊明笔下的桃花源。若不是有任务，这么诗情画意的地方，的确会让人流连忘返。若没有老乔的讲解，我做梦都想不到，这些妖艳欲滴的植物就是传说中的罂粟，俗称大烟花。第一次见到这么美的花，不敢相信自己的眼睛，它的果实竟然就是制作鸦片和海洛因的原料。这神奇的景象瞬间让人明白了一位哲人的话："过于妖艳的美是有毒的。"如果让我选择，那不起眼的地椒花或许更加珍贵。当我浮想联翩时，老乔又有了新的发现。上到中间一块地，脚下十多米见方的突出部分，胡麻稀稀拉拉长势差不说，还有人为践踏过的痕迹。一块合抱的石头，像是长在地里，周围分布着一些茶盅大小的圆形坑窝。老乔若有所思道："这地方头枕坡岭、脚蹬流水，是块宝地啊。"去年刘天禄出事后，老乔来过一次，只是走马观花地在山洞前转了一下，想不到后半山上藏着这么一块好地方。刘根柱说："十年前就有人在这边拾到过玉璧、玉璁、玉铲啥的，这几年偶尔有回民来南坡高价收购这些东西，听老辈人说，胡麻湾老早就有人居住，之后来了狼群，人搬光了就叫作野狼湾。新中国成立后为兴修平整这些地，挖出好多玩意都当石头瓦渣扔了。不过也有见着好玩拿回家藏起来的。"老乔边听边查看脚下和周围的情况，有的地方还刨开土看看。地边立着一堵风化严重的夯土墙，约一米多厚，墙下为了平田整地而被削下去半米多深，一长溜断层里嵌着许多瓦块瓷片。老乔抠出一片青瓷说这是宋朝的东西。我觉得这时的老乔就像一位考古学家。我们又转回那片高地，老乔要我们把石头移开，一个人力气大点就能搬动。老乔在移开石头的土坑里扒拉几下，一个洞口露了出来，他说这是盗洞。说着从包里取出一台当时最新款的 135 相机，让我把盗洞和石头拍了照进行复位，接着把整个山湾和罂粟花田按概览和细部的要求拍了下来。随后去山洞，洞口仅容一人通过，里面阴暗潮湿却豁然开朗。老乔摁亮手电，我顺着光柱用相机拍照。这里是典型的玄武岩溶洞，和黄土坡上雨水冲刷塌陷形成的洞穴截然不同。里面的岩石古老而又姿态万千，四周的钟乳石发育不全，说明溶洞丰水期不算太长，许多水滴来源在逐渐枯竭。溶洞内空间挺大，洞顶差不多两人多高，地面岩石突出部分能容纳十多人，平整的地方竟有石桌石凳，石桌为长方形，两头各置一凳，凳面光洁，四周布满青苔。桌凳周围发现十余枚烟头，除了国内知名的“红塔山”“阿诗玛”“红梅”等牌子，竟发现一枚英文字母的过滤嘴。老乔说有英文字母的是美国货叫“万宝路”，他吸过一次，劲大呛人不说，味道还差，不如四毛一包的“兰州”。这烟非常稀少，一般人见不着。个别外地老板从港台那边带过来一盒半盒，招呼尊贵客人图个稀罕。老乔拿出塑料袋和镊子，让我把所有烟头都夹起来装进袋内。高过石桌的后面有石坛。神位空着，石坛上胡乱立着几支未燃尽的蜡烛。后面一些细小的孔穴里冒出清澈的泉水，聚在两侧的暗渠流向洞外。有地方显然经过人工凿引，几节凹槽的朽木散发出苔藓和腐物混合的气味。堡子岭看起来被黄土覆盖，洞中却都是岩石。

洞中出来时，太阳已近中天。该返程了，老乔说，要不是有案在身，咱们可以到堡子岭上兜兜风。路过木板栈道时，他小心翼翼掏出相机，对准松木板重新固定的那头拍了细部照。我对他的举动感到奇怪，心想刘天禄出事都快一年了，现场还能有什么价值？过了嘴头崖，道路渐宽，我和老乔在前面走，下山时，刘根柱落在了后面，老乔让我折回去看看。刘根柱坐在突出的一块岩石上抹眼泪，好像知道我靠近似的喃喃道："这儿是我妈出事的地方……"他说自己也不常来，来了就伤心，我劝了一阵说，老乔在前面等着，他这才缓缓起身随我下山。我不知道如何安慰他，我说，最要紧的是好好活着，过好现在才是对逝者最大的宽慰。

老乔粗略给我介绍了刘天禄出事之后，他和局里其他同志看现场的结果和调查到的情况。当时洞中也提取到许多烟头，其中包括刘天禄本人用旧报纸卷的半截旱烟棒子。

据刘海涛说，父亲有个习惯，每次离开休息的山洞，必须打扫得干干净净。沿途见到垃圾都拾回来添炕，山洞不可能留下烟头等物。他卷烟特别心细，掉不下丁点渣子。抽一半就扔的情况，只在特别愤怒或者想不开的时候才会发生。他说父亲出事前一个多月，曾一次带回许多卷烟烟头，还有些塑料袋等别的垃圾，卷烟头的烟丝更舍不得扔。那几天海涛偷着回了趟家。父亲拿出一粒赌博用的骰子，非常生气地说，有人利用胡麻湾山洞赌博，还骗他借地种了一年的"藏红花"。到开花结果人家上去割浆，才知道是大烟花。父亲咒骂着："哼，两个王八犊子说得轻巧，只想吃点过水面。还想兑我的地，门都没有！"刘天禄把山洞当成了神圣的地方。之前海涛就很少去胡麻湾，这几年压根儿就没去过。他也很想给父亲帮一把，但刘天禄根本不让他去。种罂粟的事也瞒着海涛，大概是为了儿子的安全着想。他还是没忍住，当着儿子的面，把种大烟的事骂了出来。见父亲怒火中烧，海涛赔着小心问了一句："那伙人是不是宋黑娃和周二虎领来的？"刘天禄说不知道，那些人一个也不认识，都是农村人打扮外地口音，只说替老板做事，啥话都问不出来。海涛也一直没敢给父亲透露自己外出打工的真相。传信的人说，要是被抓住就会性命难保，让他不要去厂里。那段时间，在保证安全的情况下他才能偷着回家一趟。赌博欠账那些破事，刘海涛更不敢让父亲知道。照海涛的说法，一旦父亲知道他干的那些事，不是担心死就得气死。

老乔懊恼的是这两年，主要心思放在刘海涛的安全上，却没料到他们会对刘天禄下黑手。老乔的判断没有错，提审周二虎是一场硬仗，也是那段时间工作围绕的中心。而正式的对垒，足以将心细如发、丝丝入扣、电光石火、惊心动魄与沉稳睿智、洞悉一切这些词汇展现得淋漓尽致。那些照片和扣押提取物品起到了增压器和千斤顶的作用，压死骆驼的最后一根稻草却是半截蜡烛，上面居然有周二虎留下的指纹。老乔提取山洞中的蜡烛带回鉴定，我竟然没有察觉。记得老乔说过，看现场不但要求心细如发，还要有层次有重点。最大限度还原细节，还原对手熟悉而又敏感的场景，能够剥光抵赖者的伪装。

松木板抓钩，旧铁丝茬口，蜡烛指纹比对的照片……一些真假物证交替使用，终于撬开了周二虎的铁嘴钢牙。聚众赌博、盗窃古墓、非法种植毒品原植物、制毒贩毒、贿赂笼络公职人员、蓄意谋害刘天禄等桩桩罪行昭然若揭。

七

镜头拉回四年前的那个冬夜。一帮砖厂骨干，在城里最高档的八仙酒店设宴，庆贺宋黑娃当选全县勤劳致富先进个人。此时的周二虎已从一名小小临时工，摇身变为砖厂的二把手，厂里除了宋黑娃谁都得敬他三分。他也知道，宋黑娃看上的是自己身后的靠山，靠得住靠不住且放一边，只要一亮名头，这座小小县城，多少都会给他周二虎面子。自然，他也时时油头粉面，绷紧了公子哥的派头。

酒量再大也架不住敬酒的人多。周二虎很快便有了醉意，他摇晃着走向一名女服务员，似乎在问洗手间，却一把将她搂倒在沙发里。那女娃一声惊叫，在他怀里拼命挣扎。酒店老板急忙上前解救，一边让前台打电话报警。宋黑娃一把扯掉电话线，协助老板分开了周二虎的手。待女娃起身跑向后堂，宋黑娃才命人把周二虎弄下楼去，然后向怒气冲冲的老板赔不是。宋黑娃说："不看僧面看佛面，周二虎可是周县长的亲侄子，你就原谅他这一次吧。"老板余怒未消，说："看在他尕爸的分上，可以不报案，但必须给服务员赔礼道歉。"宋黑娃说："周兄弟喝醉了，我先给道个歉，等他改日酒醒了再登门谢罪。"

宋黑娃是这家酒店的常客，而且砖厂在当地也小有名气，老板当然得给他这个面子。他把宋有黑娃领进后堂，服务员是个十八九的漂亮姑娘，正坐在那里抹泪。宋黑娃说着道歉的软话，掏出一沓十元面额的大钞。开始她抵挡着不接，在老板的劝说后就收下了。当时一百元，相当于酒店员工两三个月工资，一桌最好的酒席也不过这个价。从后堂出来，前台小姐递来用餐单据，宋黑娃看也不看，拿过笔签上自己的大名。老板很殷勤，将他的棕色皮草从衣架上拿过来，宋黑娃套在身上便下楼去了。

街灯亮起，天开始下雪。司机孙尕喜早已在那辆银灰色蓝鸟轿车旁恭候，他一把拉开副驾车门，护头关门动作熟络。周二虎被牛老大和李尕蛋按在车后座上仍在骂骂咧咧。尕喜问：“送您回家?”“回厂里。”宋黑娃话音落处，蓝鸟一声低吼蹿了出去，很快便消失在夜幕深处。按说这车只是宋黑娃通过特殊渠道搞来的二手货，但那时别说农村，县城也找不出第二辆。他自然非常喜欢，给蓝鸟配了专门的司机，不但有派，跑起来更是拉风。

砖厂一溜新建的水泥预制板平顶房，中间的厂长室显然经过精心布置。室内除了有烟筒的方铁炉子稍显土气，水磨石地面，办公桌和棕色真皮沙发，六把实木椅子都是新的。特别是高低柜上，那台十八英寸日立牌彩色电视机，显示出主人的排场。当时大尺寸的进口彩电非常紧俏，必须凭票购买，宋黑娃却能轻易搞到。尕喜先把铁炉烧旺，然后打开电视，待屏幕上图像稳定了，便提起铝壶要去外面水房打水。宋黑娃从高低柜里取出两瓶蓝瓷杏花村，吩咐尕喜顺便到车里把白天备好的烧鸡取来，对牛老大和李尕蛋说：“来，二虎兄弟没尽兴，咱弟兄继续喝，反正下雪也没事干，今晚一醉方休。”周二虎见到酒立马精神了：“喝就喝，酒不醉人我怕谁!”宋黑娃揶揄道：“原来你是装醉，看上那个尕妹妹了?”周二虎说：“你难道没发现，那女的很像一个人?”其实，宋黑娃也早就发现那女孩像谁了，故意卖关子：“像谁?”周二虎指了指酒瓶上的字，这动作除了他俩，还有个明白人牛老大。五六年前那个叫杏花的漂亮姑娘还有让他们栽了跟头的小伙子，他是不会轻易忘掉的。周二虎道：“你知道她嫁给谁了吗?”宋黑娃故作不知。周二虎咬牙切齿地说：“嫁给那个刘根柱了。嗐，好白菜叫猪拱了，也不知道那小子给灌了什么迷魂汤，城里干部家庭不嫁，偏要嫁给一个山沟沟的穷鬼，还是个‘野种’。”周二虎不屑地撇着嘴，“你知道这‘野种’现在干啥？”宋黑娃摇摇头，周二虎鼻子哼哼两声：“大庄[①]进去快半年了。”接着红眼狗似的盯着宋黑娃：“为了挣个先进名声，这两年你成天价围着领导转，还有空听这些事！”宋黑娃说：“话糙理端着，这倒是个实话。败兴的别提，今晚哥几个就是喝酒。”猜拳行令一直持续到凌晨。

雪落了一夜。当阳光斜进窗棂，照着宋黑娃那张脸时，他梦魇般抽动忽地醒来，发现自己躺在沙发里，被子滑落在地上。他拾起被子，脚塞进皮鞋，定了定神，看看腕上的西铁城手表，时针指向十点了。炉火正旺，壶里的水滋滋冒着热气。他知道尕喜就在附近，于是干咳两声。尕喜应声进来，端着一簸箕无烟炭：“厂长起来了，我给你把茶炖上。”接着麻利洗手拿出几个油馍。“那几个呢？”宋黑娃问。“昨晚都被你灌醉了，隔壁睡着。”尕喜答话时已把脸盆、牙缸的热水倒好了。宋黑娃回想周二虎昨晚的话，记起那个曾令他魂不守舍的杏花，和自家的黄脸婆一比较，不由得心烦。他草草洗漱完毕，胡乱喝杯茶吃了几口油馍，让尕喜拿来那件黑色高领皮夹克套在身上，点燃一支万宝路就出了门。不知是宿醉未醒还是记恨从前，反正不是滋味，只想在雪地里走一走，吐一吐肚里的酒气和心里的闷气。

从砖厂大门出来，才感觉到真正的寒冬已经来临。远处起伏的山塬、熟悉的村落已和附近的公路、田野、草木融为一体，好一派银装素裹的北国景象。刺眼的阳光下，几只麻雀在空旷的雪野盲目

---

①大庄：方言，监狱。

地飞着，像被谁反复扔出去又收回来的石子，又像是巨大白纸上几个微不足道的黑点。右手通向南坡村的路被积雪完全覆盖，和路一起顺沟而下永不封冻的那条溪水从雪被下钻出来，又穿过公路涵洞流向下面庄的南峪河。

也怪，承包砖厂的这几年忙忙碌碌为了钱，有钱也风光，闲下来的时候却倍觉空虚，如同这积雪覆盖的大地。隐约看见自家屋顶白色的轮廓。若不是为了两个娃，还有个父亲杵在那儿，他才不愿再回那个家。有闲时间还不如去附近公路边的变电所，那个值班的胖丫头，皮肤白眼睛大，特会给人解闷。但世上的女人再好也比不上杏花的模样和身材。宋黑娃这样想着上了公路，脚下发出积雪摩擦的咯吱声，身后留下一长串深深的鞋印。刚走几步他又停下来，感觉鞋和袜子泡了雪水，正打算回头换双靴子，蓦然发现打沟里下来一对男女。男的推一辆黑色加重自行车，车座带个大包裹，旁边扶车的女子除了红头巾，穿着打扮倒像城里人。宋黑娃心想，这么厚的雪，农村人一般都窝在家里，谁还会出来呢？看来两人走累了，男子停下来擦头上的汗，当女的也取下头巾时，宋黑娃怔住了，那不是陶杏花吗？旁边的小伙子穿着有补丁的棉衣棉裤，浑身透着山里人的土气。宋黑娃很不自然地背对他们。那男的却主动开了口：“哎，师傅，看见城里的班车过去没哪？”宋黑娃转过头，佯装没听见。离得近了，小伙子又问了一声。“没见，还没见。”宋黑娃变着普通话说，怕杏花认出他来，下意识把领子竖起来道：“这么大雪，班车怕是不出来了。”小伙子倒也不认：“师傅，看样子你是城里人吧，也等班车？”宋黑娃打着鬼主意，心不在焉地“唔”了一声，立马转身返回砖厂，身后传来杏花的声音：“别问了，看把他傲的。”

不一会儿，那辆蓝鸟从砖厂钻出来上了公路，朝县城方向行驶。宋黑娃就坐在司机背后。前面不远处，杏花和那个小伙子推着自行车，正一滑一拐艰难地往前走。当蓝鸟缓缓停在面前时，推车的两人有点莫名其妙。尕喜下了车，突然冲小伙子叫了起来：“这不是刘海涛吗？我正好送人，把你们捎上。”刘海涛愣了一下：“哦，是孙尕喜？”他忙给杏花介绍，“嫂子，这是我小学同学。”海涛高兴地打趣，“十年没见，出息了，开上高级小卧车了。”尕喜忙用手指按嘴上嘘了一下，指了指车里：“小声点，车上有领导。”尕喜打开后备厢，把行李和自行车都塞进去，后盖就让张着。杏花说：“这怎么行，自行车掉下来不打紧，把你的小车刮坏了，不怕领导批评？”尕喜说：“没事，上车吧。”杏花坐进了副驾室。海涛坐后边，见领导正是公路边他问话的那人，一顶黑毡帽扣在脸上不爱搭理人的样子。海涛不敢吱声，车开动时杏花转头瞄了一眼，觉得毡帽下的那人挺别扭，也没多想，碰上个帮忙的应当感谢人家。一路上，尕喜都在夸他们领导有本事，这几年勤劳致富挣了大钱，最近又评了先进得了奖。平时四十分钟的车程，尕喜开了近一个小时。

已经到城区了，杏花越来越感觉哪儿不对劲，问尕喜：“你开的车是砖厂的吧？你们领导是不是姓宋？”宋黑娃装不住了，帽子扶正直起身，不自然地笑道：“我一直感觉对不住一个人，今天有幸遇见，本来该当面道歉的。五六年没见，你还是那么漂亮，能记得姓宋的，真是缘分啊。”杏花一惊，立马让尕喜停车。宋黑娃说：“去哪儿？把你们送到再说。”杏花有些手足无措，说：“已经到了，麻烦你们真不好意思，宋厂长现在可是名人，过去的事就不用提了。”“好，好，如果还有用得着我宋某人的话尽管开口，一定为您效劳。”宋黑娃说着掏出一张名片递给刘海涛。杏花和海涛慌忙下车取了自行车和行李直奔看守所方向而去。他们是给根柱送棉衣棉被的。宋黑娃赞许地拍拍尕喜肩膀说：“戏演得不错。”他临时决定要去见一位大哥，便打发尕喜回砖厂，吩咐留下一个值班的，其他人用车送回家后到歌舞厅门口等着。

这宋黑娃发家致富自有他的一套歪理。一年盈利万把块钱的厂子哪经得住大手大脚的折腾。找门子拉关系平事，除了职工工资，还要供一帮弟兄吃喝，到处都要钱。但凡能挣钱的事他都干，比如谁要干工程没钱了，他可以赊砖也可以提供款项，还可以担保贷款。贷款嘛，每一项除了砍头息，收三分到两毛不等的高利息。大概一算，光这些一年也有几十万进项。而这些收入必须有一帮弟兄和错综复杂的关系来保证。

前些天的几件古玩玉器，经那位大哥之手小赚了几千。最近那大哥又拉他种植一种花，说是种一亩少说也能挣个千儿八百的。开始以为是什么名贵药材，后来大哥告诉他是罂粟。他知道种罂粟犯法，而且当时也没条件，就拒绝了。后来周二虎说他们那儿的野狼湾，现在叫胡麻湾，新中国成立前就长满了这种花儿，但一般人怕狼没人敢去，去了也没几个认识的。周二虎爷爷年轻时就偷着去割过大烟。新中国成立后平整土地，把那一片全部改造成了庄稼地，这种花就绝迹了。他和周二虎搞来的几块玉和元罐青瓷都是从南坡村淘的，听说胡麻湾还有古墓。宋黑娃决定赌一把，他已经交代周二虎把胡麻湾的地兑过来，就算兑上一两亩也行，今天正好去和大哥谈谈，种子说了免费提供，最好能把租地价格敲定，再给周二虎摊牌。只要主动权在自己手里，生意就亏不了。宋黑娃打着发财的如意算盘，走进了那家歌舞厅。

大哥正在包厢和五六个人掷骰子喝酒。听说宋黑娃求见便立马出来，把他领进一间隐蔽的办公室。商量结果是保底价每亩一千，割烟收益除了成本后四六分成。宋黑娃不用掏钱，只负责找个地方，山高林密没人烟的更保险。谈妥后，大哥说他的几个弟兄好赌，城里不安全。这话正中宋黑娃下怀，他立马拍着胸口说，自己的砖厂安全，临走时互相留了电话号码。

从歌舞厅出来时，蓝鸟已候在街道边。他志得意满地坐进车里，转念又想起陶杏花来，不禁叹了口气。车一启动，宋黑娃才感到腹中空了，他问尕喜吃饭了没，尕喜回道："忙着送人还没吃呢。"宋黑娃吩咐直接去八仙酒楼，顺道把住在县委单身宿舍的周二虎拉上。他倒没有忘记让周二虎赔罪的事情。

饭桌上除了那个女子，把老板也一并请了。宋黑娃说："今天就让二虎兄弟做东，不喝酒只为压惊赔罪。"周二虎竭力表现得像一位谦谦君子："老板见证，兄弟酒后失态，得罪这位妹子，从此戒酒，自罚茶水一杯。"言罢将面前的半盏茶一饮而尽。女子叫柯梅，天水人，家里困难，要供弟弟上学才出来打工。见这二位财大气粗、言语豪爽，便放松了戒备不再矜持，径直去吧台取了瓶酒，说："戒酒就免了，少喝点别喝醉就行，给哥几位敬几杯，还望多来酒楼多多赏光。"周二虎连忙讨好道："酒饭钱都算我头上。既如此，不能薄了柯梅面子，我先自罚三杯，再敬各位。"说着站起身抓过酒瓶先自斟三杯饮尽，而后在座的一一敬到。宋黑娃见过的场面多，从周二虎的眼神，就看透了他的心思。周二虎到现在没结婚，不是因为条件差。农村来讲，家境一般，但有尕爸这个靠山，找个过日子的应该不难。只不过这小子朝三暮四，有俩钱了不是赌就是嫖，还不习惯有媳妇拴住。除了没成家，其他爱好倒跟自己能尿一壶。宋黑娃心想，如果不是还惦记杏花，这天水的白娃娃哪有你周二虎的份儿。话说回来，宋黑娃主要心思仍在一个钱字上，赌场有牛老大，砖厂有李尕蛋，至于其他方面还要靠周二虎。最近这小子对古董玩意儿特别上心，比如对玉髓、玛瑙、绿松石、宋瓷、汉瓦、马家窑的东西，只要见到都能说上个约麻糊涂，看的书也尽是些墓葬风水、麻衣八卦、梅花易术之类，看懂看不懂另说，他的这些爱好就和自己的发财经不谋而合。

农闲最忙的时候就是腊月，家家户户忙着办年杀猪。宋黑娃忙着给领导和关系户送年礼年货。周二虎也忙，除了到尕爸家走动之外，就是三天两头去八仙酒楼。一想到柯梅，他就像被勾了魂似的。按说“潘驴邓小闲”勾搭女人的手段，周二虎也学了不少，招惹过的女子何止一打，但不知为啥，每次见着柯梅就犯怵。柯梅对他表面热情，却总若即若离。这年春节，周二虎给柯梅备的年礼被拒绝，让他感到糟心。高中毕业那年，一身黄军服红袖箍的周二虎，跟尕爸去南峪中学参加了一次开学典礼。虽然尕爸没让他上主席台，也满足了他爱显摆的虚荣心。透过绿帆布吉普车窗，高一队列里一位漂亮女生吸引了他的眼球。他不由自主地下车向车旁的老师打听。装模作样要来花名册，找见陶杏花的名字，暗暗记下她家地址。回城的时候周二虎点子多，谎称要回南坡村看望父母。周炳坤特意打发人在公社供销社买了点心茶叶让他带上。他没有立即动身，等尕爸走后，又称学校还有些公事没完，向公社书记要了间宿舍住下。没承想，他一时性急地跟踪纠缠，反而失去了和杏花进一步接触的机会。柯梅不是杏花，既然都收了赔礼的钱，吃了道歉的饭，再收一次礼有啥？礼多人不怪嘛。不收年礼那就是不想和自己深交。不过不要紧，等老子把几件大事办成，挣了大钱，几个柯梅也把她拿下。都说女娃怕死缠烂打，还有句俗语“树怕三摇，女怕三撩”。我周二虎是谁，除了杏花有周炳坤罩着，熟人不好下手，多少女娃还不都得乖乖就范。周二虎心里盘算着，特意为柯梅买好大年三十回家的车票送她上车，这次她并没有拒绝。

这个春节，周二虎破天荒去给刘天禄拜年，提出兑胡麻湾地的事。自从妻子出事，刘天禄就死了心，不愿和人打交道。包产到户时革委会撤销，村里重新选支书，由于早年间的威信，大家都给他投票。刘天禄百般推辞，最后把职务让给了兄弟刘天寿。他知道周二虎的妈早年追求自己，后来赌气嫁给了周老蔫。可能是一直记恨，所以没少找兰香的麻烦。她有过两个孩子，头一个夭折了，所以对二虎特别娇惯，学龄后刻意送到城里读书，这小子却不是个念书的材料。直到这两年，听说跟着宋黑娃挣了些钱，父母也没沾到他丁点光。周二虎上门送礼就是黄鼠狼给鸡拜年——没安好心，所以一提兑地就被他劈头盖脸骂了出去。不过周二虎还真有点不达目的不罢休的劲。这边没门就三番五次纠缠刘天寿，说一大堆好话，也送了不少东西。碍于情面，刘天寿多次找老哥商量，刘天禄说什么也不答应。眼见春播在即，宋黑娃与周二虎又生一计，不再提兑字，而是请刘天寿帮忙，高价租胡麻湾几亩地，明说是种藏红花、党参之类的药材。刘天寿知道老哥正为海涛的婚事犯愁。两个娃都满意，就差女方三千元彩礼。老哥家不缺粮但当时的粮食不值价，全部变现也凑不出几个钱。胡麻湾的地如租出去，照宋黑娃说的价码，彩礼钱就差不多了。况且胡麻需要倒茬，年年种胡麻小麦最后连种子都换不出。倒茬对恢复地力有好处，种和收又不用费心，这么好的事老哥咋就想不通呢？

清明前上过坟，刘天寿把两千块钱预租金交到刘天禄手里，刘天禄起初断然拒绝。刘天寿说，那块地虽好，如果单种粮食和胡麻，一年下来的亩产撑破天也不过换两三百元。刘天寿没提周二虎，说砖厂的宋厂长担保，啥都不用操心，只管拿钱。架不住兄弟三番五次的劝说，刘天禄动了心，勉强同意租但不能说租，只说借给他们种一年。刘天禄担心收成差了对方反悔，又把双方叫到自己家里签了个私下协议。周二虎借地付钱，宋黑娃担保，刘天寿给周二虎打收条，说好用地的人承担一切后果不得反悔，刘天禄这才放下心来。

海涛顺利娶回了媳妇，也给刘天禄种下了噩梦。当胡麻湾大片的罂粟花盛开时，刘天禄知道上当了，急忙找兄弟商量对策。刘天寿虽说有那么点紧张，但和宋黑娃等人相处久了，邪门歪道懂得多些，自然比天禄沉稳。他说："咱俩上当还不能举报，举报的话，钱打了水漂事小，按政策承包地是不能租借的，这事要传出去，别说支部书记和治保主任当不成，还得坐牢。"

刘天寿打发人把周二虎叫来。没等两位长辈发火，这小子装无辜，张口就一套瞎话。说他和宋黑娃都是上当受骗，说这事就他们几个知道，只要不捅出去就没问题，最近南峪峡闹鬼，村里人传得神乎其神……碍于刘天禄在场，周二虎没敢说得太仔细。其实，南峪峡的鬼，也是周二虎和宋黑娃搞出来的。通过他妈和麻巧玲的嘴，啥样的鬼话都会变成亲眼见的“实”话。在偏僻的农村，这样的话传开了就能唬住一大片。何况南峪峡历史上自杀掉涧的人远不止刘兰香一个。据老人讲，新中国成立前峡里闹鬼的事经常发生，新中国成立后再没听到过，直到刘兰香自杀后，闹鬼的传言死灰复燃，周二虎一伙正是利用了人的迷信心理。

周二虎信誓旦旦：“往后除了刘家爸，没谁敢去胡麻湾。驻村干部和派出所的一般不来，来了也不会上那鬼地方。连我和宋黑娃都不敢去，到时候外地人把大烟收割完了，神不知鬼不觉把秆秆一烧，没人知道地里种过大烟，明年原换成胡麻小麦不就成了。再说上面来人都得先找支书，村里除了我大和天禄叔，估计再没人认识大烟花。万一露馅了，天禄叔可以这样解释，因为庄稼倒茬，地闲了一年，不知道谁把罂粟籽下上了，大烟花我们又都不认识。”他的迷魂汤暂时把老哥俩糊弄住了。

为安抚刘天禄，宋黑娃答应把刘海涛招进砖厂。许诺每月五十元工资，干好了还有年终奖。当时乡上一名干部的工资也不过如此。那段时间，刘天禄总是提心吊胆。的确如周二虎所言，直到罂粟被外地人收走也没出事。刘天禄既后怕又窝心，身为一名老党员，犯下的错不可饶恕，却没有自首的勇气，只好听天由命了。

刘海涛到砖厂上班，宋黑娃早就给挖好了坑。只是后来出了件大事，打乱了宋黑娃的如意算盘。

罂粟花盛开时节，周二虎和柯梅的关系逐渐升温，宋黑娃接近杏花的企图却屡屡落空。为发泄失落懊恼的情绪，他西装革履混迹于县城的酒吧会所，成天灯红酒绿。后来，应大哥之邀去那家歌舞厅玩，一并约上周二虎和柯梅。那段时间，三人几乎每天晚上都泡在里面。还真别说，柯梅淡扫蛾眉配一身浅色印花缎面旗袍，比那几个陪舞女郎更为出众。许多帅哥靓仔包括英俊潇洒的中年男子都喜欢邀请柯梅。除非得到首肯，柯梅一般只陪宋黑娃或周二虎跳舞。这情景自然逃不过一双阴鸷的眼睛。

大哥终于露面了。在宋黑娃的介绍下，大哥请柯梅跳舞。那双眼睛始终没离开她的脸，盯得柯梅心烦意乱，不时踩到大哥的脚。大哥就是大哥，不急不躁，曲终把舞伴送回雅座。一个响指，服务生过来，大哥吩咐送三听刚上市的健力宝，柯梅头一回喝这么好的饮料。打那以后，他们每次都得到大哥的殷勤关照，少不了豪华包间贵宾待遇。

“月朦胧鸟朦胧，萤火照夜空……山朦胧水朦胧，秋虫在呢哝……”头一回听这甜腻腻柔情似水的歌曲，柯梅就被迷住了。此刻，包厢里只留下她一个人，正心驰神往沉醉于舞曲，一位年轻女子翩然而至。直到另一支舞曲响起，柯梅才发现身旁的陌生人，一袭粉色裙装，镁光灯下显得身材曼妙，黑亮的大波浪发型时髦洋气。乍一看，面如新月肤如凝脂，略施粉黛便风情万种。柯梅尴尬地站起身，她却温存而热情地打开一罐饮料递过来说：“坐着吧，甭客气，我叫水仙，都是自个的人儿。”自称水仙的女子，操一口南腔嗲语的普通话。水仙说大哥不在时，由她接待三位朋友。相处了几天柯梅就发现，水仙虽热情大方，但不陪舞也不和其他任何人交流。水仙送了柯梅一套化妆品，还教会她简单的化妆技巧，如怎样涂口红和指甲油。几天工夫，柯梅和她就成了无话不谈的好姐妹。此后的交往中，柯梅明显感到水仙心事重重。水仙虽是大哥的人，却对大哥怀着深深的恨意。起初柯梅认为水仙是由爱生恨，嫉妒其他围绕大哥的女人，直到水仙向她说出自己的身世和大哥的秘密。

最后见到水仙的那天晚上，她塞给柯梅一个牛皮纸袋，吩咐无论如何保管好，如果她从这个世界消失了，把东西交给自己的家人，实在不行就交给公安局，千万不能让任何人知道。柯梅虽脊背发凉，却还是勉强答应了。水仙让她发誓，她发过誓，水仙才带着忧郁的神情凄然离开，从那以后柯梅再也没有见过水仙。

几天后，大哥单独约见柯梅，提出高薪聘请她。周二虎妒火中烧，表示再也不带柯梅去舞厅了。据说，这位大哥在黑道上吃得开，女人缘又好，陪舞女郎但凡有几分姿色的和都他有一腿。宋黑娃考虑到自身利益，不但要和他搞好关系，还不能让周二虎难堪。他先是拍着胸脯向周二虎保证："柯梅是你对象，谁都别想打她的主意。"之后买了礼品去见大哥。

在一间台球室里，那位大哥向宋黑娃保证绝不会动柯梅，却发狠似的把一粒黑球送入网袋，要宋黑娃必须替他实现一个愿望，也正是这个愿望，让魔鬼露出了狰狞的面孔。

八

刚入秋，一场大雨不期而至。山洪暴发，南峪河泛滥，河水猛涨。第二天一早，南峪河洪水退去，滔天浊浪如遭受诅咒的狮群，突然停止了咆哮。阳光被大片黄泥滩涂反射，熔岩般灿亮的金色向四周平流开去。迅速收窄的河道仍然翻卷着黄汤泥水有气无力地向北流去。下面庄尾河滩上渐渐凸显一堆泥乎乎的东西。村里的张寡妇正在河滩搜寻洪水冲下来的物什，突然发现那堆凸起物竟然是一个人的轮廓，不禁骇然惊叫，引来几个村民围观。有人慌忙跑去村部打电话报了警。

当乔玉川带着公安局刑侦大队法医和技术员赶到现场时，河岸边已聚集了几十个人。在宋支书的张罗下，尸体很快被安放到一块空地上，四周用草帘和塑料布围起来。经过清洗，一张苍白秀丽的脸和满头乌黑卷发出现在眼前。染过的指甲及脚上仅剩的一只红色皮靴，表明死者是那个时代少有的摩登女郎，身上却没有任何能够证明身份的东西。乔玉川眉头紧锁，这么洋气的女子居然陈尸乡野河道，的确匪夷所思。别说偏远的南峪乡，就是把全县的案例翻个遍，也找不出如此诡异的场景。

尸检报告显示，无名尸，女，二十三岁左右，身高一米五八……死后入水，血液残留有吗啡成分，头部和身体多处淤青软组织挫伤，颈部有绳索勒痕，体内遗留多人精液……初步鉴定为他杀。

乔玉川心情沉重，发誓要替这女子申冤雪恨。

根据尸体漂移距离判断，入水时洪峰已经过去。南峪河涨水高峰时漫过公路，路面不会有车辆通行。而前一天上午雨量最多，持续到下午，洪峰值在下午四五点达到最高。法医综合胃内容物及入水时长分析，死亡时间应在前一日凌晨，抛尸时间在当晚九时左右。最初的侦查方向定位在砖厂和下面庄村及公路沿线。警方迅速向周边县城发出协查通报，并对当日该路段所有通行机动车辆进行排查，没有发现任何可疑情况。

乔玉川负责现场周围十公里范围的走访。将近两个月，他连死者的身份都没搞清楚。县城调查的民警虽有进展，也只了解到死者刚到本地，和一家歌舞厅有关。案发前一段时间，有人见过一个漂亮女子曾和死者在一起。经过进一步调查，那女子正是八仙酒楼的大堂经理柯梅。柯梅看过尸体照片后，却对公安局民警说没见过死者。不久，她也像人间蒸发一般没了踪影。

直到刘海涛参与砖厂的一场赌博被抓，给乔玉川提供了一条重要线索。

“那是一个月前，宋黑娃和大哥一伙人在砖厂一孔废窑里赌博，差点被公安局一锅端。当时负责望风的是孙尕喜，他一报信，所有人都躲进了地下室。我进厂快半年了，从来不知道有这么个地方。地下室就设在厂长套间下面，套间内有蹲式瓷厕，后墙就是地下室入口，外人根本看不出那是一扇门。就在公安那次抓赌失败后，他们收敛了将近半个月。一天黄昏，我被尕喜叫进地下室摇宝（旧时一种赌博名），隐约听见有女人的哭声。趁外出上厕所，我向尕喜打听，他当时脸就绿了，说不该问的别问。尕喜说，地下室耍的有五六个是宋厂长和周二虎的心腹，不认识的两个是大哥的人，知道多了怕你小命不保。那晚上才玩了一个时辰左右，周二虎进来在牛雄耳边说了个啥就匆忙走了。牛雄让大家押最后一宝，之后都到厂长办公室喝酒。到场的只有本厂的弟兄，尕喜和那两个参赌的陌生人不见了。茶几上的酒已开瓶，周二虎端来一瓷盆手抓羊肉说：‘今天老大高兴宰了只羊，他说去去就来，叫弟兄们放开吃放开喝，别等他。’用脚趾都能想到，老大就是宋黑娃。果然，一个小时之后，尕喜回来说，宋厂长城里有事不来了，让周厂长把大家招呼好。说实话，他们不把我逼到这一步，我可能不会把事情抖出来。人常说，好奇害死猫，我就是这只猫。尕喜忙着给炉子添煤烧水倒茶，要给大家服务负责开车，不能多喝，于是一碟六盅斟满酒，在场的都敬到。我划拳打了一关，假装不胜酒力，晃了晃倒在旁边的沙发上。沙发还没躺热，周二虎叫我起来和他划拳。我做出要吐的样子说：‘周厂长，周家哥，饶、饶了我吧!’周二虎说：‘不行，该你支关[①]了!’见我不喝酒只是求饶，不耐烦地说：‘不行了喝个屁酒，杀个鸡鸡[②]放过你。’我勉强喝了一杯，手在脖子上一抹。周二虎扯着嗓子喊：‘不喝酒的给大家服务!’尕喜说：‘服务有我呢，让海涛缓一会儿。’周二虎咋呼着：‘成，地下室取一箱酒上来再说!’尕喜说：‘我去吧。’周二虎不准，说：‘海涛把酒取上来就放过他，不然弟兄们有意见……’‘海涛不知道地方，我给指一下。’尕喜说着把我拉进套间，蹲厕后墙角高约半米处有一电源插座，揭开后是锁孔，钥匙插进去一扭门就开了。‘酒就在墙角，搬上来就成。’尕喜转身出去了。我按亮地下室的灯，顺台阶下去，听见一女子绝望的哭骂声：‘一帮咂人脑喝人血的坏尿，你们不得好死，放我出去……’我定定神，向出声的地方踱过去，是地下室的小套间，墙上有二三十厘米见方黑洞洞的窗口。我掏出随身带的手电往里照，一张熟悉的面孔闪过，心里不由一沉。那女子像杏花嫂子，说话却是天水口音。我让她别出声。‘叫周二虎下来我就不骂了。’那女子哭喊着，我压低声说：‘你别出声我就给你叫去。’

---

①②“支关、杀个鸡鸡”：方言，均为当地猜拳行令的规矩，和所有人猜拳叫“过关”，应拳便叫“支关”；对不应拳而示弱的人，罚其做出抹脖子杀鸡的动作，以示惩戒，叫作“杀鸡鸡”。

地下室即刻安静下来。我迅速看一眼套间一侧的木门，门扣上有挂锁。我急忙抱箱酒退出来，把入口的门虚掩上。尕喜接过箱子，让我躺沙发上休息。周二虎附耳问我，下面有啥响动，我结巴着装醉：‘没……没啥响动。’晚上十点多，牛老大喝高了，喊着把下面的小娘们弄上来开荤。周二虎脸色铁青，让尕喜和李尕蛋把那家伙扶到宿舍去休息。最后剩下周二虎、尕喜和我三个人。周二虎也像醉了，把他那辆嘉陵摩托车钥匙扔到办公桌上，对尕喜说：‘我喝高了，骑不了摩托，今晚你值班，把我送回城里。’便摇晃着出了门。尕喜知道我装醉，拍了拍我的肩膀，说声‘把门看好’就跟了出去。不一会儿，听见蓝鸟车发动远去的声音。四周安静下来，我迅速起身拉上窗帘熄了灯，将厂长办公室反锁上进到地下室。‘姑娘，睡了没?’连问几遍没人吱声，我用手电往窗口里照。一张席梦思床占去房间多半，被子揉作一团却不见人。我知道，人就在手电照不到的角落，或许因为害怕而瑟瑟发抖。我恳切地说：‘周二虎今晚不会来了，要想出去正好上面没人，这是个机会。你如果相信我，我可以帮你逃出去。’里面还是没声，我又说：‘一个小时后，人就会回来，我装醉没走，暂时帮他们值班……’那女子终于说话了：‘我不认识你，听话听音，相信你是个好人，门外面锁着，要是撬开了，他们不会放过你……’我用手电照了一下侧面门上的挂锁，发现锁子开着，随便挂在锁扣上。我取下锁开了门轻声道：‘妹子，出来吧。’出来的女子头发蓬乱、衣衫不整，似乎还在犹豫，她不敢轻易相信任何人，手里拿着半块砖。我忙说：‘妹子，来不及了，你干脆拍我一砖跑吧，上面有剩下的羊肉锅盔，饿了带上点路上吃，明天我也好交代。’女子丢了砖头一下跪在我面前哭了：‘大哥，你是好人，一定救救我……’我扶起她说：‘外面黑漆漆的，你想去哪里？’女子只是哭，重复着：‘我想回家，我想回家……’她说她叫柯梅，天水小陇村人。我突然有了一个大胆的主意，让柯梅穿好大衣，拉着她出了地下室，找个塑料袋拿些羊肉锅盔打包让柯梅带上。我也套件大衣，拾起周二虎的摩托车钥匙，带她迅速离开了办公室。附近有个临县的镇子，骑摩托车不到二十分钟。自己刚学会驾驶，也顾不得那么多了。我把摩托推上公路，拐过一个山弯发动起来，拧开大灯，带着柯梅就跑。到镇子上叩开一家旅馆住下，并给了她二十元路费，让她赶早班车到县城买票直接回家。

“安顿好柯梅，看看手表，离尕喜走的时间只有半个多小时，估摸尕喜从城里回来少说还得一个时辰。心想，我得知道柯梅为啥被关进地下室，才好找个应对的法子。我这样问她时，柯梅说：‘这事和一个叫水仙的女子有关，她是个苦命人，两年前因为家里穷，要给弟弟换亲①，被逼嫁给更远更穷的一户山里人家。那男的不但矮丑，脑瓜还不好使。她不甘心这么过一辈子，就逃了出去。公路上拦住一辆大货车，司机中等个胡子拉碴的，说话非常爽快，夸她打扮一下绝对是个美女。路过一个镇子时，他领她理了发，还给买了一身时髦的衣服。他说这么一打扮，到南方找个工资高点的工作容易。半路住店时司机强暴了她，当时她寻死觅活的，司机却甜言蜜语，说自己没媳妇，发誓赌咒要娶她。一路给她好吃好喝，结果她被骗卖到南方的一家发廊。明面学理发，背地被强迫接客卖

①换亲：也作“换头亲”，旧时民间婚俗，姑表、姨表的子女相互选择对象，互不送彩礼和物品，只是适当买些衣服和日常生活用品。

淫。店里有打手看着，没一点自由，还不能说真名，取了个桃花的名字。直到去年遇见大哥，赎她出来又改名水仙。大哥看来是个老江湖，人脉广，出手大方，开始对她很好，带着玩了许多地方，也说要娶她。她不相信那些话，觉得娶不娶无所谓，只要对自己好就行。不久，她跟着大哥去了云南，时不时帮着带货，后来才发现带的是毒品。她知道一旦沾上毒就戒不掉，贩毒是大罪，严重的要被枪毙。她一直有离开大哥的打算。后来攒些钱回老家，被大哥派人半路抓回去。先是甜言蜜语地哄，让她干些安全有保障的活儿，比如记账批发之类，还给她开了个商行，其实是为毒品交易打掩护。才几个月，商行因为风声吃紧关了门。从那以后，大哥行踪越来越诡秘，十天半月见不着面。她不甘心这样提心吊胆、没着没落地混下去。好不容易拉拢一个小弟，打听到他和别的女人在一起。在一家宾馆的客房，她抓了他们现行，把那女的从床上揪下来给了一耳光。大哥却吼她骂她，还反过来打了她。想到自己对大哥言听计从，为他平事、为他堕胎、为他周旋于毒贩马仔之间，到头来却被一脚踢开，还不许她自由活动，她实在受不了，说要和大哥鱼死网破。今年春节后，大哥开始道歉，承诺拿出几十万给她开公司。满以为大哥回心转意了，结果是为了用她的色相勾引毒贩，以获取更大利益。时过境迁，大哥再不提办公司的事。她不再相信他，想要一笔钱自己创业，有个退路。大哥让她保证不出卖自己、不泄露他的一切秘密，叫她发了毒誓。他又以西北的几家歌舞厅刚起步，还要办厂进货搞种植基地需要大量资金为由，劝她缓一步创业。她偷着拿了些钱出去散心。这一次大哥没派人跟踪，第二天她就感觉不对劲，身上似乎有千万只蚂蚁在啃。她知道被暗算了，大哥表现出的好都是伪装。她回想抽烟喝水吃饭的细节，能够下毒的机会太多。早知如此，就是拼了命也要离开他。她嘲笑自己多么单纯，愚昧可怜又可悲，吃苦受罪、担惊受怕，到头一场空。水仙又回到大哥身边。不同的是，她更加破罐破摔，为了得到毒品，彻底成了大哥的工具，大哥让跟谁上床她就上，而大哥想跟谁上床她管不着。平时恨不得把大哥千刀万剐，毒瘾一发作她又小猫一样任人摆布。她痛恨大哥，做梦都想把他送进地狱。大哥可能察觉了她的心思，玩腻了还得把她带在身边。海洛因金贵，国外的货又不容易进来，水仙犯瘾的间隔越来越短，代价大不说还烦人，送去戒毒又怕被出卖。大哥贩毒的规矩是绝对不能吸毒，一旦吸上毒不是自行了断就得被灭口。入夏后，大哥把水仙从南方接过来是怕她反水。水仙一到这座县城就没了自由，大哥不允许她接触任何不相干的人，连上厕所都有人盯着。她费尽心机让大哥放松戒备，终于趁接待客人认识了我们几个。我活该惹祸上身，毁了自己清白还差点把命搭上。'

"之前柯梅认为那帮子都是好人，是勤劳致富的能人。水仙出事后，周二虎通过关系，知道公安局查到了水仙和柯梅相识的情况。他抢在民警之前封她的嘴，绝不能透露他们和大哥、水仙这层关系。她开始感到恐惧，自己身边竟没有一个可以信赖的人。我问柯梅，她打工的住处有没有落下东西。她说周二虎已经替她辞了工，把她所有的东西拿到砖厂。知道周二虎是她的对象，酒楼还结了剩下的工钱。当时，柯梅两只眼睛愣愣地对着墙，满是绝望和愤怒：'周二虎无情无义，一步步把我害成这个样子。他扣下我打工的钱，逼我交出什么东西，嘴里没一句实话。他说大哥欠他们一大笔种药材的钱，加上那伙人势大，大哥的事情不得不应付，如果我确实没拿水仙的东西，就到县委家属院租个房，把我接过去，年前把婚事一办，大哥手再长，也不敢伸进县委大院。你不知道这十几天过来我真不想活了，我是把周二虎当成逃走的唯一希望。昨天中午，我吃不下饭，他说吃饱了马上买票送我回家，下午进来又变卦了，说大哥把钱给了，问我东西在哪儿，不如给他们，马上就没事了。我都说了不知道啥东西，他们就是不放过我。周二虎说，如果不交出来，就是水仙的下场，他还趁机把我压在床上……我不敢反抗……'她泣不成声，稍微平复又说，'宋黑娃和周二虎把我骗到砖厂关了将近半个月，变着法折磨我。还有个人看起来很凶，我曾在舞厅见过，周二虎管他叫赵哥。他们一伙都是凶神恶煞的豺狼。我真的很害怕，一闭眼，就是水仙的模样，我怕、怕……'她逐渐缩成一团，像一只被惊吓的刺猬。我还是忍不住问了一句：'他们要找的东西确实在你手里吗？'柯梅瞪大了惊恐的眼睛：'你是，你、你们是一伙？'我连忙解释：'我叫刘海涛，在砖厂打工，看不惯他们。再说你长得像我嫂子，我可是真心救你的。'她滑下床给我跪下，夸张地磕着头：'让我叫你一声哥吧，我不知道阿门[1]报答你呢！'我连忙扶她起来，安慰她别怕也别想太多，安全回家就是最好的报答，遇事还有政府和公安。我让她休息一会儿，记着天不亮赶早班车离开。"

老乔听得仔细，似乎不愿放过任何细节。

"回到厂里，我见没啥动静，悄悄把摩托车归位。进了办公室，钥匙放回原处，和衣倒在沙发上。不知是冬天的风厉害还是柯梅的

①阿门：方言，怎么。

话骇人，那一刻，浑身都感觉冷。尕喜还没回来，我索性起身，到地下室关柯梅的那间屋翻腾一遍。里面也就一张床、一套被褥枕头、一副碗筷，羊肉汤和锅盔没动。床折了一个脚，柯梅扔掉的砖原来是支床用的。还有个空着的纸篓，除此之外啥也没找见。出来时我把挂锁扔在门边，返回办公室。刚躺到沙发上，就听见蓝鸟车由远而近的响声。不一会儿，尕喜进来亮灯跺脚，我装着迷糊地问他：‘回来了？’尕喜看炉子快灭了，添些炭又用炭核蒙了火，说：‘你到隔壁床上睡去，我看着。’我去了隔壁房间，虽然火炉暖着，床上还有电褥子，不知是后怕还是紧张，棉被大衣全裹身上都在哆嗦。宋黑娃，周二虎，特别是被柯梅称为‘豺狼’的大哥，都是些心狠手辣的家伙，他们没达到目的岂肯罢休？唉，管他呢，救人一命胜造七级浮屠，反正关柯梅的房间没锁住，要是问起来，大不了说赌博人多，门上的挂锁好好个落在地上，或许早有人做了手脚，谁知道呢！这么一想心里便安稳了许多。但还是怕，冥冥中像被谁设了局，自己就是掉进去的猎物。周二虎强奸了柯梅，把纸篓什么的清理得一干二净，这好理解。把锁子就那么挂在门上，他就不怕谁进去把柯梅祸害了？到时候大哥要人要东西没有，索命的刀子会落在谁的头上呢？……不知啥时候，我才迷迷糊糊打了个盹。仿佛梦见和妻子月娟在黑暗中狂奔，一大群狼在身后拼命追赶。我跑得精疲力竭，把月娟护在身边与狼对峙，那狼张着血盆大口向我扑来，我惨叫一声……醒来时天已大亮。我不敢再睡了，起身去找尕喜，厂长办公室没人。我平时就有扫院的习惯，于是拿起扫帚把前院到公路的区域都打扫了一遍，直到看不见一片落叶。

“入冬后，砖厂大多项目歇产，民工基本上走完了，几个醉汉可能还在睡觉。只有不拿工钱的三五个人在空旷的厂区忙碌。唯一没停工的窑口需要运送砖坯，出窑的成品砖还得盖草帘子。我不认识他们，听尕喜说那些人脑子不够用，是连骗带哄抓来的，干些简单下苦的活还行。他们是最廉价的劳力，给口饭就得不停地干活，吃的住的连猪狗都不如。想想自己的处境也好不了多少，不但背上大笔赌债，还被这要命的事牵扯，倒有些惺惺相惜的感觉了。

“中午时分，那辆蓝鸟出现在厂区。宋黑娃和周二虎从车上下来，宋黑娃一脸怒气，尕喜表情沮丧，只有周二虎除了眼泡有些肿，看不出啥变化。他们把我叫过去问情况。我说喝醉着睡死了，尕喜回来时又迷迷瞪瞪去了隔壁，没发现异样。尕喜怪自己太大意，说凌晨三点多回来太累，一沾沙发啥都不知道了。天麻亮时他醒来上厕所，发现地下室门开着，下去查看不见了人。挂锁好好的在地上，一定是有人用钥匙打开的。周二虎解释道，挂锁的确是他给柯梅送饭时打开的，挂在门扣上没锁，但人肯定出不来，不知谁给取下了。宋黑娃板着脸说：‘幸好大哥去了南方，啥时候回来还真说不准，必须赶在他来之前把柯梅找见，人可以不来，东西一定要找到。大哥手下那几个人不好对付。周厂长的对象还得周厂长自己去找，钱由厂里出。如果东西找不回来，咱们几个都得倒霉。’周二虎答应去找柯梅，特意要我和他一起去天水。见周二虎态度积极，宋黑娃也再没说啥。

“我俩好不容易寻到小陇村。到村口时，周二虎打起了退堂鼓，支我一个人去。他让把柯梅的行李和他给的几百块钱带上。我知道他是因为干了缺德事不敢见人。柯梅父亲刚见到我时非常气愤，一把揪住我，说：‘你个坏㞞自己送上门来了。’他们叫来一帮人，要把我绑了送公安局。我忙报上姓名，说是我救下柯梅的，他们情绪才稍有缓和。他们并没放松警惕，把我盘问个底朝天，问我是不是周二虎的同伙。我发誓和周二虎没关系，说自己受老板委托，钱是柯梅的工资。我把行李和钱交给了柯梅爸，没敢提周二虎的名字。

“我始终没见着柯梅，从她父亲的言谈中听出，两个月前就有不明身份的人来找过她，问有没有收到过什么东西。她父亲问我，到底柯梅得罪谁了这么害她。我解释道，叔叔姨姨放心，柯梅以前和我并不相识，也不知道她和周二虎处对象，我是出于同情帮她，没有任何恶意。柯梅可能藏了那帮人丢的重要东西，千万别让柯梅再回去打工了。柯梅父亲说，女儿病了不能见生人，也不可能再出去，托你给那帮人带个话，害我闺女的人早晚得和他算账。

“从村里出来，我把经过说给周二虎听。周二虎不甘心，提出再到村里打听一下。我急了，说：‘人家差点把我当成你给抓起来，再别提见柯梅找什么东西了。’周二虎说：‘这么回去没法交差。’我俩一商量，在天水玩了几天。后来那位大哥似乎再未露面，找柯梅的事也就不了了之。”

听完刘海涛所言，老乔心里有了底。综合各方信息，凶案第一现场指向砖厂。局里动用医院和防疫站，以免费体检的名义采集了砖厂所有职工血样。春节后上班第一天，老乔就打电话询问血型比对的结果。令人吃惊的是，几个怀疑对象没比对上，倒有两名不相干的砖厂职工赫然在列。专案组有同志提出抓人，老乔谈了自己的看法，虽然有两人的检材与受害者体内提取物血型一致，但还有一种血型没对上，况且血型只是一个参考因素，缺乏证据指向的唯一性，没形成闭合的证据链，不具备抓人的条件。

公安局有周二虎一伙的关系，使得老乔不得不加倍小心。为了不节外生枝，老乔私下请了几天假，换便服和海涛去了趟天水。几经周折，在一家精神病院找到了柯梅，她是因为应激性精神障碍并发妄想抑郁症入院。在医生的陪伴下，柯梅面对陌生的老乔，显得恐惧畏葸、目光呆滞，始终盯着地面。只有刘海涛叫她，才有点反应。她歪头斜眼，似乎在努力辨认，然后傻呵呵地笑。老乔提前拟定的几个问题，没派上用场。医生说这种病是受外界强烈刺激造成的，综合治疗可以慢慢缓解并治愈。柯梅有严重的抑郁，正处于发病重症期，应当避免再受刺激。老乔留下了联系电话，请医院确保柯梅的安全。正准备无功而返，医生把老乔叫到一边说，你们公安局的人前几天带介绍信来医院调查过，也是这样的结果。

老乔看了那份介绍信，来的人是缉毒部门的。不会吧，案情没有完全明朗的时候，只有专案组的同志知情。唯一的解释就是柯梅与毒品有关。根据之前的分析，毒品来源只有水仙，难道水仙给柯梅的东西就是毒品，被缉毒队查到了，要找柯梅核实？大哥和宋黑娃一伙要找的东西应该非常重要，不只是毒品那么简单。他们抓了柯梅，把所有的地方找遍也没找到，缉毒队怎么找到的？再说，如果东西交给公安，公安会保护她，也不至于被那伙人关进地下室。

回到局里，老乔即刻和缉毒队衔接。得知凶案发生后不久，邮局安检发现一小袋白色粉末状物质，经送检鉴定是海洛因。那个年代，国内高纯度海洛因非常稀少。在这个偏僻的西北小县，头一回查出邮寄毒品，蹊跷的是毒品未经伪装，收件人不知情，寄件人在精神病院，案件暂时没了头绪。老乔把两起案子关联起来，仔细查看邮件上的封口和笔迹。寄件人柯梅，目的地天水，收件人是她父亲。邮件里一张字条写着“很重要，保管好，一个月后见不到我就交公安”。很明显，那帮人动手之前，柯梅已经把东西寄了出去。而仅仅因为几克毒品，他们也不可能对水仙下手并加害柯梅，老乔判断柯梅手里有更加重要的东西。在邮局安保部门的协助下，老乔对柯梅那段时间的所有寄件信息进行筛查，果然有了新的发现。看来柯梅也是有点心计的女子，邮件选不同日期分三次寄出，两份指向柯梅家，汇款却去了一个陌生的地方。老乔心里豁然亮堂起来，水仙的身份应该明朗了。

老乔和另一民警在当地公安的配合下，来到陇南白龙江畔一座偏远闭塞的小山村，见到了收款人石大山。他有个女儿叫石榴，从小爱学习，是村里唯一走出大山到县城上初中的女娃，因为家里穷，初二被迫辍学。十九岁偷着跑了，一跑就是三四年。开始家里四处寻找一直没有音讯。后来收到一张五百元的汇款单，汇款地址是云南某市，汇款人叫水仙。无缘无故有人寄钱，不用猜，只有石榴。石大山按照汇款姓名地址去信却查无此人，信被原封未动退了回来。女儿跑了，换头亲泡了汤，她哥用这点钱好歹年前寻个媳妇成了家。石大山蹙着眉自言自语道：“几个月前收到两千元钱，汇款人叫柯梅，该不是石榴又改名字了？”老乔为进一步证实石榴和水仙是否为同一人，拿出水仙的遗体照让石大山辨认，又和这家唯一的全家福黑白照片比对。当认出水仙就是石榴时，石大山捶胸顿足地号啕起来，责怪自己太糊涂，如果不是逼她换亲，她也不会死在外边。老乔不知如何安慰这家人，他让石大山去本县民政局认领石榴遗骸。笔录做完后天色已晚，去江边的公路得翻过一座大山，晚上走非常危险。村里人准备了能拿出手的饭菜，热情招待并安排他们留宿一夜。晨起出发，石榴花正红，但老乔没心思欣赏山村的绝美风景，他考虑的是如何找出凶手绳之以法，给死者家属和那里淳朴的山民一个交代。

老乔和搭档马不停蹄地来到云南某市。在当地公安机关配合下，通过一个月艰苦细致的工作，基本查清了那位大哥的身份和去向。刘坤雄，男，四十六岁，果敢人，1974 年偷渡缅甸，次年加入缅籍，娶果敢女子成家，育有一子，和贩毒集团有牵连。去年 10 月因一起枪击案被捕，羁押在某市看守所。奇怪的是，刘坤雄除了这起非法持有猎枪、开枪恐吓致对手轻伤一人罪外，没有其他案底。审讯刘坤雄时，他只承认和水仙有过关系，因为投资那家歌舞厅，叫水仙过去帮忙，安顿好水仙，他就到云南准备回一趟缅甸的家。路过这座城时被仇家盯上，迫不得已开枪伤人被捕，其他情况则守口如瓶，包括宋黑娃和周二虎他都说不认识，可见这个人很顽固。回云南的时间交代在水仙遇害之前，看见水仙的遗体照，他表现得痛苦而震惊，还反过来问水仙是怎么死的。

老乔判断，此人有着极高的表演天赋，虽然没达到预期效果，但获取了刘坤雄的照片和血样。刘坤雄故意回避案发时间，否认与宋黑娃一伙的关系，说法与那家歌舞厅调查结果如出一辙。这一切都说明他心里有鬼，提前预谋的嫌疑更大。刘坤雄操着一口陕味普通话，长相特别像某个人，又隐约透露出他偷渡前的身份信息。返程的列车上，老乔一直在思考，脑海里交替出现两个人，仿佛二者之间有着某种必然而神秘的联系。

老乔分析，如果刘坤雄参与了作案，尸检采样应该和他的血型吻合，但是比对又一次失败了。正当他耿耿于怀之时，去天水的同志带来好消息，柯梅父亲终于交出了另一份邮件，那是一个普通塑料皮笔记本，里面主要记载了刘坤雄指使水仙和马仔贩毒的一些往来账目，还有同伙的地址联系方式等。涉及制毒的一些人员情况尚不明了，隐约提到一座中部城市和几个陌生的电话号码。单凭那些毒品交易的次数和分量，就足以置刘坤雄于死地。但水仙一出事，许多内幕死无对证，况且团伙成员主要在云南某市还牵涉境外，因此，老乔汇报局里通过跨省联动机制，把所获线索提供给云南警方协同办案。本地警方则立足辖区，继续搜集掌握宋黑娃一伙的违法犯罪证据。

这一年，宋黑娃和大哥一伙的行踪变得更加诡秘。

回到年前那次抓赌。重点怀疑的三个人都没在场，对于逢场必到的赌徒，难道是他们为逃避侦查而有所收敛？老乔决定做通刘海涛的工作为己所用。谈话是在拘留所进行的。他要求海涛继续留在砖厂，主要掌握这伙人的动向，搞清楚兑地的真实目的。赌博可以参与，但不能借账也不能赌大。海涛提出，如果他们追究放跑柯梅的事咋办，老乔说有人专门负责他的安全，非到万不得已，那人不会现身。海涛说，像香港录像片里的卧底一样吗？老乔说算不上卧底，没必要专门去做，能掌握就掌握，掌握不了就放弃，安全最重要。海涛想起清明后父亲借地给人种大烟的事，他们兑地的目的无非是制鸦片。当时话到嘴边也没说出口，到底还是为了自己娶媳妇的彩礼钱，怕说出来追究父亲的责任。有所隐瞒便觉心虚，乔所长的要求他答应得很爽快。老乔明白，只要刘坤雄仍处在关押状态，海涛的安全就多一份保障。

刘海涛蹲了几天拘留所，和几个一起被释放的职工回到厂里，免不了被宋黑娃一顿臭骂："驴日的，头口[1]都比你们聪明，猪上架时还知道哼哼两声。差点被公家一锅端了，连个吭气的都莫有。看来老虎不在，野狐子都敢自作主张，你们几个蠢驴没支摊场[2]的本事就给老子收敛着点……"

那帮人招赌时不再叫海涛，宋黑娃让他把赌账还清了再说，更多时候刘海涛被安排在厂里值班。负责联络接送的人一直是孙尕喜，偶尔给海涛透露点放场和输赢情况，赌博地点却讳莫如深。

进入腊月，他们给刘海涛摊了牌，如果还想上班要工资，要么把欠的赌债还上，要么说通父亲把地兑给周二虎，年后必须给个准信。有了乔所长的支持，刘海涛对摊牌的威胁并不在意。赌债本就没打算还，兑地的事更不敢给父亲提。闹社火他还是和往年一样参加，在南坡村和下面庄两个秧歌队碰面时，尕喜偷偷告诉他："周二虎说是你放走了柯梅，猜那东西可能落在了你的手里，大哥再找不见东西就要对你下手。"海涛明白这话的分量，知道没了退路，只好躲一天是一天。最终他还是把这件事告诉了乔所长。

老乔在县城给小两口找好了租房，安排他在可靠的工地先干着，一来可保证安全，二来刘根柱过几天服刑期满，出来后有个照应。老乔分析，刘坤雄仍然在押，如果他的手下要置海涛于死地，应该早就有动作，不可能等这么久。很可能是宋黑娃一伙借虎皮吓人，以达到兑地的目的。

砖厂复工时刘海涛没敢露面。跑了和尚还能跑得了庙，宋黑娃叫周二虎买了礼品直奔南坡村。见到刘天禄，周二虎小心翼翼地

---

①头口：方言，牲口。

②支摊场：指设赌场。

问：“刘家爸好着哩？”刘天禄没好气地：“将就着，没死哩！”周二虎说：“海涛没来上班，宋厂长特意过来探望。”刘天禄道：“海涛为啥不上班你们心里没个数吗？几个月不发工资，不打工喝西北风去？”宋黑娃一本正经地问周二虎：“周厂长，工资不都发了吗？”周二虎说：“表弄好了，准备这几天就发。”宋黑娃装模作样训道：“叫你年前发，怎么拖到现在，你看刘家爸见怪了不是！”宋黑娃满脸堆笑：“是不是让海涛继续来上班，顺带把工资领了？”刘天禄气不打一处来：“你们把海涛逼跑了，我从哪里找他，哼！”宋黑娃说：“刘家爸要是手头紧，我这有百十元钱先拿去用，海涛真不愿意干，让周厂长把工资结了给您送来。”其实刘天禄早就不想让儿子在砖厂干了，想起去年被骗的事不免冷言冷语：“恐怕没那么简单吧？”

周二虎知道为兑地的事，头一次来挨了顿臭骂，这次或许是看在宋厂长面子才搭上话。心想千万别提那档事，给宋黑娃使个眼色，对方却假装没看见。

宋黑娃依旧不紧不慢：“说简单也简单，那个外地老板势大，就想寻块地种罂粟，国家许可用途正规就是合法的。人家现在办好了合法种植的手续，去年是手续不全种这东西违法，但事情过去了不也没出事嘛，你也挣到钱了。那老板看上你那块地，收的罂粟壳和鸦片是上好的药材。能不能给个面子？我担保把地租借他，少不了你的租金。如果嫌麻烦怕担责任，把地换成周二虎的名字。海涛的尕爸是村支书，还不简单……”此刻，刘天禄的脸由红变青：“你、你们一帮人，缺德事还干得少吗？老汉过的桥比你走的路多，还想诓人？租借兑地的事不提的话，我把你娃当个人看，没想绕这么大圈子还是胡麻湾，天王老子来都不行!”刘天禄指着周二虎：“又是你龟子孙[1]的主意!”见周二虎心虚的表情，干脆骂开了，“种大烟的账没算又想祸害人……”他让两个贼打鬼滚着出去。宋黑娃被噎得说不出话来，知道事不成还得挨骂，便皮笑肉不笑地告辞。两人刚出门，就听“哗啦”一阵响，院门从身后合上，礼品撒了一地。

宋黑娃在周二虎屁股上踢了一脚：“三千块钱是不是被你独吞了，连刘家爸一个上门的面子都买不来!”周二虎连忙递烟赔笑道：“宋家哥消消气，钱是提前给了刘天寿，他不可能哄他哥吧，况且签协议时你是担保人，也在场，当时他们没提啥意见。恐怕是得了好处还卖乖，说不定哪天老家伙把咱哥俩都给卖了!”宋黑娃说总不能把带的礼品又提回去，于是二人收拾礼品直奔沟对坡。刘天寿知道他俩的来意，礼品收得爽快，也答应再做老哥的工作，但成与不成无法保证。宋黑娃说：“成不成无所谓，您老只要收下东西就是给我们天大的面子。”两个贼打鬼怕碰见熟人没敢逗留，从支书家出来直奔沟底，爬上那辆蓝鸟灰溜溜离开了南坡村。

九

刘坤雄被拘后，委托一个叫季晓莹的女人前来接手歌舞厅。女人三十来岁，人漂亮办事也利索。刚来时一身小翻领深色皮草大

---

①龟子孙：方言，有责备之意，却并非骂人。

衣，脚下一双白皮鞋，发髻高绾，一口流利的京腔甚为得体，圈内人都叫她季经理。季晓莹，北京市人，1956 年生，十七岁到云南西双版纳支边插队，1977 年和当地人有过一次婚姻，三年后离异，无任何前科……老乔刚从云南归来就对这个女人展开了调查。

初次接触是在刘坤雄原来的办公室。面对叩门而入的乔玉川，季晓莹彬彬有礼，言谈举止落落大方，表现出很强的亲和力。她扫一眼老乔亮出的工作证，忙让座倒茶然后直奔话题："乔警官想了解些什么?"老乔一副随意的神态："说说刘坤雄吧!"女人略显踌躇，之后侃侃而谈："十多年前在西双版纳插队时，是他打跑几个流氓救了我。那时他满面胡须邋里邋遢，像四十多岁的流浪汉，蓝布工装脏兮兮的，又短又肥，胡乱套在身上。我带他回知青点洗了澡刮了胡子，还借身男同志的衣服给他换上，稍加打扮显出三十出头的年纪，那帅气劲像极了电影演员达式常，加之勇斗流氓时的身手，一种说不出的好感让我记住了刘坤雄的名字。我插队的地方是橡胶农场，正缺割胶工，准备把他推荐给场长。当晚我安排他住在男知青的吊脚楼，结果第二天一早发现他不辞而别。三年后，知青陆续返城，我因为成分不好上面不给指标回不去，一咬牙嫁给了场长的儿子。凑合过了几年，离婚后给婆家留下一个孩子。"说到这儿她停顿片刻，一副不堪回首顾影自怜的模样，"后来有机会回北京时没脸回去，就离开橡胶农场给城里一家缅玉加工厂当导购。那时刚刚改革开放，缅甸和中国边贸多起来，我的老板是瑞丽人，瑞丽一条街和缅甸的木姐镇相通，居民相互走动就像邻里串门那么容易。老板有时带我过境采购原石，竟然在木姐镇碰见了刘坤雄。当时他还领着个缅甸女子说是他老婆，他们结婚几年也有了孩子。"

季晓莹抿口水继续道，“不料 1984 年元旦前他找上门来，衣冠楚楚一副绅士派头，兴冲冲说着回国后的打算。后来才知道，他回国都一年多了，南方的大城市他几乎走了个遍。他在云南开了一家商行，说商行挣不了几个钱，又想开宾馆请我当经理。我怕他的钱财来路不正，开始没答应。为打消我的顾虑，他谈了些在缅的经历，说他出去八九年来，苦没少吃罪也没少受，靠贩药材倒腾玉料，辛辛苦苦攒了些积蓄。药材货真价实，缅玉只出 A 货，做的是正经生意，赚的是干净钱。当然，创业离不开他岳父的支持。只言片语听得出，他岳父在那边有钱又有地位，具体干啥的却没给我透露。听他对各种玉料的鉴别头头是道，我问他为啥不开一家玉店。他说珠宝玉石押资金周转慢，他要挣的是热钱快钱，云南的旅游业方兴未艾，大有潜力。我提出春节回北京看父母，他立刻答应给我预支一笔钱做盘缠。他说宾馆正在装修，我从北京一回来正好赴任。为回报那份真诚和信任，我开始了与他的交往合作。”

在季晓莹眼里，刘坤雄是个大好人，有头脑有男子汉气概，舍得花钱好打交道。她显然知道刘坤雄的情况已被公安机关掌握，那些鸡零狗碎无关紧要的话只是出于应付。老乔拿出石榴的照片，女人看得很仔细，思忖片刻问道：“这女孩是不是叫水仙？”老乔说：“没错，谈谈吧。”女人说：“现在的水仙应该变化挺大的，初次见她是在我管理的那家宾馆，当时她见我和坤哥在一起就像疯了似的。噢，当时坤哥说他已经和缅甸的老婆离婚了，还说会娶我，那家宾馆就作为聘礼。他对我有情，我不能无意。我问他水仙咋办，坤哥似乎成竹在胸，说她年轻，再说也是一家商行的老板，他会搞定的。不久就听说水仙染上了毒瘾，要把她送戒毒所，后来的事情就不知道了。”当老乔拿出水仙的遗体照，季晓莹突然瞪大眼睛：“她、水仙？她死了？”眼圈一红，那是一种悲悯而又难以置信的神情。老乔心想，又怕是兔死狐悲的把戏。一触及刘坤雄啥时间离开本县，季晓莹到歌舞厅和谁交接的情况、与砖厂的瓜葛等核心问题时，女人所言与刘坤雄如出一辙，唯一可信的是那些细节。刘坤雄匆匆离开此地，是在下暴雨的头一天，没有作案时间。原因则和眼前这个女人有关，她提到刘坤雄当天就乘飞机赶回了云南。当时季晓莹已经被人控制起来。宾馆露台谈条件时，为了镇住那帮人，刘坤雄鸣枪示警，造成一人受伤。他和那帮人是一起被公安带走的。猎枪是刘坤雄的，有持枪证，一直放在宾馆里。季晓莹说：“后来，还是坤哥的手下云飞告诉我，那伙人受他岳父的指使，想出的主意。他不愿让女儿守寡，也没打算要了刘坤雄的命，但对我来说就很难预料了。坤哥在看守所一时半会儿出不来，想到最可靠的人还是我，让我离开云南到西北这个偏远小县打理歌舞厅，也是出于保护我的目的。云南的宾馆暂时交给了白云飞。”谈到刘坤雄的身世，季晓莹说：“那是他的秘密，他从未提及自己出国前的情况，不过口音里略带陕西味。”谈话结束后，女人提出要求，刘坤雄被捕的事一定替她保密。老乔说：“这事简单，只要你不说出去，不会有第三个人知道，从今往后有用得着的地方尽管开口。”女人递给老乔一张名片，顺手拿出几张舞厅入场券说：“欢迎乔警官晚上光临指导。”老乔不会跳舞，本想拒绝但又一琢磨，女人或许在试探自己的诚意，先把人稳住回头还得找她，于是爽快地收下了舞票。从季晓莹那儿出来，他立即回局里开证明，叫了专案组的同志赶往机场，查到了刘坤雄的登机记录。

老乔一时没转过弯来。本以为围绕刘坤雄调查，案子就有了眉目。下这么大一番功夫，却排除了嫌疑人亲自作案的可能。从刘海涛那里得来的线索分析，刘坤雄之流应该都是些狼狈为奸沆瀣一气的亡命之徒，而接触了季晓莹之后，又感觉他并没有想象中那么坏。那就换个角度，当初分析判断的出发点是建立在犯罪分子都是天生的坏人的固有模式上。特别是一提黑道，就联想到阴险狡诈、心狠手辣、吃喝嫖赌、杀人越货等恐怖词汇。而我们站在正义与邪恶较量的道德制高点，是否忽略了对人性多元化情境下犯罪心理的基本认知呢？如果对人性来一次辩证的解析，绝对的好和绝对的坏都是不存在的。先入为主会在被害与加害之间过多加入办案人员的主观臆测，导致片面取证的情况。老乔说，侦查员换一个角度看问题，也许会大大拓展想象的空间。

刘坤雄离开现场后，安排他的手下直接灭口的可能性也有，但不应该把尸体抛弃在砖厂附近的河道中。砖厂是长期合作的“生意”伙伴，更没必要在砖厂杀人而引来公安机关的注意。如果该案没有直接加害人，造成水仙死亡纯属意外呢？而这一切仅仅是猜测。刘坤雄对自己的身世讳莫如深，一定有不为人知的原因。老乔从时间节点和人物关系上进行了排序：1973 年季晓莹支边，第二年刘坤雄流浪，海涛妈跳崖，刘根柱离家……唯一能够关联的关键词是“陕西”“刘坤雄”“刘兰香”“刘根柱”“刘海涛”……适合种植罂粟制取毒品而且更加隐蔽的地方多了，为啥刘坤雄单单选择来这座偏远的西北小城？如果单纯为了以生意掩盖贩毒等犯罪勾当，周边任何一座城市都更为适合。

在苦苦等待云南那边消息的时候，又发生了刘天禄堡子岭遇害的事情，老乔心中的郁闷可想而知。

这年全国推行身份证制度，全乡户口要归口派出所管理。甭说近两万人的户籍清理整顿，光是一大堆登记表申领表的填写、办理一代居民身份证照相等工作就得耗费大量人力物力。公安局人手紧张，恨不得一个人当三个使唤。老乔向局里要人，只要来了一句话："争取乡政府支持，必须完成任务！"幸好平时老乔和书记、乡长关系铁，再加上汇报条条是道，乡上领导全力支持派出所工作，把这块任务揽了过去。老乔只负责协调指导督促落实，把精力集中到案件侦破当中。前提是，户口身份证培训老乔必须参加。

县城第一期培训班，老乔被指定为班长。培训人员统一住县招待所。晚饭后没事干，几个串门的小年轻你一言我一语，聊起了社会上的新鲜事。一个叫顺子的小伙子大概是个城里娃，显得机灵活泼，见多识广，竭力鼓动大家出去逛街。他说："刚兴开的奇装异服见过吗？可时髦了，蛤蟆镜、喇叭裤、招手停①、牛仔服，再提上两个眼睛的单卡录②，曹呀出去见识过哈③"见大家犹豫，又换个话题，"想不想去跳舞，听说舞厅里美女如云帅哥成群，那个女老板长得比仙女还水灵，据说乔所长还亲自接见过……"这话撩起了男孩女孩的兴致，都缠着老乔领他们去开眼。老乔说："尽量别去，那地方复杂得很，我得为你们的安全着想。"顺子嘴快："我们保证不惹事，进去看看就出来。你不知道呀，好多领导也喜欢跳舞，社会上都出来顺口溜了，什么上面对的两点子，下面踩的鼓点

①招手停：当时流行的一种发型。

②单卡录：一种放单卡磁带的收音录音两用机，那时刚从香港传入。

③曹呀出去见识过哈：方言，咱们也出去见识一下。

子，心里想的歪点子，跳出感情跳出了爱……跳出了什么下一代……”边说还边扯个枕头抱在怀里，呶着嘴扭动屁股跳起了快三：“嘭嚓嚓、嘭嚓嚓……”惹得大家哄堂大笑。男学员乐是乐还能克制，女学员控制力差点的，直笑得星目含露、花枝乱颤。老乔受年轻人感染也咧了咧嘴说：“跳个舞就能到一块儿的恐怕不是什么好鸟，趁早拉倒免得惹祸。”顺子得寸进尺：“祸不祸的也长点见识，乔所长的舞票我们请了！”老乔架不住大家七嘴八舌软磨硬泡勉强点了头：“同意归同意，丑话得说在前面，去的人全体便服，行动必须听我指挥。自己人可以相互学着跳，不许找其他舞伴。”老乔记起季晓莹给的几张票，夸口请客不让学员们掏钱，撩得这帮年轻人欢呼雀跃。

歌舞厅门口，老乔担心票不够打算再买两张。一打听，女同志不要票可以直接进。台上的迪斯科音乐震耳欲聋。灯光暗下来，俊男靓女开始扭动腰胯，灯球飞快转动，投下五颜六色的光斑。老乔避开入场的高峰时段，在人们渐趋疯狂的时刻，他带着五六个人悄悄溜进大厅，找了个昏暗的角落坐下。大概头一回到这种场合，学员们显得好奇而拘谨。老乔原就没打算来这儿，独自坐在最里面点燃一支烟，眼睛却没闲着。或许出于职业本能，他无时无刻不在观察周围的动静。随着迪斯科舞一曲终了，“群魔乱舞”的人们安静下来。乐队开始演奏舒缓的曲调，起初快三后来慢四，大厅趋于平稳有序，一对对漂亮人儿以优雅的姿势步入舞池，翩翩起舞的身影交织在华尔兹优美的旋律中。大多数舞者似乎都很正规，男的左手朝上半握女方右腕，右手轻托女方后背保持距离。只有几对身着大裆裤、喇叭裤、灯笼裤、超短裙的青年男女不按规矩出牌，相互搂着对方的腰，脸贴在一起转圈圈。乐队休息的时候，全场又响起迪斯科，舞池扭动的人们不再扎堆。接着一位漂亮女歌手走上前台。据说她是季经理专程从南方请来的，叫什么虫飞飞还是叶飘飘，歌声纯净而甜美。头一首歌唱的是刚流行起来的《在水一方》。舞厅气氛渐趋高潮，舞者踊跃上场，舞池也变得拥挤起来。老乔以极快的速度掐灭烟头，迅速朝舞厅另一侧的出口接近，没有人注意到他的举动。此刻，女人的一声惊叫打破了美好的氛围，音乐和歌声戛然而止。几乎所有目光都投向那座侧门。一个打扮入时的男青年亮出匕首，被老乔一招制敌轻松拿下。“唰”的一声，大厅的灯全亮了。过来一对衣着考究的中年夫妇，妇人一手摸着自己的脖子，一手指着趴在地上的小伙子，很浓的粤味普通话尖声道：“狗、狗（就）西（是）他哪，他抢了我的航（项）链！不西（是）这位三（先）生，他早狗（就）跑催课（出去）了。”老乔把匕首交给顺子，然后解下疑犯的腰带，把他两只胳膊交叉绑在身后，从那人身上搜出了金项链。季晓莹拍着手走过来，所有目光都被她吸引过去，全场响起了热烈的掌声。似乎这一刻，舞会才到了最高潮。老乔忙把抓获的人交给男学员，迎上去附在季晓莹耳边说了个啥。季晓莹马上吩咐两个服务生把那贼送往公安局。之后宣布乐队继续演奏，灯光恢复正常，此时跳舞的人已寥寥无几。

季晓莹把几个学员领进包厢，让服务生好好招待，之后邀请老乔和那对广东夫妇进了自己的办公室。原来广东夫妇是来考察投资项目的。季晓莹介绍老乔时，说他是舞厅保安，并没暴露他的警察身份。广东夫妇掏出一沓钞票，请老乔务必收下以表谢意，被老乔婉拒。夫妇非常感动，直夸这儿保安工作出色。季晓莹却说过奖了，不该让客人受惊，不但要道歉还应当赔偿。季晓莹递上自己的名片，又送了夫妇几张舞票，欢迎他们下次再来。征得客人同意后，她叫来自己的司机，吩咐用车送夫妇俩去公安局做笔录，直到将他们送回下榻的宾馆。做完这一切，她星眸熠熠对着老乔嫣然一笑，老乔向她投去赞许的目光。老乔知道自己带学员进入歌舞厅是违反培训纪律的。季晓莹对他的意图心领神会，这种场合替他掩盖了身份，不能不说这女人挺会办事。老乔拒绝了送舞票的好意，他只想尽快离开这个是非之地。而女人的赞赏和钦佩是由衷的，她抢先一步堵在门口，脸上流露出少女般的羞涩："就不想多待会儿，让我也表达一下谢意？"乔玉川忙说："还有公务，下次叨扰吧。"季晓莹一对水灵的眼眸闪动着迷人的光彩："还没告诉我你是如何做到的。抢劫突然发生，昏暗的灯光下，所有人都没来得及反应，几秒钟的工夫，你却把他逮个正着，太不可思议了。"老乔不自然地耸耸肩："我早就注意到那个小年轻，起初他对脱离主人视线的衣物和包感兴趣，大概一无所获才盯上了那对广东客商。妇人迥异的谈吐和项上的金链吸引了他。正当舞会高潮，没人注意到一个假装找人的毛贼。负责侧门的服务生正背对大厅，为便于观察，我向侧门靠过去。女人的惊叫便是窃贼得手的信号，就这样碰巧和他照面。见有人挡道他掏出刀子，自然被我放倒。就这么简单，回答还算满意吗？女士。"灯光下，老乔五官分明身板挺直，显得那样英武潇洒。季晓莹转动雪白修长的脖颈，露出俏皮而崇拜的神情："哇！太精彩了，我太满意了，能否赏光请您跳一支舞？"女人吐气如兰，香水味恰到好处，一袭宝石蓝簪花旗袍裹住高挑的身材，丰满的乳峰，纤细的腰身，典雅而精致，秀发云鬓正好托住一轮皓月。这样一位仪态万方的尤物贴过来，确实令人难以抗拒。老乔竭力克制的表情霎时凝重起来："能否赏光把门让开？"季晓莹见乔玉川不容置疑的态度，知道挽留不住，只好侧过身让他夺门而去。

乐队已经停止了演奏，昏暗的大厅里回荡着邓丽君缠绵悱恻的歌声："美酒加咖啡……我只是心儿醉……想起了过去，又喝了第二杯……"老乔一直认为，年轻人不能听这样的靡靡之音。舞池只剩下几对舞者，周遭稀稀拉拉的客人也许等待着散场。老乔很快将几个年轻人叫出来离开了舞厅。

培训结束后，老乔说，一份抓获经过和一份检讨，换得学员的尊敬也值了。乡上抽调的几个年轻人确实卖力，基本没让老乔在琐事上分心。

刘根柱长得像刘坤雄，尤其是自杀的刘兰香原就是陕西过来的，这个念头一直在老乔大脑里打转。这绝非猎奇，而是出于侦查人员的理性判断，或者合乎逻辑的生活经验，否则何必去触碰别人的伤疤呢？

刘根柱监狱出来后因祸得福，服装批发生意做得风生水起。那个合伙的湖北佬原是他同监室的狱友，因投机倒把获罪，比根柱早半年刑满释放。根柱出来时，这家伙已经把生意搞起来了，两个人都有做买卖的经历，也算得上强强联合吧。

老乔等到下午收摊才去找他。在一间出租屋，他们喝茶聊天，自然扯到根柱的身世。似乎那些旧伤结了厚厚的痂，如同包裹痛感的铠甲。刘根柱讲述那件事时情绪并没有太大的起伏。

"参加完兰香婶的葬礼，我回家就倒在炕上，眼泪止不住地流。铁匠大天黑才从丧场回来，他一声不吭点亮油灯，叫我吃点东西，可我根本不想吃。油灯巴掌大的光，刚好圈住他那张黝黑疲倦、沟壑纵横的老脸。我六岁时回到南坡大队，兰香婶一直对我很好。那天我和海涛一样披麻戴孝行规程，其实就是把兰香婶当成了自己的妈。铁匠大听了这话脸色更加难看，那声音好像从地下发出来：‘其实她就是你的亲妈。’我一骨碌从炕上坐起瞪圆了眼睛，就像不认识他这个人：‘你不说我妈抛下这个家出走下落不明吗？’铁匠大鼻涕眼泪一大把，自责地说：‘都怪我，我不该呀我不该……’我不知道他是不该隐瞒，还是不该和香婶分开，还是悔不当初还是没有尽到一个男人的责任，大概这‘不该’两个字，包含了所有的辛酸和委屈。”

窗外几声闷雷响过，闪电撕开了厚重的云层，一场雨说来就来。“不管我爱不爱听，铁匠大说出了一个埋藏多年的秘密。”

根柱学着铁匠的口吻：“大炼钢铁那年，我和你天禄叔到陕西学习时，救下一个失恋轻生的女子，就是兰香，送她回村时认识了她的家人和村里的头头。第二年我们这里大旱，旱地绝收，劳力都去炼钢了，二阴地里长成的庄稼也没人收。后半年就开始挨饿，洋芋种子吃光了不说，开始剥榆树皮，能走动的都出去逃荒。我妈饿得浑身水肿，拿出存了几年的钱，让我进城买点吃的回来。那钱是我大的抚恤金，因为我大马掌打得好，那年应征去甘南剿匪，后来中流弹牺牲，政府给了一笔钱，我妈省吃俭用还剩下些。

“附近和咱们村一样根本就没粮，县城的粮站凭粮本粮票限量供给，城里人都吃不饱。别说没粮票，就是有，如果没户口粮本也别想买到一粒粮食。我本来就穿着破棉袄，辫条草绳扎在腰里，脸上抹些灶灰走街串巷地讨饭。东家一块馍西家一块饼的，勉强凑了半布袋吃食连夜赶回村里。刘天禄也从外地回来了，他是土法炼钢的技术员，抽调出去多半年，是因为炼钢工地断粮被遣散回家来的。也是命苦，你天禄叔的母亲早逝，家里就一个老父亲一个未成年的兄弟。他走的那些日子是我在帮忙照顾他家老小。当时他大和我妈一样饿得浑身水肿，我们两个都急得没办法。他说回来时沾技术员的光带回几斤芽面，就是受潮发芽的麦子磨的面。现在这种芽面没人吃了，但那个年月特别金贵。天禄到家一看，父亲已经卧床剩一口气，未成年的兄弟枯瘦如柴，正长身体的人走路都打摆子。家里不但断粮，连个生火做饭的家当都没有，幸亏还有一口破铝锅没交出去，藏在了地窖里，他拿出来熬了一点糊糊。他爸半碗，兄弟半碗，给我妈带来半碗。我把村里家家断粮的情况说给他听，他都知道。那时，集体灶也快断顿了，还要交公粮，大队部每天两次领饭减少到一次，每人一个洋芋一勺面汤，汤清得能照见人影子。后来食堂解散，自己解决吃饭问题，各家各户都断了粮，这样下去很难熬到春天。我和天禄商量只有偷着出去弄些粮食回来才能挨过饥荒，你天禄叔在家照顾老人和兄弟，我扒火车下陕西来到刘兰香那个村找到梁社长。从他的只言片语中了解到，兰香遭了很多罪，未婚先孕却被男方抛弃，那男的躲得远远的，不知下落。兰香知道自己有孕了想不通跳河，被我和天禄救了，她看上我想偷着跟我走，被家里知道后关了起来……兰香哭闹上吊寻死觅活的，还被人戳脊梁骨，堕胎不成，最后生下一个男孩，饱受家人和四邻的白眼和责难，真不知道那年月她是怎么熬过来的。

“听了社长的话，我急着要去她家被拦下了。社长说最好别让兰香知道你来过，你现在一贫如洗，买粮回家救命要紧。好不容易凑了大半麻袋小麦，用铁丝扎紧，外面再裹一破床单伪装，人拉肩扛弄上一列货车。路上的辛苦和难处就不说了，到本地车站时天黑了火车没停。车厢外面下着雪，白茫茫的一片，我一着急把铁皮门打开。先将粮食扔下车，雪地里看不清下脚的地方，憋住气往下一跳，正好落入一堆乱石里。一阵剧烈的疼痛让我晕了过去，醒来时发现右腿卡在石缝里，好不容易把脚弄出来却没了知觉。这些都不打紧，主要是饿了一天浑身没劲，那晚上全靠身体素质好和求生欲望强挨过来的。不知道如何找见麻袋，如何拖着伤腿回到村里的，快到家门口就倒下了。幸亏天麻亮时天禄过来，雪地里发现了奄奄一息的我。你天禄叔背我进屋，放冷炕上用雪擦身，折腾好半天才把我救过来。虽然捡回一条命，但我的右腿骨折加冻伤就废了。活过来第一件事就是问两个老人的情况，天禄说我不在的这几天，半袋馍、几斤面掺着野菜和榆树皮粉很快就光了。公社卫生院大夫说如果再没粮食，神仙也治不好老人的水肿病。

“天禄搀着我去堂屋见老妈时，我浑身无力牙齿还在打架。我硬撑着跪在炕前说：‘妈呀，不孝的儿回来了，我们有粮食了。’天禄把煮好的麦粒盛了一碗要喂给她，她微微摇头说用不着了，眼睛示意枕下。我摸出一个用白绸布包得严实的物件。层层打开后，是我大结婚时给我妈亲手戴上的那只翡翠玉镯，还有一沓钱，刚好二百元，大的抚恤金也就剩下这点了。母亲翕动着干枯的嘴唇，似乎在说：‘地椒儿，地椒儿……’我让天禄搀着到厨房取来那个镔铁盒子。里面有些干花，散发着熟悉的香味。我心里难过，带着哭腔把盒子递过去。她拈了几朵，吃力地把干花放进嘴里，嚼了一会儿就反复念叨：‘不要哭，要活着、活着，要娶媳妇……’声音小得只有我能听见。可能是地椒花的作用，母亲水肿变形的脸竟逐渐恢复常态，安详地咽下了最后一口气。我真想大哭一场啊，为我妈也为兰香。我救兰香和兰香好的那阵子并不知道她怀孕的事。若是那时候能把兰香带回来让妈看一眼，她老人家死也瞑目了啊。等我和天禄吃了些东西去找人给母亲下葬，才发现村里已经找不到一个有力气的人了。天禄出去半天，找来两个年轻后生，管了他们一顿煮麦粒，勉强挖出两个墓坑，把老人葬在了后弯垴。我们商量留下一半粮食，其余的给人家分些。

"我的伤越来越严重，右脚发黑脓肿开始腐烂。天禄煮了些麦子带在身上，用板车把我拉到城里医院。大夫说不截肢会得败血症，若不是那点抚恤金，没钱手术只有等死。之后的一段时间，天禄掏老鼠洞、挖野菜、剥榆树皮、到城里讨饭，为活命想尽了办法，真正到了山穷水尽的地步。我们村靠着南峪峡，能走到的地方几乎走遍了，能吃的野菜野果几乎采绝了。快扛不住的时候听说省上那个叫作'活阎王'的书记被罢免，上面拨下来一些救济粮，虽然都是红薯片、苞谷面，量也不多，但省巴省巴总算熬过了春荒。村里人都活了下来。开春后，政府从外地调来了种子。后半年又是大旱，南坡村属二阴区有水，躲过了旱灾，粮食基本算丰收。我失去半条腿不能下地，队里重开铁匠炉，拄拐打铁工分不少，家里允许养鸡还分了自留地，最起码不再挨饿。那个麦收后的下午，我正在大队部打铁，碾场的天禄跑进来说兰香来了，起初我当是开玩笑，见他认真急迫的样子，我放下手里的活跟出去。果真是兰香，比两年前瘦了一大圈。她疲惫地坐在麦场边，怀里抱着一岁多的你，身旁放个蓝花布包裹，周围都是看热闹的社员。兰香见我围着打铁的皮裙拄着拐，活脱脱一个借尸还魂的铁拐李。但我不是，我就是一个‘洪水’[①]。她把孩子放在一堆麦草里，踉跄过来从上到下地看我，就像看一个怪物：‘你，你真是铁匠……’也不管我身上脏兮兮的，抱着我就哭，似乎受了天大的委屈。那时我伤病才好，过的日子刚能饱肚，又黑又瘦的相貌有些变形。她用力捶我的腔子[②]，瞅着右面半截空裤管：‘你这是咋的了？’我小声安慰她又一连串明知故问：‘别哭，我好好的，倒是你大老远为啥到这儿来了？一路上遭了不少罪吧，那个娃是咋回事？’兰香抹了一把泪过去把娃抱过来：‘他叫根柱，你儿子，你的！’我愣了一下，回过神来：‘我的，儿子。’当时我又惊又喜就去抱你。‘走，先回家，回家。你不方便，孩子我来抱吧。’天禄接过娃又过去把包裹提上。也不管社员们的议论，我们把你母子俩领回了家。村里一下炸开了锅，天上掉下个漂亮媳妇还白捡个儿子，这样的好事让瘸子遇上了。我的心情是复杂的，我和天禄当初作为舍己救人的典型被迎回村，这都不算啥，兰香主动投靠我，我喜欢兰香又收留了她，也没啥错，但我成了废人连自己生活都成问题，更别说给她幸福了。我愧疚，感到对不住她，可兰香不在乎，她说只想让孩子有个爸。后来她给我说了实话，你的亲爸不是我，是钢铁厂的那个技术员。她不想活不单是因为那个技术员不辞而别，更主要的是后来查出怀孕了，未婚先孕差点要了她的命。没结婚就生娃，到现在都是伤风败俗丢人的事，我想你妈得承受多大的压力。但她是个要强的人，一来就家里家外忙个不停，把旧屋破院拾掇得干干净净，不但买来猪

①洪水：方言，混账。

②腔子：方言，胸部。

娃鸡崽，还在院里种了洋芋、萝卜、雪里蕻，使我这个光棍汉废材有了个像样的家。安定下来后，她又想法把户口迁了过来。在她的催促下，我俩瞒着社里人领了结婚证，这一切也瞒着她陕西娘家。她说她妈一直支持她，否则她活不到现在。到第二年开春时，兰香脸上有了血色，显得成熟端庄，比以前更加好看。

“天禄带着兄弟过日子，没个女人就不像个家，别人给他介绍了几个姑娘他都瞧不上眼。兰香劝他有差不多的就娶进门，他也只是笑一笑不表态。兰香知道我俩关系好也不避嫌，家里有体力活都是天禄帮忙。她偶尔帮天禄弟兄洗洗涮涮，隔天去他家帮着拆洗被褥收拾家里。其实天禄也是个勤快爱干净的人，没多少需要帮忙的事情。春节刚过，南峪中学复课，兄弟刘天寿上学住校，天禄一个人懒得做饭，我和兰香就让他到我们家吃。公社成立铁业社，大队的打铁铺搬到乡政府所在的公路边，就是你小时候住过的地方。除了周末，平时我都在打铁铺里。本想把你们母子带过去一块儿住，但兰香要喂猪喂鸡和打理自留地，社里还要挣工分，天禄帮着她我比较放心，没想到后来就出事了。

“农历六月，麦收刚过，太阳火烧似的。那天礼拜一正赶上逢集，铁匠铺忙得人汗流浃背。散集后，我才吃几口馍躺在里间休息，天突然黑下来，接着传来几声响雷。看来要下暴雨，突然记起上次下雨，家里炕头上房顶漏水，都怪自己大意，兰香抢收庄稼忙我也忙，把这事给忘了。我赶紧关了铺子，拿起草帽蓑衣手电，拄拐抄近路往家里赶。临近杏儿岔，大雨就来了，到小学避了会儿雨再走。天渐渐黑下来，翻过牛背梁可能用了一个多小时，当时支拐的腋窝都磨破了，大雨还没有停下来的意思。我担心沟里的漫水石桥淹了过不去，憋足劲往前赶。刚过石桥，南峪峡里的轰鸣声就过来了。真是万幸，我用手电照了照身后，大水已经漫过了石桥。那天的大雨不说百年不遇，也算得上几十年不遇，即便我戴草帽穿蓑衣，到家时全身也被浇了个透湿。推开院门进去，一架木梯立在房檐边。我鬼使神差顺着窗缝油灯的亮往屋里瞧，天禄和兰香竟然睡在了一处。你远远睡在炕的另一头。我当时血冲脑门就想着一拐杖把门捣开。吸了口气我又忍住了，就在雨地站着，左手摸一把腋窝下磨破的地方，感觉不太疼，可是心里疼。后来心也不疼了，抹一把脸上的雨水和泪水轻轻拍着门扣。我不想惊醒熟睡的娃，但显然把他们两个吓得不轻。

“我黑着脸一声不吭地坐在椅子上。估计那阵子我就是个杀神，天禄光着上身扑通跪在我面前，兰香也跟着跪下。天禄扇着自己耳光说：‘我不是人……不是人……’兰香低着头，长发盖住了她的羞愧慌张。我记起把她从河里捞上来的样子，又可怜又生气。我让他们都起来，别把孩子吵醒。我说我们得想个办法，你俩既然到一块了就早说，我再是一个废材也挑明了，何必干这见不得人的事。如果不是亲如兄弟，我非杀了天禄不可。我让他滚，他拿起湿衣服跑了。兰香见我也浑身湿透，小心翼翼给我拿套干衣裤放在旁边。我让她睡觉去，自己在椅子上靠了一夜，她劝我上炕，我没搭理也不挪窝。第二天一早，兰香给我做了碗面，还卧俩荷包蛋，端到我面前。她把你喂饱后放在院里玩，然后不停道歉说自己昏了头对不住我，求我原谅。见她眼睛红红的，我知道她晚上也没睡着，心里不是滋味。她还说她爱的人是我，对天禄只是同情：‘昨晚先是哄着根柱睡了，天禄背着瓦片冒雨上房补漏，下来时，让他脱下湿衣服把干的换上，转身拿衣服时，他从后面把人抱住，那么大力气我也没办法。天禄说他在陕西时就喜欢上我了，他为我干啥都成，让我可怜可怜他，其实应该心硬一点把他赶走，我现在后悔死咧，你原谅我吧……'听兰香羞愧难当的道歉，我表面说原谅她，心里还是过不去这个坎。我知道了天禄不成家的原因，但恨又恨不起来，好得跟亲兄弟似的，还救过咱的命，怎么能说翻脸就翻脸。左思右想，我想了个办法，反正我残废了常不回家，身体没完全恢复，你妈和我一年都没怀上孩子，就算在家也没法照顾你们母子，不如忍痛割爱，我和你妈离婚，让她跟了天禄。当我把这个想法说出来时，她死活不同意，说只要她不嫌弃我，我也不能嫌弃她，她保证以后和天禄保持距离，划清界限。我知道这么一来，兄弟的缘分就到头了，我想兰香是个敢作敢当的女人，如果对天禄没一丝好感，她绝不会以身相许。我说了一大堆理由和苦衷，包括自己身体有毛病不能再生娃，说天禄有多好，他心肠好人勤快又是党员，在村里人缘好威望高，跟了他没错。好说歹说兰香勉强同意，但她对我还是将信将疑，我就撂了句狠话：'你如果不答应，我一辈子都不原谅，我也不再是根柱的大了。'我让兰香去把天禄叫过来，当时天禄像做错事的孩子不敢正眼瞧我。

"我给天禄说：'我和兰香缘分尽了，我俩离婚。天禄，你娶了兰香，根柱归我抚养，兰香要认自己的儿子必须我点头才算。'当时气头上的我只想留住最后一点自尊，并没考虑这个决定是不是自私和残忍。兰香和天禄成家的那天，我带着你离开了南坡村。那段时间，每当你喊着要妈妈，我的心就像猫抓似的，几个月后你就适应没妈的日子了。第二年清明后，听说他们生下个儿子，就是海涛，天禄也当上了大队支部书记，虽然心里边不再记恨，但还是没打算回去。直到四年后偷着回了趟南坡村，家里竟然和我走时一样井井有条，炕上的被褥叠得整整齐齐，用油毡苫得好好的，像是在等我回去。我知道这是兰香的心意，我们走的时候她还拿着家里的钥匙。不久她偷偷来看你，给你糖还有……地椒花，我知道她心里的熬煎，这才下决心带你回家……这两天我心里特别难受，想你也十五岁了，该懂事了，就算你恨我，不认我这个大，也得把真相告诉你，不然我也没脸活在世上。”

“铁匠大趴在炕头差点哭断了气。‘兰香啊，我对不住你，我不值得你托付……’铁匠大沉重的呻吟似乎带着无尽的悔恨，泪眼巴巴地对着我说：‘走，给你妈再上个坟去。’我当时呆呆地坐炕上没动，铁匠大拍着我的肩膀声音发颤，‘走吧，如若你能叫声妈，她在九泉下好受些。’见他痛苦的样子，我勉强跟着摸黑出门，两腿像灌了铅，不知道啥时候才到坟头，当时再没管浑身被雨浇透，我们都跪在坟前，雨一把泪一把鼻涕一把……那是我这辈子最难过的时候，唉！”

刘根柱说完这些仿佛卸下了沉重的包袱。老乔问：“香婶，就是你母亲殁下后，娘家来人了没有？”根柱说：“我到陕西去过，外爷外奶都去世了，家里铁将军把门，听说有个舅舅叫刘胜利，不知啥原因出走后再没回过家，唉，娘家也没人了。”老乔离开时说着安慰的话，但心里仍有诸多疑问，决定下一步去拜访李铁匠。

十

那是个奇寒的冬天，整个山村被一场大雪覆盖。铁匠睡在一摊麦草上，身上胡乱盖着脏兮兮的被褥和衣物。已经第三天了，铁匠嘴里说着胡话。兰香披头散发满面忧伤，一身长袖素服立于面前。相对无言，停留稍许，她背过身去。铁匠仿佛听见若即若离的呼唤，“起来……起来……来……来……”声音悠远而又空灵。他慢慢起身，拼命追赶着那个背影，但无论怎样努力，她始终离他一箭之遥。突然间，那背影纵身向前，悠悠坠落，像一只白色的大鸟。在她回头的瞬间，兰香不见了，只有母亲容颜枯槁的模样：“要活下去，活下去，娶媳妇……媳妇……”铁匠泪流满面，他想上前留住母亲，她的脸上似乎有一种愠怒。他不得不双手合十，重重地跪下，却感觉不到触地的疼痛，膝盖下面空空如也，发现自己正以下跪的姿势坠落深渊，在极度愧疚和恐惧之中，深厚的积雪云朵般托住了自己丑陋的躯壳，一波一波奇异的香味渐渐解冻了僵硬的肉体，他看见了开满地椒花的牛背梁，仿佛每一片细碎的花瓣都举起手，迎接他的归来……

铁匠大汗淋漓挣扎着醒来，发现正躺在自家温暖的炕上，枕边是盛着干地椒花的饼干盒子。生铁炉烧得很旺，炉上的锅冒着热气，铁匠嗅到了姜汤和地椒的混合气味。村里人说，那是积雪最厚的一天。天地间，似乎所有生灵都消失了，只有一个人的足迹通过盈尺厚的积雪，从大队铁匠铺延伸到李铁匠的家门口。铁匠知道刘天禄再一次救了他，但发小加兄弟的情义却永远留在了过去。虽然再一次捡回一条命，他的内心却静得如一潭死水，激不起丁点涟漪。兰香殁了，根柱走了，自己为啥还活着？他又记起母亲临终前的愿望，长叹一声，唉……咱老李家不能断根，有多难也得活着……

刘天禄死后，铁匠更加沉默。那个爱说笑话爱讲故经的李铁匠也死了。除了把一腔憋屈发泄到风箱和铁砧上，任谁都不搭话。只有这个春节，根柱和杏花带着君宝来看他时，才偶然见到笑脸。半年过去，根柱只记得一句没头没脑的话："人哪，这一辈子，三年学会说话，却要一辈子学着闭嘴！"这话，刘根柱也告诉了老乔。对一个想着闭嘴的人，老乔有自己的办法，一个雨天无人的黄昏，他提包点心溜进了铁匠铺。为给天禄申冤，也为了破案需要，必须了解刘兰香老家情况的恳求最终打动了铁匠。不管怎样，天禄对自己有救命之恩，乔玉川又是自己最信赖的人。铁匠破天荒打开了话匣子。

刘李两家原本世交，渊源颇深，而村庄的历史更为长久，可以追溯到宋金元堡寨时代。刘家是村里的老户，李家是外来户。老辈人聊起铁匠祖上都竖大拇指。清朝同治年间，要不是武功超凡的李家太爷从河州过来给当时的村上大户刘老爷子报信，全村人躲进堡子岭背后的野狼湾，并烧毁了嘴头崖的栈道，几百号人早让乱军杀光了。避祸之后，刘老太爷把李家一门安顿到自家的老庄里待若上宾。从那时起，李家就在南坡村开枝散叶。历经百年沧桑，李家到现在也就剩下铁匠这一户了。而刘家大户由于后人赌博吃大烟，不善经营，坐吃山空，新中国成立前夕竟变成赤贫。刘天禄在土改时期表现积极，成了村子里第一个党员。大炼钢铁那年，公社需要两个人外出学习土法炼钢，刘天禄是公社培养干部，成为第一人选。铁匠原名叫李铁江，家传打铁，后来“铁匠”“铁江”混着叫，才叫人差点忘了他的本名。公私合营时铁匠铺收归供销社，李铁江成为供销社的一员，继续干老本行。钢和铁本来就不分家，他俩被选派外出学习再合适不过。但后来有句话，“技术没学到，惹了一身骚”是当时同样单身、爱而不得的“母老虎”杨玉珠下的定语，也是二人取经回来三年之后，刘兰香抱着根柱投奔铁匠时，杨玉珠嚼舌根的话。那时候，周二虎都已经三岁了，为啥说爱而不得呢？杨玉珠一直爱着刘天禄，刘天禄却没拿她当回事，要知道那时的杨玉珠虽然肤色较黑、性格粗鲁、爱撒泼，但身形健壮、五官周正，没有怪相，是庄里人说的那种“黑是黑，俏脑心疼[①]”的女人。杨玉珠追刘天禄几年，见对方不理她，一气之下嫁给了本队的周老蔫。而刘兰香一个陕西关中女子为啥流落到这个偏僻的南坡村，确系一段奇缘。

三十年前的那个夏天，他们和甘肃各地取经的人，集中乘上火车去往陕西关中某炼钢厂。第一课就安排他们参观炼钢流程。由厂里技术员讲解铁矿石如何烧结球团，如何还原脱硫，加入炼钢炉炼出多余的一氧化碳、二氧化碳，最后压坯成型的工艺。李铁江上过两年私塾，刘天禄却只上过几天扫盲班，能识几个字就不错了。大多数学习的人都和他俩一样，看了三天，听了三天，还是老虎吃天——无处下爪。再说炼钢就得要设备，就算把炼钢的本事都学到

①俏脑心疼：方言，耐看。

了，没设备也白搭。

这天黄昏，李铁江和刘天禄出了钢厂招待所，百无聊赖地来到厂外的河边，看见一对青年男女手挽手从身旁经过，两个光棍你瞅我，我瞅你，刘天禄冲着人家的背影做个鬼脸，李铁江闷闷不乐地说："天禄，咋办，就这么回去没法交代。"刘天禄表示无计可施，叹了口气："管它呢，这儿才叫城市，先逛逛再说。咱老家县城的街道就是一条宽一点的土路，连路灯都没有。"

其实，那座钢厂位于城郊，比起市区要荒凉得多，但在刘天禄二人眼里，这儿再怎么荒凉也比老家的县城繁华。不久天就黑下来，路上已没有了行人。突然，河岸下隐约传来女人的哭声，刘天禄脊背发凉："不会是鬼吧?"他们停下脚步，李铁江自恃练武之人，说："我下去看看。"从斜坡下到水边时，分明看见一长发女人，正向深水走去，眼见水已淹到女子的腰部，瘦小的身影突然一歪倒在了水里。李铁江叫声"不好"，情急之下跳入水中，三步并作两步蹚水过去，一把挽住女人的肩臂就往岸上拖，黑夜里只听见哗哗的水声。刘天禄也随之下水协助把女人救上了岸。女人挣扎哭喊："你们别动我，让我死咧好!"一听就是当地口音。

两人强行把女子扶到路边一块石头上坐下，借着微弱的路灯光，李铁江仔细一瞅，是个模样清秀的姑娘。姑娘秀发垂腰，大约二十岁年纪。刘天禄说："这么俊个人儿咋就想不通呢?"李铁江也说："妹子，有啥过不去的坎，我们哥俩帮你。"姑娘只是流泪也不答话。劝了好一会儿，前面过来人了，都拿着手电。近处看清是三男一女，有的左臂上戴着"治安巡逻"字样的红袖套。为首男四十开外，见长发敷面、低头啜泣、浑身湿漉漉的姑娘，立马喝道：

“把这两个小子抓起来!”其中一个小年轻拿出铐子刚要铐李铁江，姑娘把脸上的湿发往耳后一拢轻声道：“别铐，他们是好人。”为首的男子用手电晃了晃突然叫道：“噢，原来是兰香，你这是咋整的?”兰香歪着头定了定神，认出是保卫科的孙科长：“你是，孙叔?”孙科长凑上前：“是我啊，你孙叔，你这是掉水里了?”兰香点了下头，孙科长盯着长衣长裤、浑身湿漉漉的李铁江和刘天禄：“是这两个把你捞起来的?”兰香又点了点头。孙科长见两人面熟，问：“你俩应该是来厂里学习的吧?”李铁江向孙科长报上自己和刘天禄的姓名并做了介绍。“谢谢两位甘肃来的同志!”孙科长热情地握手致谢，招呼大家回到厂里。让女同志小赵把兰香领到宿舍换个衣服好好照料。了解到李铁江哥俩没带换洗的衣物，又把他们领到保卫科，让值班同志找了两套短裤短袖换上。孙科长还说衣服旧点，将就一下，吩咐那个小年轻把湿衣裤洗了晾出去。然后聊起了被救的姑娘。孙科长说，这姑娘叫刘兰香，父亲原是厂里的老工人老先进。去年因为替厂里的“右”派鸣不平，发了牢骚，说了不该说的话，也被打成“右”派。一家四口被下放到乡下劳动。孙科长叹口气：“兰香这娃命苦，厂里处了几年的对象是个技术员，前一阵子就因为她们一家被下放要和兰香分手。今天上午兰香又来找人时，那小子已经申请支援大西北去了甘肃，听说比你们那儿还远。”孙科长给两人泡了茶，问吃饭了没有。两人都说吃了。孙科长又拿出一包饼干让他们多少吃点，接着聊：“兰香情绪很不稳定，今天中午我特意留她到家里吃饭，她姨也劝，让她想开一点，天下好小伙有的是，没必要为个负心汉想不通。没吃几口她就急着要走。她家也不远，下放的地方是她母亲的娘家，坐班车不到一个小时。兰香走时脸色不好，我们不太放心，千叮咛万嘱咐的，谁知她没回家。多亏你们救了她。”孙科长这时才注意到这俩年轻人光着脚。一问是因为着急救人没顾上脱鞋，两人的布鞋早已不知去向。孙科长又打发人找来两双新凉鞋，哥俩穿着正合适。李铁江问那叫兰香的姑娘怎么样了，孙科长说，还好，晚上让她跟小赵挤一挤，也顺带做一下思想工作。孙科长问他俩生活习惯不，有啥困难就提出来。李铁江说：“这儿咋这么热?”孙科长说：“这几天三十多度高温，你们还穿长衣长裤，肯定受不了，如不嫌弃，衣裤和鞋就送给你们。”刘天禄为难似的：“这，这怎么使得。”孙科长说：“小事一桩，不必推辞。”聊着聊着，李铁江谈到学习的感受：“钢厂灶上天天吃白面馍，还有肉菜，比起甘肃乡下不知要好多少，吃住都好，参观学习虽然开眼界，也学了不少知识但不顶用。我们原是要学土法炼钢的，没学到技术回去不好交代。”孙科长略一思忖：“这样吧，正好兰香那个大队在试点土法炼钢，你们明天就陪她回家，顺便去参观一下，或许对你们有帮助。如果同意，明天上班我让厂里写个介绍信。”刘天禄喜出望外：“太好了，太感谢了。”孙科长让他俩回去好好睡一觉，临别还送给他们一人一双解放球鞋。

第二天早上，孙科长把事情给厂领导做了简短汇报。没说兰香自杀，只是说不慎掉河里，被甘肃同志救了。领导很感动，答应派出厂里唯一一辆绿帆布吉普车送他们去兰香所在大队。

司机是个沉默的小伙子，刘兰香坐副驾位置，看起来心情好了不少。李铁江和刘天禄坐后排。汽车出城，驶向八百里秦川旷远而平阔的田畴。车上人一路无话。头一回坐小车，头一回见到关中平原金黄无边的麦浪，李铁江和刘天禄克制着兴奋与欣喜。两人现在的装束和当地人别无二致，也适合那儿的天气。李铁江一米八的个头，帅气自不必说，一头自来卷的黑发，个子比刘天禄稍高，加之前两天才理发刮了胡子，更显精神。

很快，一片绿树掩映的黛瓦房舍映入眼帘。村头麦场里，一高一矮两座圆筒状建筑物头顶冒着浓烟，麦场上人声鼎沸锣鼓喧天。车刚停在梧桐村巷道口，就见一老一少迎过来。刘兰香说："年长的是合作社的梁社长，旁边半大小子是我弟弟刘胜利。"原来孙科长给梧桐合作社打了电话，梁社长和胜利已在巷口等了好一会儿。李铁江递上介绍信，梁社长请司机下车吃了午饭再走。司机说厂里还有事必须回去，如果要接学习的同志随时给孙科长打电话，言罢开车走了。梁社长说："正好，他们庆祝第一坨钢出炉，咱们去看看。"胜利则陪他姐回家。一宿没见兰香，兰香的爸妈肯定还在着急。

麦场上，社员们兴高采烈，围着一团黑乎乎圆饼状的东西又是敲锣又是打鼓又是喊口号。社长让大家安静一下，说："甘肃的同志来我们村学习取经，大家欢迎！"于是响起一阵掌声伴着一阵锣鼓。此刻，李铁江注意到现场还有两位干部模样的年轻人，男的拿个照相机在鼓捣，女的在小本上记着什么。社长说那是城里来的两位记者。社长带李铁江和刘天禄参观玉米状的两座砖砌土高炉，边参观边讲解。李铁江不愧是打铁出身，小半晌工夫就把土高炉建造的方法、分层点火加温、木材焦炭粉和块碳的用法、铁矿石与各样废铁原料如何添加掌握的火候一一记在心里。刘天禄却听了个似是而非，问社长有没有书面记录。社长说，他用钢笔记了个方子，下来可以抄一份。高炉基本定型但还需要改进，大高炉正好比小的大一倍，两相比较，感觉还是小一点的好，省工省料出铁率高。不知谁喊了一声："开饭喽!"梁社长说："中午大灶上做的裤带面，吃罢饭再干。"这时，刘胜利急匆匆跑来，请甘肃同志到他们家里吃饭去。社长说："去吧，刘师傅一片心意，吃完饭到麦场找我。"

巷道是平整的土路，两侧几棵高大的梧桐树冠盖华美，巷道另一端的竹篱笆院便是刘兰香家，半坡水青瓦土墙房子像是新落成的。院里被茂盛的绿植填满，多是一人多高即将成熟的玉米。一位五十来岁的大叔短裤汗衫手拿蒲扇，捋着胡须站在篱前。胜利说，那是他爹。刘胜利给两人做了引见转身走了。大叔热情地把李铁江、刘天禄让进屋。屋里肉香扑鼻，一张旧木方桌三个条凳摆好，桌上碗筷齐备，一瓷盆炖好的鸡肉冒着热气，旁边摆着四碟菜：油泼辣子、烧腊肉、凉拌野菜、凉拌茄子。这可是过年才有的气氛。大叔把二位让到上座，自己右侧落座。兰香正在厨房里帮她娘烧火煮苞谷，听父亲唤她忙出来见客。姑娘垂眉低首面带红晕。大叔先给客人碗里各放一只鸡腿，然后叫兰香右手落座，拿出一坛自酿"苞谷烧"倒了小半碗，让女儿给恩人敬酒。大叔先前问过年龄，知道刘天禄比李铁江大两岁，让先给年龄大的敬。兰香捧着碗就那么站着，脸上滑过一丝羞涩。刘天禄慌忙站起，言语有些结巴："不、不敢当，我平、平时不沾酒。"大叔说："到了我们关中哪有不喝酒的，喝不完放下慢慢喝。"刘天禄这才接过碗喝了一口，差点呛着。刘天禄坐下来时，大叔已在另一只碗里倒好酒递给兰香，兰香一对水汪汪的眼睛望过来，李铁江脸一红忙站起来，接过酒一饮而尽。大叔忙说："这酒度数高，赶紧吃菜，把鸡腿吃了。"气氛缓和下来，两人顾不上客气，鸡腿下肚，话也渐渐顺溜。大叔自斟半碗酒陪喝。不一会儿，刘胜利两手各托一海碗面从外边进来，说是大灶上的饭，甘肃同志和他都有份。海碗有脸盆那么大，比陇中的牛肉面碗大得多。酒过三巡，李铁江说："早知道陕西有八怪，今天见了四怪：房子半边盖，碗盆难分开，辣子是道菜，面条像裤带。"刘胜利放一碗在桌上，把另一碗的面拨一小碗出来，又调了些油泼辣子，蹲在门边自顾着吃起来。大叔开怀大笑："这又是一怪，有凳不坐蹲起来。"不爱说话的刘天禄插了一句："还有姑娘不对……"没说完就被李铁江打断："吃面，吃面。"说着把一小碗面端到刘天禄跟前。大叔则将一海碗面分成四份，叫老婆子也出来吃，兰香妈慈眉善目笑盈盈地出来，一看就是典型的农村妇女。她端了一瓷盆煮熟的苞谷放桌上招呼大家，嫌大叔喝多了乱说话，劝他别喝醉了。大叔兴致正高："你个婆姨知道啥，我很久没这么畅快过，你见地里的麦子都黄过了，才割了多少，壮劳力都去炼铁，到时候喝西北风去。"兰香这边赶紧劝她爸管住嘴。大叔忽然低下头，心事重重地叹口气："哎，炼了一辈子的钢，钢铁怎么炼出来的，他们知道个啥，简直是瞎折腾。"兰香脸都青了："爸，别再说了！"李铁江见状忙打圆场："叔，姨，我们吃好喝好了，下午还有事呢，感谢你们的盛情。大叔特别实在，有机会再来讨教！"然后告辞一家人。兰香不好意思地把二人送出篱笆院。刘天禄醉意蒙眬，摇摇晃晃在前面走。兰香突然拽住李铁江胳膊附在他耳边说："李家哥，我爸的话可不能给别人说。"还从来没有漂亮姑娘离自己这么近说话，李铁江借着酒劲一把搂住兰香，盯住她近乎乞求的眼神小声地："放心吧，妹子，我心里有数。"兰香羞得低下头，但她并不打算挣脱，幽幽地来一句："就不怕人看见？"李铁江慌忙放开她："对不起，你真好看。"兰香说："你一时半会不走，我有时间看你去。"显然，她已经把他当作了熟人。李铁江放下心来，为刚才的鲁莽道歉。兰香大大方方地说没事。李铁江像记起了什么："噢，妹子，可别再干傻事！"兰香说："放心吧，不会了。"小伙子这才说声"保重再见"，心满意足地追刘天禄去了。

社里的大喇叭一曲《社会主义好》后是纯正的普通话播报："北京时间下午三点整。"之后传出梁社长陕味浓烈的播音："各门各户大炼钢铁的人赶快到麦场集中……"

铁疙瘩旁边长条凳圈出一块能容几十人的场地。社员们陆陆续续往麦场走，梁社长估计中午也没休息，见李铁江扶着刘天禄过来，忙招呼坐下，说："一会儿开个联欢会，甘肃来的同志必须参加。"刘天禄一坐下就面条似的靠在李铁江身上。"这位同志醉了吧，那就先到宿舍休息。"梁社长说着把二人领到麦场不远处的一排平房。打开房间，屋子已经收拾好了。两张铺着竹席的床相对摆放，中间一张办公桌，开水壶铝壶各一，搪瓷缸牙具等用品两套。"你俩就住这儿。"社长说着，把钥匙交给微醺的李铁江道，"看来只好你一人参加联欢了。"李铁江知道自己带着酒意，不好意思地说："我这样子，乡亲不会介意吧。"社长说不会，并指了指食堂一侧，说那边有洗澡冲凉的地方。

安顿好刘天禄，社长陪李铁江返回麦场。条凳已经坐满了人，更多社员站在条凳周围。南向安放一张条桌，大概是主席台；北向置力士鼓，鼓面搁一大朵红绸花。梁社长请李铁江在条桌旁就座，然后宣布击鼓传花联欢活动开始。掌声过后锣鼓响起，绸花急促传动。鼓声骤停的一刹那，绸花落在一位大爷手里。大爷不急不缓走到场地中央，一捋胡须，立马有人送上木椅板胡。一曲西皮中六的秦声酣畅淋漓，场外叫好声喝彩声不断。接下来，绸花传到一位中年大叔手中。大叔一招手，四五个人抬着长短条凳上场，大爷手持板胡和拿二胡、笛子、三弦的人同时上去，男多女少。一顿乱弹，一台老腔开演了，只见唱的唱，吼的吼，说的说，敲的敲……吹拉弹唱夹杂其间，好不热闹。这时，他在围观的人群里看见了兰香，正朝这边瞅，不知是看表演还是看人。李铁江心里打起了鼓，担心绸花落到自己手里。看起来，坐在条凳上的都有两下子。不过上场的也有几个不咋地，学狗叫的、扭秧歌的、唱“一条大河波浪宽的”……后来上来个吼秦腔的。陕西人吼秦腔就是地道，李铁江爱听。他认为比老腔好，老腔热闹但感觉乱哄哄的。走神的当口绸花真就落在了自己手里。或许是酒壮㞞人胆，李铁江脱掉凉鞋上场。只见他拳掌一合四方礼毕，含腹拔背气沉丹田，一套梅花拳打得行云流水、干脆利落。接着一趟醉拳接八步转招式，后倒鲤鱼打挺，稳稳一个马步，赢得了社员们满堂喝彩。他一转头，分明看见兰香和人群一起欢呼雀跃的样子。联欢会开了近三个小时，社员们过足了瘾。梁社长讲话，一定要发扬土法炼钢试点村社的革命精神，多出铁炼好钢，为社会主义添砖加瓦。大家散去后，社长安排李铁江、刘天禄和留下守炉的十几号人在大灶吃饭。饭后他又向两人介绍了炼炉的人员分工倒班情况。整天忙碌没休息，社长依然兴致勃勃，邀请二人到田间走一走。梁社长有着关中人的豪爽，毫不掩饰他对这片土地的喜爱：“我们关中‘百里不同风，十里不同俗’，是块宝地呀！”

他们边聊边向村外走去。夕阳照着大片黄灿灿的麦田，恍若遍地黄金。远方，哥俩看见了真正的地平线，天地由一条金边缝合在一起，麦穗摇曳着丰收的景象。几百米开外有一片玉米地，茂盛的绿在整个暖色调中显得异常突兀。黄土高原上的人们做梦都梦不见的粮食，密密匝匝呈现在眼前，有的厚实得能铺成毡。社长折下一根穗子，足有一拃长，拿手里搓一搓吹一吹，成色饱满的麦粒呈现在手掌。李铁江却摇头叹息："唉，可惜了！"社长问咋个可惜法，刘天禄是个行家，马上接过话茬："麦子熟过头掉颗子，收回来也浪费不少，再要遇上一场雨就麻烦了。"梁社长蹙蹙眉："谁说不是呢，可要炼钢，收麦的人手太少，再不抢收损失会更大。"李铁江说："粮食可是人的命根子，吃不饱肚子怎么干革命？我们那儿很多地方十年九旱，不瞒您说，年年都有外出逃荒的人。糟蹋粮食等于犯罪啊。这样吧，还有三四天的时间，麦收算上我哥俩，不过得有一个守炉的。"梁社长还是犯愁。李铁江灵机一动出个主意："你们社里不是有拉炼铁材料的大拖拉机吗？钢厂学习参观的人多，大都是奔着学土法炼钢来的。厂里学不了，不如和钢厂结对办个学习点。一天带十几二十个人过来，社里留两三个技术好的人带队，维持炼铁炉二十四小时工作，劳力不就出来了吗？"梁社长一拍脑门："我咋没想到呢，你们休息，我马上给孙科长打电话。"说着扔下他们急匆匆走了。

太阳很快滚落地平线，黄昏降临。哥俩转身回村，麦场上炉火映照着五六个人正在忙碌。一百瓦的电灯亮了，隐约照着远处那排平房。二人刚踏上回宿舍的村道，就见兰香提个竹篮迎面走来："还以为你们一时半会不回来呢。"三人一并来到住处，屋子里黑乎乎的。李铁江说："忘记要个油灯或蜡烛。"兰香抿嘴一笑，拉一下床边的灯绳，顿时满屋生辉。李铁江尴尬道：“噢，人家这儿用电灯。”兰香在灯下显得娇憨可人：“给你们煮了些嫩苞谷，我妈让送过来。”说着兰香把蒸布揭开，苞谷还是热的。两人异口同声：“这咋好意思！”兰香说自家种的不值钱，集体的可不敢动。两人也不客气，一人取一个。兰香瞅见李铁江背上的泥土，可能是下午联欢会上表演时留下的，拍也没拍掉。便有意让他换下拿回去洗。李铁江说不用，过会儿去冲个凉顺手就洗了，让把剩下的苞谷拿回家去。兰香立刻噘着嘴回敬道：“咋，看不起人？”见她樱唇可人的样子，李铁江连忙道歉。又聊了一会儿，屋外，天已全黑。兰香让他们早点休息，放下篮子便走。李铁江坚持送她，跟着兰香出了门。刘天禄望着他俩远去的背影，心里有点酸溜溜的感觉。

路上两人走得很慢，兰香有种异样的安全感。李铁江则尽力讲述自己的家乡家族史。新中国成立前，他跟着父亲闯荡江湖吃苦，后来回乡开铁匠铺。他饶有兴味地介绍黄土地的乡土人情，小山村的风物趣事，那里的幽谷山泉、小溪狗鱼、水磨坊、胡麻土豆、香草植被包括地椒花。一段村道，他俩不知不觉走了很久。月亮升起的时候，两人到了篱笆院门前。兰香邀他进屋坐坐，李铁江掩饰着狂乱的心跳，压低声道别：“你也早点休息，明天见。”

告别兰香，李铁江心里好像打翻了五味瓶。长这么大还没谈过恋爱，黄土高原上，那座偏远贫瘠封闭落后的小山村，很多人一辈子打光棍，不知道女人啥滋味。兰香就如这晚上皎洁的月亮，想象中的七仙女也不过如此，可惜自己不是董永。想得多了，李铁江自嘲似的摇摇头，为自己酒后的鲁莽感到惭愧。他先到澡棚冲了凉，借月光把半袖搓着洗了。微风吹过，燠热顿消，李铁江衣服搭在肩上，光着上身往回走。麦场那边的男人也光身赤膊，铺着凉席睡觉。突然一阵风从身后袭来，李铁江下意识往下一蹲，左手后撩，刚好碰到一个人的腹部，那人收手闪身躲过一气呵成。看来遇见个身手灵活的，李铁江刚要来个后扫蹚，却发现是刘胜利。这半大小子嬉笑着一抱拳，学着秦腔的调子低声唱道："恩公，得罪了——"一个"了"字拖得老长。这孩子的底气十足，李铁江惊奇地问："你也练过？"胜利说："下午联欢会上你练的拳路我没见过，一看就知道你是高手，能不能教我两招？"李铁江道："就现在？"胜利悄声说："这会儿没人，正好。"李铁江说："习武之人要有武德，一不能恃强凌弱，二不能好勇斗狠，再则练拳不练功，到头一场空，这些你知道吗？"胜利说："这些道理我都懂。"李铁江说："时间短，就教给你几样实用的吧。"于是两人就在一块空地上比画开来。给胜利教完几套功夫和拳法已是深夜，进屋时刘天禄早就鼾声如雷了。

这一夜，李铁江浑身燥热，翻来覆去不知啥时候才睡着。天还没亮，哥俩就被一阵拖拉机的突突声吵醒。刘天禄嘟囔着："这么早干啥呢？"李铁江迷糊着说可能去接人，待会儿我们该起床了。不久，大喇叭里响起了《东方红》《社会主义好》等乐曲，然后是梁社长对社员同志的播报，大概意思是早上八点到麦场集合，准备迎接钢厂学习班来的同志。李铁江说这个梁社长办事雷厉风行，事情还真成了。困意袭来也管不了那么多，想着再睡一会儿。人常说"早上的瞌睡爱人的嘴，羊的腔子鸡的腿"，这一睡着不打紧，竟梦见兰香笑盈盈站在床前，摇着自己的肩膀叫："李家哥，哎，天亮了该起床了。"李铁江用力睁开眼睛，哪里还有兰香，分明是刘天禄正在旁边叫他。天已大亮，李铁江翻身起床。

麦场那边传来梁社长给社员开会的声音，他急忙穿衣漱口。刘天禄指着桌上领来的馒头让李铁江先垫肚子，自己过去瞧瞧。李铁江开水就馍，三两口吃完，啃了两棒兰香送来的苞谷，抓起没干透的衣服穿上，然后奔麦场而去。还没到麦场边，却见刘天禄转身回来："社长让咱俩守炉子，没安排麦收，走，先回宿舍。"李铁江进屋后回过神来："哎，不是一人守炉，一人麦收吗？难道是照顾咱们？我找社长去。"说着又往外走和梁社长碰了个满怀。

梁社长乐呵呵地握住李铁江的手说："李同志，谢谢你，不是你的主意，我还真不知道咋办哩。麦收辛苦，你俩就白天帮着守守炉子，顺便学一下具体操作。"刘天禄请社长吃苞谷，说："兰香自家种的，怕放坏干脆解决掉。"社长边拿苞谷边说："抢收麦子，我让每家包干，要求三天割完。这三天学习的人也正好轮换一次。"李铁江提醒道："别忘了我俩一个参加麦收的要求。"梁社长犹豫再三道："兰香家分了八亩的任务，她家力量单薄，你们去一个也成。"李铁江抢着表态："我身体好，我去。"刘天禄笑道："那好，算你照顾哥哥。"正说着，外面传来锣鼓响，隐约听见拖拉机声音越来越近。"学习点的人到了。"社长风风火火地出去接人。这边李铁江带上空竹篮直奔兰香家，院里只有兰香妈正忙着给一头半大的猪喂食。铁江说明来意，兰香妈接过竹篮二话不说，找了一把镰刀给他，指了指去麦地的方向。

太阳刚从地平线露头。干农活赶早不赶晚、赶凉不赶热，麦地到处是开镰的社员，一派丰收繁忙的景象。李铁江走了大约十分钟，一条小河横在前面。河岸这边刘大叔父子正突击一大块麦田，身边的麦子已倒下一片。李铁江和父子俩打了招呼，复述了社长的安排。刘师傅指了指左手一块地：“你去兰香那边吧。”几十米开外的那块麦田小不了多少。李铁江过去时，兰香戴着草帽仿佛没有察觉，一门心思地往前割。如果不站起，稍远一点就看不见人，只有麦子两三米一排依次倒下。李铁江故意不惊动兰香，绕过去从她侧后开镰。心想那么个柔弱女子，不用多久就会撵过她。半个时辰过去，兰香快割到地头了，距离却越拉越远。李铁江不禁焦躁起来，暗暗佩服这个城里长大的姑娘。这时，兰香摘下草帽趁擦汗的工夫回过头来。似乎才瞅见他，竟有些惊喜：“李家哥，你咋来咧？”又像察觉到他的窘相，便走过来。看着李铁江满头大汗的样子，她把草帽往他头上一扣：“也不戴个草帽，太阳晒得很！你把镰刀给我。”兰香仔细查看镰刃，用指头试了试：“这是我妈那把，刃口好着哩。”兰香又问：“你们那边不常割麦吧？”李铁江道：“我们那儿靠天吃饭，多的是旱地麦长势不好，根扎得浅一般不用割，连根拔出来就行。水地麦子长得凶了才用镰刀。”兰香很在行地示范几下：“割麦要用巧劲。”李铁江照着割了几镰，果然轻省不少，便好奇道：“你一个城里长大……”兰香知道他想说啥，解释道：“我妈一直在农村，爹和我每年春种秋收农忙时节都回来干几天活。本来是义务，但社里记工分，所以一般的农活我都会。现在全家回到农村，就更得会咧。”说话间，那张秀丽的脸蛋显出红晕，拢在脑后的黑发垂下几绺粘在额上，煞是耐看。李铁江把草帽还给她，兰香没接，却向河边跑去。李铁江割麦的间隙，兰香已用柳枝编了个花冠戴在头上。翠绿纷披的枝叶间夹杂着红紫黄蓝的野花。“好看吗？”兰香问。李铁江这才刻意端详起面前的女子：雪青色浅碎花半袖，深蓝的确良长裤挽起来，露出一截白皙的小腿，黑凉鞋扎根草绳。“好看，真好看!”虽然穿着极为朴素，但在李铁江看来，兰香怎么打扮都漂亮。当他的双眼滑过她雪白的乳沟时，李铁江的目光似乎被灼了一下，迅速垂下眼帘。兰香突然意识到什么，脸一红扭转身：“咱们比赛咋向[①]？”李铁江掩饰着尴尬：“好、好……”两人不再说话，低头干活，并排着往前赶。中午之前，他俩竟把一亩多麦子收割完毕。刘师傅那边两三亩麦子，还剩三分之二。兰香喊道：“爸，胜利，休息吧。”那边父子俩没应，兰香把李铁江领到河边树荫下，那儿有铝壶、军用水壶、开水瓶和搪瓷缸，两人喝了一气凉开水。见父子二人没有稍缓的迹象，兰香提起水壶过去，李铁江提镰后面跟着。父子俩喝些水继续干。他和兰香帮着割了一阵后，老远看见兰香妈提着篮筐和瓦罐送饭来了。刘师傅这才说：“歇吧。”

正午已过，日头正辣，一家人河里洗了手围坐树下。见李铁江还傻站着，刘师傅招呼他也坐下，说：“锅盔、馒头、鸡蛋、菠菜汤，也没多少油水，别嫌弃尽量管饱。兰香妈有类风湿病，腿脚不好，多亏有你帮衬，不然任务完不成，她也得下地。”兰香说：“这下好了，我妈可以专心做饭，不用太累。照这速度，一天割三亩，两天半就能完成。”这时刘天禄提着一大兜东西过来，老远就开始打招呼。他把网兜小心放地上，揭开纱布，是一大碗土豆红烧肉，上面顶着四个开花的蒸馍。刘天禄说，他是给李铁江送饭来的，今天大灶改善伙食。社长说了，李铁江还到灶上吃，不能给刘师傅添

---

①咋向：方言，怎么样。

负担，说罢一脸憨笑，自个也拿个馍吃起来。明知提来两份饭，李铁江故作埋怨："也不早些送来，你都吃过了还吃。"说着给每人碗里拨了些肉，又将馍分给大家。刘师傅拿着馍笑道："嘿，下一步公社一成立，麦收机械化，再不用这么辛苦，家里也不用做饭，全上灶，到时候都能吃上这饭。"

第三天，李铁江和兰香已配合得相当默契了。他们两个齐头并进，割麦、扎捆、架麦个、码麦垛，干脆利落。再看村庄周围，大部分麦地已显露出土地的本色。两人望着面前最后一小片麦子，脸上洋溢着会心的微笑。"歇会儿吧。"兰香说。两人坐在麦个间相互瞅着，内心升腾异样的温情。面前的兰香脸色蜡黄，显得憔悴而又疲惫，眉宇间闪过不易察觉的忧郁。李铁江不由自主地拉起她的右手。一只本该细皮嫩肉的手，已磨出老茧起了水泡贴满了胶布。李铁江怜惜地问："疼吗？是不是生病了？"兰香说没事却反问道："你的手咋这么皮实？"李铁江说，自己一直打铁，手上茧厚，这点活不碍事。兰香摩挲着他手上坚硬的老茧，念叨着："铁江，铁匠，这名字有点意思，以后就叫你铁匠哥咋向？"李铁江点头算是回应。这时，远处不知是谁，唱起了陕北的信天游：

一对对绵羊并呀么并排走，
哥哥能啥时候拉着那妹妹的手……
睡到半夜我梦见你，梦见咱俩一搭搭哩……
拉你的手还要亲你的口，拉手手亲口口，
咱们俩个圪塄塄里走……

另一块麦田传来几个婆姨打闹调笑的声音，似乎在说：谁家后生这么骚情……

李铁江却听得专注，调子里有一种忧伤苍凉无法排解的情绪，好像揪住了人的肝肺。“兰香，你歇着，最后这点我一会儿就割完。”李铁江说着起身却被兰香一把拽住：“歇着吧，还有一下午呢。”

午饭还是在地头吃。灶上送饭的刘天禄带来消息，明天返程的火车票买好了，孙科长要亲自送他俩。刘师傅说：“你们救了兰香，这几天李同志又跟着我们吃苦受累，真不知道咋个感谢。”李铁江忙说：“这不算啥，本来我一把力气没处使，倒是兰香干活赛过爷们，真佩服她。”刘师傅说：“这丫头，还从没见过她干活这么卖力，怕也累坏了。”他让兰香和李铁江下午休息，剩下一小片麦子他和胜利解决。兰香却不乐意：“才不用你们帮忙，我俩能行。”刘师傅大概明白兰香的意思，就再没吭声。饭后，父子俩把剩下的麦个送到场里，留下一个水壶，拾掇起自己的工具，收工回家了。

收割后的田野，空旷而寂静，除了远处几块麦田还有人忙碌，这边就留下他们两人。李铁江让兰香到河边的树荫下休息，死活不让兰香动镰。不到一个时辰，李铁江就把那片麦地收拾得一干二净。就着清澈的河水，李铁江洗了头和脸。扭头一看兰香，见她斜躺在河岸草地上，似乎睡着了。李铁江把汗湿的短袖脱下在水里轻手轻脚地揉搓。其实，兰香正眯缝着眼注意着李铁江的一举一动，那身健美的肌肉仿佛每一块都充满了活力。李铁江把拧干的衣服穿好，悄悄走到兰香身边，端详着她的睡姿。秀发自然地垂散在草地上，不带一丝麦芒碎屑，一张秀气的脸显然清洗过了，晒黑的皮肤弹性十足，有着细腻的质感，精致的五官安放得恰到好处。当眼神落在她颈部以下白皙的肌肤和结实饱满的双峰时，李铁江的心跳忽然变得急促，像要从胸腔蹦出来。树上的知了恰恰嘶鸣，李铁江脸一红转身就要走开。兰香一下坐起来拽住了他的手，分明看见她眼中盈满的泪水，李铁江的心立马碎成了一地玻璃。他挨着姑娘坐下："怎么了，兰香？"兰香伏在他的肩上哭了，伤心的样子似又回到了救她的那个晚上。兰香说："李家哥，你要了我吧。"李铁江惊慌失措："你、你这么好个姑娘，得找个好人家！"兰香说："你不要我，我还得死。"李铁江更紧张了："我们那儿是山区，十年九旱，偏远荒凉贫穷，我不能害你！"兰香呜咽着："我现在就死这河里，村里人都会知道你害了我，早知今日，你何必当初！"李铁江被兰香的袭击搞蒙了，忙不迭地说："我答应你，答应你还不成？但你不能老记着死，啊？"兰香见他着急的样子破涕为笑，嘟哝着问："湿衣服穿身上好受不？"说着就解他的扣子。李铁江此刻愣在那儿，任由兰香扒下衣服，晾在了阳光曝晒的灌木上。李铁江知道，兰香有意制造这个机会正是他梦寐以求的场景。突然的爱情让这个来自穷乡僻壤的小伙子猝不及防。他任由她伏在自己赤裸的胸膛上喃喃絮语，燥热的身体有种即将窒息的快感，仿佛一股神秘的力量即将撑开躯体的禁锢。

兰香什么都给他说，包括父亲的耿直严厉没头脑，没原则地支持厂里的右派工程师，结果丢工作下放不说，一家人跟着受牵连。自己本来是要招工吃国家饭的，结果工作没了对象还吹了。父亲特别重男轻女，自己有啥事都不敢让他知道。李铁江问："那你嫁给我，你爹能同意吗？我还听说你们这儿姑娘不外嫁！"兰香想了一会儿说："你铁定娶我不反悔？"李铁江说："只要你家里能成，娶你是我上辈子修来的福，绝不反悔。"兰香说："家里肯定不会同意，我也不想让家里知道。"李铁江听出兰香的话外之音，心里不是个滋味："兰香，能娶你当一天媳妇，我死也心甘，但你我都冷静一下，得想个办法。"兰香撒娇似的在他脸上亲了一口："你也别说死字，明天你就是死也得把我带上，不然我就死定咧。"我的个天，一句话里"死"了三回，难道真是前世的冤孽？兰香的鼻子顺势在李铁江身上嗅了嗅："噫，那天你身上有股子香味咋没了？"李铁江忽记起临走的早上，在牛背梁采了一大把地椒花装在衣兜里，现在都可能变成干花末子了。他给兰香解释香味的来由，那种香已经融在了一个人的生命里。提起地椒花，他就想到了家乡的一切，还有相依为命的母亲。于是打趣道："地椒花再香也比不上兰花的香！"兰香羞涩地捶了李铁江一拳："你这五大三粗的家伙，嘴巴怪甜。"李铁江咂摸着那句死也把她带走的话，心绪顿时烦乱起来："兰花香，兰花香，你能不说死字吗？我这个人最瞧不起的就是不珍惜自己生命的人，俗话说，好死不如赖活着，一个连死都不怕的人还怕活着，如真瞒着叔和姨带你走，我成啥人了。"兰香一听就急："你反悔了？"李铁江心想这姑娘太胆大，得先把她稳住，到了晚上，要说她改变主意也不一定。便说："男子汉吐口唾沫砸个坑，只是这么大的事还真得好好计划一下。"又一想，一旦回到家里可能永远遇不到这么好的姑娘，说不准得打一辈子光棍，不但对不起死去的大，更对不起活着的妈。如果到晚上兰香仍不改变主意，就一定把她带走。这么一闪念，他心里反而踏实了。他一手抚摸着兰香柔软的秀发，另一只手开始不安分地在她身上游走。兰香换个姿势闭上眼睛，任那只手在自己的躯体上轻柔地摩挲。李铁江似乎听见她渴求的呼唤，热血涌上了脑门。他来不及反应，翻身把姑娘压在身下，大口喘着粗气。

节骨眼上，由远及近传来叱骂声："兔崽子们坏熊，都给我出来!"接着一串比蝉鸣刺耳的粗话像盆冷水，将燃烧的情欲瞬间浇凉。两人尴尬地起身，兰香整衣束发，迅速拿来晒干的衣服让李铁江穿上。定睛一瞧，梁社长离此尚有一箭之远。两个人稍稍松了口气。李铁江起身，把水壶和镰刀往一块儿归置。不远处几个半大小子像炸了窝的麻雀钻出苞谷地，向村庄另一侧飞快地逃去。社长边走边骂气愤难消："这帮有人养没人教的东西，你看把集体的苞谷糟蹋成啥样子了。"快到跟前时，两个年轻人恢复了平静。社长说："刚一出村就看见苞谷地进人了，没想到还是这几个捣蛋鬼，里面不但垫窝睡觉，还把苞谷秆秆折了当甘蔗吃。可惜那些苞谷棒子正在灌浆，若是让抓住，看我咋收拾你们。"李铁江忙笑脸迎上去："社长消消气，几个娃不懂事，别把您老气坏喽。"老社长马上换了副笑脸说："没啥，今年试种了一两亩春苞谷，也没指望能收多少，但总是集体的东西不能糟蹋了。李同志，我正好找你，多亏你的主意，炼钢抢粮两不误。这几天累坏了吧，如果你不走，我都想留你在咱这地方多住些日子，给我当军师。"李铁江谦虚地答道："老社长，过奖了，我哪是军师的料，以后有机会，说不定还要指望您老帮忙哩。"梁社长说："明天拖拉机去钢厂接学习的人，把你们捎过去，得早点起来。孙科长电话通知，用厂里的车送你们去火车站。"李铁江又问了火车票是几点的。梁社长看来急着要走，恨不得把该说的话都说完，他解释道："明早不能送你们，因为要连夜去乡上开会，马上要成立公社。各家各户都要上交铁制的东西，包括锅碗瓢盆，五禽六畜和粮食全部归集体。从明天起每个人都得上灶吃饭。还要忙着安排种夏苞谷的事，分不开身，请你们理解。你和兰香收拾一下，晚上都上灶。往后欢迎你们常来，我这儿也有练家子，有机会以武会友交流交流。”李铁江说：“有机会一定要来拜望。”社长握了握李铁江的手，说声“再见”，匆匆往村里去了。兰香说：“明天早上我去送你。”李铁江心知肚明，看看四周没人，抱住兰香亲了一口：“妹子，明天见。”兰香说：“你听社长的口气，今晚我是不是也得上灶？”李铁江道：“是这个意思，咱们回吧，你把工具和水壶放家里就过来。”

下午饭点时候，上交锅碗瓢盆的家庭都上了灶。食堂除了原有窗口，另一新开的窗前排起了长长的队伍。社员们有在食堂边蹲着吃的，也有带回家去的。刘天禄吃完饭走了，李铁江还端着碗。食堂里的人换了几轮，才见刘胜利来窗口领了几个馍。李铁江上前打招呼：“胜利，怎么没见你爸妈和你姐？”胜利只说了一句“他们不习惯上灶”就匆匆走了。天色将晚，李铁江带着失落的情绪回到宿舍，心里想着兰香可能不会来了。刘天禄则眉飞色舞，说他这几天把炼铁炉的原理、土法炼铁的顺序和方法摸了个透，还画了图，文字的东西都抄了一份，就算忘了也能一看就懂。李铁江只是面无表情地应付。刘天禄见他心不在焉，猜这几天确实有些累了，劝他早点休息，第二天还得早起。李铁江却说要去冲个澡，拿条毛巾出了宿舍。

浴棚里冲完澡，李铁江不由自主地朝兰香家的方向走去。篱笆院子静悄悄的，如果不是有灯光透出，会感觉没人。或许劳累一天的人早早睡了。李铁江望着有光的那扇窗户出神，内心的渴望正一点点被黑色的蚂蚁掠噬，而背后月亮正从地平线起身。在李铁江惆怅的时候，似乎有一丝熟稔的气息贴近耳畔，刚要回头，嘴就被一只纤细而粗糙的手轻轻捂住。如果在平时，他定会来一招过肩摔。俗话说，恋爱中的男人最蠢，这话适用于此刻的场景。仿佛等待束手就擒，李铁江被兰香从后面搂住了脖子，李铁江惊喜地揽住她柔软的腰肢，两人拥抱片刻。她拉着他的手蹑手蹑脚向村外走去，和初升的月亮撞了个满怀。土地上的麦茬亮出无边的碎银，远处麦场上高大的麦垛连绵成数个镀银的元宝。突兀的苞谷地如同银色湖泊里小小的孤岛。横在更远处错落有致的是河岸边曲里拐弯的树冠，渐渐向右侧低下去弯向遥远的地平线不见了。绿树掩映下的那条小河将日夜不息地奔向渭河和黄河。

兰香说："我妈中午就把家里最后几斤面烙了锅盔，仅有的七八个鸡蛋煮了，让给你们俩送些过去路上吃，到宿舍时你不在，就把东西给刘同志放下。出来找了一圈也没你的影，后来才发现原来……""我在这儿。"李铁江接住话，柔声问道，"你爸和你弟在家吗？"兰香说："他们早早睡下，明天还干活哩。不过听我妈说我爸好像有些察觉，说我不对劲要盯紧点，明天不让我出门。我妈肯定不睡觉在家等着，这不正要找你商量。"听了兰香的话，李铁江一时也没了主意。两个身影离村子越来越远，不知不觉来到那片青纱帐的孤岛。四野除了月光，还有蛙鸣和蛐蛐的合唱，河边的树上偶尔传来倦鸟的咕咕声，兰香不想让任何人觉察出她和月光之间的秘密，不由分说地拉着李铁江钻进了茂密的苞谷地……

第二天一早，拖拉机开动时兰香没来。李铁江心里顿时有一种强烈的失落感，如果到火车站还见不着，两人的约定也许会泡汤。回城的路上，李铁江死死盯着村外那片苞谷地，直到啥也看不见了。那里，兰香把最甜的月光和最美的胴体交给了他。

回到钢厂，两人坐上了去火车站的吉普车，他俩是作为舍己救人的模范学员被送走的，一个兴高采烈，一个却心猿意马。孙科长见李铁江一步三回头的样子，似乎猜出了他的心事。“放心吧，兰香我们会继续关注，做好后续工作。”一颗期待逃离困境的苦心与另一颗渴望爱情的诚心在经历短暂的碰撞后，竟凝结出一段关于异乡的传说。甜蜜也好，苦涩也罢，他们都身不由己。说好把火车票交给兰香，自己想办法上车再做计较，然而等到火车启动也没见到她的影子。李铁江猜测一定遇到了意想不到的情况，否则兰香不会爽约。就这样，他怀着无以言表的内疚和惆怅回到了南坡村。李铁江后来才知道，兰香拼命干活就是想把怀的孩子流掉，一想起这事他就特别心痛。

回顾这段往事时，铁匠内心交织着幸福、喜悦、失落、痛悔、难过、绝望等各种情绪。

沉默片刻，铁匠突然叹口气，说：“兰香的命真苦，娘家也没人了。”老乔曾说，如果不是为了破案，把刘坤雄神秘的成长环境和轨迹搞清楚，谁愿去触碰老汉的伤心事。老乔掏出刘坤雄的照片递给老汉，他的情绪似乎渐渐失控，拿照片的手开始颤动，额侧青筋起伏，泪水在眼眶打转：“他，胜利，他还活着？”铁匠急切地问，“刘胜利？他是不是刘胜利，他在哪儿？”老乔告诉他，这个人不叫刘胜利，他的名字叫刘坤雄。铁匠说：“就算他现在胖点老点，大模样没变，特别是脖子上的那颗痣，不可能大小位置都一样。”

从铁匠铺出来时雨已经停了，天边露出几点闪烁的星光。老乔朝着唯一亮灯的乡政府大门走去。他的脑海又蹦出几个新的问号：假如刘坤雄和刘胜利是一个人，知道了刘海涛是他的亲侄子能不顾念亲情吗？换个角度，刘坤雄的本性或许并不坏，但对于水仙的死，他应该负有不可推卸的责任。到这偏远小城投资的目的可能是为了逃离，没想到逃出一个困境又陷入另一个困境。难道那帮地头蛇已经和他达成了某种不可告人的交易？那么刘胜利为啥要隐瞒身份长期潜逃，刘兰香的自杀与这件事又有什么关联呢？害死刘天禄的主谋又是谁呢？记得之前谁说过，刘兰香死的时候身上揣着一封信。

夜已经很深了。故事原本没那么多引人入胜的细节，老乔见我恹恹欲睡，为了倾听的人不至于乏味，加入许多年轻人感兴趣的东西。假使主人公自己叙述，大概寥寥数语便能说尽。或许那些美好的记忆只能存留在铁匠的脑海里，当他老了便是一坛陈酿，醇美的滋味历久弥香，会以一种沉醉的方式，陪伴他平凡而孤独的余生。

十一

海涛说："都十几年了，那封信家里翻遍也没找见。遗书倒是看过，是用铅笔在一张作业本纸上写的几行字，内容大致是：'爸、妈，很多事我都无能为力，最遗憾的就是这辈子因为一错再错，无法尽孝，我对不住二老，不孝女下来陪你们了。天禄，你和铁匠要好好对待根柱和海涛，把他们培养成人，别记挂，我是个罪人，我的死和任何人无关，老天保佑你们好好活着……’那封信我没见到，内容只有已故的父亲知道，当时公安局的人走后，我就再没见过，只记得遗书和信是放一起的。”

从堆积如山的卷宗里，老乔终于找到了那个信封。里面除了遗书和刘胜利写给姐姐兰香的信以外，还有一份电报：“母病危速归。”时间是1974年元月×日。寄信的地址却是南方某城市，目的地是南坡村，刘兰香收，邮戳时间为同年6月××日，说明刘兰香收到信后不久就自杀了。令人吃惊的是，信的内容印证了老乔的猜测。虽然落款没署名，但称呼兰香为姐姐的还能是谁。信中大概讲述了兰香父母的死因，父亲于1968年遭受造反派的批斗，突发脑出血去世，给姐拍了电报却没有回音。从那时起母亲受到打击，一病多年，又因牵挂和思念女儿双目失明。1974年元旦刚过，母亲就进入弥留之际，她叫着兰香的名字，坚持了十多天也没等到女儿回来，这期间，胜利连续给姐姐发了两份电报都没回音，母亲死不瞑目。葬母后，胜利说他在悲愤中做了蠢事，君子报仇十年不晚，大年三十晚上，守在那个造反头子必经路口，给了那家伙两刀子……让姐姐保重，不要牵挂，就当这个弟弟死了。这封信是在逃亡路上写的，想象得出写信人的悲凉和绝望。信里还提到，父亲去世时，也给兰香发过电报，不知啥原因，兰香没能回去。老乔也没想明白，就算自杀都要去陪父母的人，怎么就不能回去见父母最后一面？后来，在盈尺的案卷中，老乔找到了答案。

杨玉珠的交代笔录有这样一段话：“……那时刘兰香刚来，还抱个吃奶的娃，说是李铁江的，鬼知道是谁的种。嫁给铁匠后，人家还没咋生气，刘天禄也成天围着她转，我觉得她就是狐狸精转世，处处跟我过不去。有一次，我美美损了她一顿，李铁江当那么多人的面凶我，说如果再欺负兰香就要了我的命。我知道李铁江是个狠角色，明面上再不敢招惹她。后来她离开李铁江嫁给了刘天禄，她是嫌弃李铁江残废。我当时恨得牙根痒，她过得越好，我就越不舒坦。一个外乡人，长得好看点有啥了不起，屁股没热就占了两个窝。她不坏，天禄那么好的男人能勾引到手？她自杀，和我有一毛钱关系吗？倒是天禄死得冤，我都替他难过……乡邮递员老王参加工作靠了二虎他尕爸，所以每次来村里送邮件都来看我。我偶尔托他从城里捎东西，一来二去关系近了，二虎叫他王家哥。有时为了早点回城，就把剩下的邮件放在我家，二虎帮他送一下。一天上午，他说有一份陕西来的加急电报是给刘兰香的，必须亲自送给本人。我当时让小王在家陪老蔫喝茶，自己熟门熟路，正好要到对坡去，顺便带过去就行了。其实我出去转了一圈，把写着'父亲去世速归'的电报撕掉扔沟里了……又过了五六年，具体时间记不清，大概是腊月间，刘兰香她妈病危的电报来了两份，我毁了一份留下一份。过了三四个月，刘天禄的村干部被撸，听说还病倒了。刚巧从南方来了封刘兰香的信，开始我把信扣在手里，本来又想毁掉，因为我家周老蔫成了大队革委会主任，我一高兴，就把电报和那封信交给去胡麻湾干活的碎嘴子麻巧玲，让她带给天禄家的，没想到下午就听说刘兰香出事了。那时候我不知道这么做犯法，只想报复一下，没想到她会去死……"

老乔知道，"母老虎"和"碎嘴子"是这个村最爱倒闲话的两个婆娘，她俩凑在一起，鸦雀儿都不敢吭气。还有那个乡邮递员小王，现在的老王，被宋黑娃、周二虎一伙拉下水，充当了他们的联络员。要不是“盗粮案”扯出来一锅端，这伙人不知还要拉多少人下水，干多少伤天害理的事。照宋黑娃的如意算盘，胡麻湾到手后，不但可以解决制毒来源问题，赌博也有隐蔽的地方，还有周二虎探测过，光那几座古墓里就有好多值钱的玩意。

我问老乔：“刘坤雄以前杀人的事，当地公安机关知道不?”

老乔说已经核实过了，刘胜利当时捅的那人没死。那人说当年他整了不少人，胜利父亲的死与他有关，如果当时真想要他的命，凭刘胜利的身手，早就死过几回了。他说刘胜利的那两刀让自己清醒，只是流血住院没戳中要害，就没报案。乡里乡亲的，如果刘胜利肯回家，他该给胜利道个歉，听得出，那人还算有点良心。

宋黑娃的交代材料中我看到这么一段文字：“……最闹心的事就是刘天禄不同意兑地，刘海涛半年工资不要就跑了，看来刘海涛不是那种能轻易恐吓甘受控制的人。跑了也好，后来周二虎出了个主意，把刘天禄吓唬一下，让他忌讳去胡麻湾。早先让杨玉珠和麻巧玲散布凶魂厉鬼的事，唬住了村里不少人，但刘天禄不信邪。去年夏天，周二虎说通往胡麻湾的嘴头崖有段路特别险，用木板搭的栈桥，可以把木板撬掉一块，刘天禄肯定害怕。他不敢去胡麻湾干活，咱们就有兑地的机会。后来他背着我和牛老大去了，再后来听说刘天禄摔下了嘴头崖……这事和我没关系。”而综合牛雄和周二虎的交代材料，老乔认为宋黑娃在推卸责任，周二虎提出吓唬刘天禄不假，他自告奋勇要一个人去，宋黑娃却让牛雄跟着，而且特别吩咐牛雄把木板撬松、铁丝剪断，要让人看不出来。作案时，周二虎把一块板子撬起来，牛雄却把铁丝也剪断了，周二虎说既然剪断了，把木板掀得高些，让人老远就能看见。结果牛雄使个二目眼子[①]，下山走到一半说改锥落下了，让周二虎等一会儿。牛雄返回嘴头崖，故意把撬起的木板放下去，伪装成没有动过的样子，这才下山和周二虎偷偷离开了南坡村。这些细节明显反映出宋黑娃、牛雄置人于死地的犯罪动机。

大部分查证工作接近尾声。宋黑娃指使牛雄朝王水里扔猪蹄、暴力催贷威逼恐吓对方导致一人自杀、黑砖窑非法用工等违法犯罪证据都已搜集齐备。

水仙凶案仍然云遮雾罩，宋黑娃一伙似乎都在竭力回避与此事相关的一切信息。

夏天即将过去，老乔和我带着南峪学校部分师生和南坡村的一帮年轻人到胡麻湾铲除罂粟。这是一堂乡村禁毒课，也是破除迷信、劳动普法的一部分。老乔利用照片教大家分辨罂粟、米兰植株和大烟膏块，制成的黄皮、海洛因等毒品分类及其危害。我给大家讲解相关的法律法规，教育大家远离毒品、珍爱生命，不能干任何违法犯罪的事，否则“一失足成千古恨”。针对南峪峡里有林怪和山鬼的古老传说，嘴头崖下经常有勾魂鬼的谣言，老乔普及了有关知识。比如，黄土高原的成因；秦岭及其余脉作为中国南北分水岭在对抗黄土堆积过程中，经过几百万年或者更为久远的年月，形成石峡隐藏在黄土坡下的特殊地貌景观；那些回旋的气流经过峡谷林间，流水的哗响都会有回声，并不存在林妖峡怪等。并且以案说法，揭露了某些人别有用心造谣惑众，是为了达到自己犯罪目的的

---

①二目眼子：方言，障眼法。

丑恶行径，要求大家不传谣、不信谣、不迷信，相信科学，主动学习和传播科学文化知识，争做懂法守法、讲文明有道德的一代新人。铲毒结束后，老乔告诉大家一个好消息，过几天南坡村就要通电了，家家户户都会用上电灯。胡麻湾古墓已报批省级重点文物保护单位。政府决定复建嘴头崖古栈道，开发南峪峡风景区。南坡村的父老乡亲必将改变贫困落后的面貌，步入一个新的发展阶段。老乔在说这段话时不像警察，倒像一名招商引资的政府官员。从大家热烈的反应来看，这次胡麻湾之行效果良好。

铲毒行动结束不久，云南那边传来好消息。通过乔玉川移交的线索，云南某市公安机关破获一起毒品大案，打掉一个境外贩毒团伙。该案中，刘坤雄积极配合警方，有重大立功表现。这些结果仿佛都在老乔的意料之中。现在，他要尽可能全面地收集刘坤雄外围材料，揭开刘坤雄就是刘胜利的真相。如果能切入对方心理，打开一个缺口，审讯就有了七八成的把握。按照调查情况分析，刘坤雄尚未完全泯灭良知，许多铸成大错的行为有着复杂的因素。在这种思想主导下，他很有可能金盆洗手。就算水仙是他甩不掉的尾巴，撇不下的鸡肋或心腹之患，他也不太可能让自己背上一条人命。如果必须做掉水仙，有太多时机和方式，聪明人绝不会引火烧身。种种迹象表明，刘坤雄或已知道海涛和根柱是自己的亲外甥，投鼠忌器，没必要节外生枝。否则，让刘坤雄放弃追查水仙交给柯梅的那包东西是不可能的。假如大哥对水仙还有那么一丝怜悯，把她送去戒毒的可能性更大。渴望回归正常生活的人，对待心爱的女人譬如季晓莹，他就尽可能避免让她卷进黑道，或将她置于任何险境。女人一旦卷入黑道，要么依附强者，比男人更加狡猾凶残，要么沦为男人的玩物或牺牲品。从人性的角度分析，刘坤雄把柯梅送进砖厂，主要目的是找到那包性命攸关的东西。最后把柯梅关起来，说明他们已经明确知道东西在柯梅手里。没找到东西就把线断掉，是不是太愚蠢？那么杀人动机呢？是有人见色起意强奸灭口，还是自己吸毒过量在幻觉中自杀？如果是自杀，脖子上的索沟，头部肩肘的青紫，头皮上的血肿，鉴定他杀的结论又如何解释……假设刘坤雄不想让水仙死，事实上的确因他而死，刘坤雄见到水仙尸照时那痛苦的表情真实吗？难道阴险狡诈、心狠手辣是他掩盖真相的表演……为何在国内制毒？这个问题不难理解，那时国内的监控检测手段虽然落后，但处在治安严打阶段，从境外向国内贩毒的风险成本比国内制贩毒更大……可不可以这样推断，制毒的人才是真正的幕后老板，刘坤雄不敢违背老板的意志，又想找一个替身，自己抽身洗白，于是相中了宋黑娃。宋黑娃尝到甜头后打算另起炉灶，直接与幕后老板联络，刘坤雄则乐观其成。假设宋黑娃一伙想长久经营，害怕暴露自己的意图，而水仙知道太多，为刘坤雄也为了自身的安全，灭口是否成了他们唯一的选择？老乔不愿再想下去。很多疑问都得从刘坤雄本人那里得到佐证。

重审刘坤雄的提议得到了局领导支持。头一回跟着老乔去云南出差，需要乘火车过秦岭、走峨眉、穿越横断山，跨过十几条江河长途跋涉。刚上路时，老乔讲述自己刚转业时扶贫的经历，那些情节如同蒸汽机车负重的喘息，令人压抑而憋闷。随着目的地的临近，老乔的话题也逐渐变得明快。有他这样喜欢唠嗑的搭档，不会令人感到旅途的漫长和劳顿。

老乔是 1975 年冬从部队转业到公安局的，刚报到就跟着县扶贫工作组下乡了。

那时的南坡村除了牛背梁和堡子岭头上植被稀少，其他地方林草覆盖率全县都名列前茅。一条南峪溪长流不绝，占尽了有水的优势。虽然地处偏远，但人均占有土地多，分摊公购粮少，百姓能吃饱肚子，生活和现在相比也差不了多少。倒是下面庄村公购任务重，河里水是咸的，打口井，井水也是咸的，不能喝更不能浇地，人畜饮水靠窖水解决。窖水呢，来源于雨雪，天旱还得去城里拉自来水。下面庄虽然地处川区，实际比南坡村困难得多。还记得最早报警的那个张寡妇吗？她的大名叫张翠环，早年间因为长得好，被称作下面庄的“一枝花”，十五六岁就被说媒的踏破了门槛。她是家里老大，下面还有弟弟妹妹，父母原指望她收些彩礼贴补家用，她却在两年后要死要活地嫁给了自己看中的男子。那小伙子是个孤儿，心灵手巧，一表人才，太平鼓、舞龙灯、秧歌、眉户样样来得，还是烧砖箍窑的一把好手。小伙子婚后对她也确实好，变着法儿疼她。房子破点没关系，小日子还算甜蜜。为了凑足婚前承诺的彩礼，男人拼命挣工分，还偷着出去搞点副业。在她怀上第四个孩子时，彩礼钱才给清了。一家人眼看有了奔头，男人却在砖厂的一次塌窑事故中死了。她妈说她是孽障，伺候她生完娃坐完月子就不再管她。村里那些吃不上葡萄说葡萄酸的人爱翻老皇历，说他俩本就八字不合，女人是白虎星克夫，男人就是被她克死的。谣言一起就没人敢招惹她了。从那之后，女人变得疯疯癫癫，一发病就摔碟子掀碗。工分挣不来，五张嘴要吃饭，家里穷得揭不开锅，成了政府救济的赤贫户。

在工作组的关照下，她家的基本生活得到了保障，张翠环的疯癫病也逐渐好转。

“我上任的那年，因为收拾‘飞禽走兽’闹出些动静，张翠环听说后提了一篮子新洋芋来看我。差点没认出她来，头发乌黑整齐，梳在脑后绾成一个髻，脸上虽有菜色，但已显出女人该有的模样。一身洗得发白的蓝布衣裤，针脚细密匀称，明显经过手工改裁，看起来干净整洁合身，与初次见面时判若两人。之后见她的次数就多了，每到逢集她都来派出所一转。开始我就当她是个熟人，她却把我当成了倾诉的对象，一沾上就唠叨个没完。不是娃惹她生气，就是村上的东家长西家短。有时还讲她梦见死鬼男人，回忆夫妻相处的往事，更多的还是村里人针对她的闲言碎语。她需要一个可以依靠为她撑腰的男人。若是见我太忙她也不会打扰，等在办公室外面，等不住就走了。我常从城里搜罗些旧衣服送给她，但下次来，她总要给我带点东西，比如鸡蛋、洋芋、鞋垫之类。说实在的，我对她满心的同情，多年来只收过她一副鞋垫，那鞋垫虽然是旧布头做的，但上面的花绣得相当精致。长此以往，我也怕别人说闲话。人常说，寡妇门前是非多，对公务人员来讲，更怕寡妇上门惹是非。她似乎看破了我的心思，说，如果不要她送的东西，她每个集都来缠我。她是说到做到，我开始烦她躲她。但每次见不到我时，她就把东西往派出所门前一放，我还得替她保管，想法子归还。后来，她知道我爱往铁匠铺钻，就直接来找铁匠，不是拿片锈镰刀，就是提个坏镢头。实在没啥带的，就拾根钢筋放下。铁匠也不吭气，把打好的农具送给她，她如果不收，铁匠就不让她进铺子。时间一长，张翠环进铁匠铺成了习惯。之后只要张翠环一来，铁匠就不打铁了，专门给我和她炖罐罐茶，耐心听她扯那些陈芝麻烂谷子的事情，我则有意无意说有公事中途抽身。再后来，张翠环不找我了，捎点东西就放在铁匠铺，让铁匠带给我。那女人是个话痨，铁匠却是块默不作声的铁。这让我相信了女人是水做的，水遇到烧热的铁会发出欢快的‘刺啦’声，有意无意让铁淬一把火，或许是件好事，也让我省了不少的心……”

“你知道村里最穷的人是谁?”老乔又冒出这么一句，我诧异地问：“还有比这更穷的?”老乔自问自答：“孙尕喜和他爷最穷。要不是山根底下那孔破窑洞，他们连个栖身的地方都没有。孙家爸孤苦一人，尕喜是他拾哈的娃，管他叫爷，靠政府救济村里人帮衬拉扯大。后来免费到杏儿岔小学上学，没毕业就辍学了。我到这个村时，尕喜叫我乔家爸，喜欢跟前跟后地给我帮忙，很是乖巧机灵，可惜后来沾上宋黑娃一伙。”老乔叹息道，“还好，尕喜只是从犯，没多大的事。他平时负责接送厂里的人，神秘或劲大的人物都是宋黑娃亲自接送，水仙出事前后一个礼拜，孙家爸有病住院了，尕喜在医院伺候。不过后来的柯梅是他和周二虎接到砖厂的。”老乔无意中的叙述，又解开了我心里的一些谜团。

“告别下面庄的时候，那儿的贫困已经有所改善，等我从省公安厅培训完到南峪乡上任时，争取的扶贫款已经落实到位。通过埋设管道暗渠，南峪溪的甜水得以从大碱沟上游引进下面庄村，不但解决了人畜饮水问题，川区里的农田也真正变成了水浇地。改革开放后村里率先通了电，有了电灯、电磨，极大改变了这个村的面貌。生活条件不但超过了南坡村，在全县都名列前茅。不过南坡村这几年也在变好，把电拉上，借着好政策的东风，估计要不了多久，老百姓都能过上好日子。”

第四天傍晚，我们辗转抵达了云南某市。老乔直接把我领到一家木阁楼的小旅馆住下。他说上次来也住这里，离看守所近，客房干净蟑螂少，还便宜。老板认出了老乔，自然热情接待。我不敢多言，那时候民警出差也只能住最便宜的旅馆。因为带枪，所以安全必须放在首位。老乔先介绍卫生条件，给我这个爱干净且初出远门的人留下个温馨的印象。

街灯已经亮起来，我们给店主出示了介绍信，把枪寄存到保险柜里，然后换短袖单裤休闲便装出了门。北方已是深秋，而这座城依然燠热如同夏天。茂盛的阔叶木、高大的棕榈、黑胖绿盖的铁树、艳红的三角梅以及那些叫不上名字的花草……让人身处异域的感觉特别强烈。穿过一条窄窄的巷子来到正街，路边三三两两着短裤和裙衫的男女悠闲来往，偶尔有出租车经过。老乔说这里有一家过桥米线是一绝，打车很贵，走着去有点远，得半个多小时。他问我饿不，我说饿是饿，但走一下没关系，只当看风景。老乔边走边给我介绍路边的景点。这儿是明朝沐王府别院，那里是马帮的客栈，哪是吊脚楼，哪是佛堂寺庙。门店多是两三层的木楼，也有不超过六层的水泥建筑。他指着黑魆魆的远方和芭蕉树叶子巨大的剪影说，那些茂盛植物掩映的地方都是城郊的村落。他们管没结婚的小伙子叫“猫哆哩”，大姑娘叫“哨哆哩”。我记得老乔只是上次出差来过，但一开口，却感觉他就像这座城的主人，一点也不陌生。不知不觉到了那家米线店，门前有一棵高大笔直的树。起初我以为是根电杆。老乔说：“这叫炮弹棕，不认识吧？”我还真是头一回见，树身像巨大的水泥电杆，树身光滑如炮弹壳，只在树的顶端能看见棕榈叶婆娑的剪影嵌入深蓝的天穹。从吃饭到回旅馆的那段时间，老乔又给我讲了许多关于云南的掌故，包括果占璧、勐卯、彝族阿诗玛和石林、白族五朵金花、蝴蝶泉、丽江古城、傣族西双版纳泼水节、十三寨的传说、泸沽湖走婚习俗、胖金哥胖金妹的爱情等。见我疑惑的神情，老乔解释道，刚参军那会儿在云南中缅边境哨卡待过。那时候不通边贸，管得严，但有些村庄就在国境线上，只隔一座山或者一条河，甚至有村寨民居一半在中国一半在缅甸，荡个秋千都能荡出国。那里的边民世代通商自由往来已成习惯，所以管理起来比较困难。记得老乔说起季晓莹时，提到过云南的瑞丽，一条街直接和缅甸的木姐镇相连，界碑就在街道中间，一道铁栅栏虽然把街道隔开，但两国民间的生意没断过。我突然回过神来，老乔是把这儿当成了第二故乡。曾听他说，云南边境的许多地方他都去过，包括银井寨和芒秀村两个傣族村寨之间五千多块翡翠镯芯铺就的国境线，71 号界碑，勐景来村和缅甸德昂山寨。开始我只当是他吹牛，看来所言不虚。老乔对云南的熟悉程度远比我想象中深，引得我玩笑似的问："当时你就没想着找一个哨哆哩或者胖金妹当老婆?"没承想一听这话，老乔竟"嘿嘿"笑出了声。自打相识，已经习惯了他眉头紧锁的样子，这样的笑还真不多见。我正想为自己的唐突表达歉意，老乔却曝出一个惊人的秘密："知道吗，你嫂子就是傣族。"我自认为已经很了解师父了，这句话还是将我错愕断片的思绪，抛入了咫尺之遥的滇西大峡谷，令人有一种巨大的落差。"听过'米脂的婆姨绥德的汉'吗?"我说听过，这是陕北那边的说法。"那你知道云南也有一种说法吗?"我还未及反应，他接着道，"云南美女多而且各有特点，有的嘴巴巧贴心，有的相貌好迷人，有的气质佳出彩，有的性格豪烧酒喝不倒，有的脾气好心灵手又巧，有的舞姿妙长发甩得好……”我插了一句：“那么嫂子是属于哪一类呢?”老乔笑着说：“她属于那种心肠好，家里再穷也不会跑一类。你嫂子家就离这儿不远。是我配合地方公安抓逃犯时认识的，可能我长得太帅，只在她家住了一夜就把她迷住了。后来她竟然找到部队上，说是我的对象。那时部队纪律很严，这事不能开玩笑，我费尽心思才把她劝走。转业的时候，也不知道她是如何得知我要走了，一早就守在军分区的门口，死活要跟我去西北……”话里是满满的自豪，之后老乔话锋一转，“小穆，要不你跟我到她家里浪去，我都两年没见岳父岳母了。寨子的人非常好客，他们会用普洱茶、腊肉、糍粑、烤乳猪招待你。刚好你也没对象，要说被哪个哨哆哩看上，跟了你也不一定，事成你给我买双皮鞋就行。”我说：“师父呀，你可别打趣，我哪有您当年的魅力?”

回到旅馆，老乔又恢复了严肃的表情，煞有介事地对我说，多了解一个地方的情况，对审讯做笔录有帮助。能把什么都和工作扯上关系，还真是服他。不过那一夜，除了重新认识师父，也见识了客房的蚊虫，虽有蚊帐仍不堪其扰，很晚才睡着。

老乔把我叫醒时天已大亮，我揉着眼窝问是不是迟了。老乔说不迟，我们这会儿出去填饱肚子，要等看守所开完早餐才能提人。

审讯一改以往疾言厉色的风格，在一种严肃而宽松的氛围中进行。刘坤雄戴着手铐脚镣满不在乎地坐在对面。看起来胡子拉碴的，若剃须打扮一下，还真像电影明星达式常。一扫刚见面时的那种麻木表情，他向老乔要了根烟，神态怡然。作为审讯民警，我只是一个不带情绪的记录者。老乔则一副老练沉稳、胸有成竹的样子。问及姓名、年龄等情况，对方机械地复述一遍：刘坤雄，男，四十六岁，缅甸掸邦人，籍贯云南瑞丽，自幼随父入缅，粗识字，商人，现常住云南某市，投资宾馆及娱乐业……老乔开始了他温水煮青蛙似的问讯：“两年不见，你瘦了。里面不好受吧！”对方答：“距上次见面应该是两年零四个月。旁边这位小同志面生。”被一个囚徒称为小同志，我的自尊心仿佛突然遭到打击。若不是老乔提前打了预防针，说审人要沉得住气，我一准给他个下马威。老乔说：“如果不是你的情况比较复杂，早就该判了，也不用待在看守所。”刘坤雄却道：“将死之人，待哪儿不一样？”老乔说：“何出此言，你这次配合警方缉毒立了大功，想必命不该绝，俗话说，大难不死，必有后福。”对方一副死猪不怕开水烫的架势：“要死的人，谈啥后福？该交代的上次都交代过了，很抱歉让你们老远来看我。”我心想，什么东西，不想交代了直说。从某种意义上，我和老乔来是为了救他。老乔也给自己点根烟，说：“死还不容易，两眼一闭两腿一蹬，关键是思想上有包袱，有放不下心的事情，死不甘心甚至死不瞑目……何况……你可以不死。”刘坤雄思考片刻：“你们想知道些啥？”老乔说：“所有事情，包括你的过去。”刘坤雄抬了抬胳膊苦笑道：“可能要让你们失望，我现在无话可说！”看来他仍在抗拒，老乔说：“既然你都跟本地公安合作过了，为啥就不能再跟我们合作一次呢？”刘坤雄问：“合作？合作能换来什么？”老乔说：“换回良心的宁静、爱人的喜悦、灵魂的慰藉、逝者的安息，如果这还不够，就再加上你这条命！”刘坤雄叹了口气：“唉，戴罪之命，百身莫赎！”就冲这句话，刘坤雄还真不是等闲之辈。老乔大概认为火候已到，低沉而不失威严地说：“刘胜利，你既有悔过之心，为啥就不能畅快地把事情谈清楚？”刘坤雄先是一愣，很快恢复常态道："我不叫刘胜利。"之后便是长久的沉默。我知道老乔仍在试探对方，有经验的审讯人员若非关键时刻，是不能轻易抛出证据的。老乔没有单刀直入，而是打了个比方："假设一个人背井离乡、亡命天涯，是因为食人怪兽，如果除掉怪兽，那人还愿不愿意回去？"对方道："肯定愿意回去，他乡再好，故土难离。就怕怪兽好除，心魔难消。"老乔说："如果心魔也消了呢？"对方道："能够除怪降魔者，非佛即仙，当顶礼膜拜。"老乔说："不需要顶礼膜拜，常言道，放下屠刀，立地成佛。还有一句话，如果心存善念，你就是佛，还怕什么心魔怪兽。佛能自度，也能度人，成佛成魔就在一念之间。我不想和你扯远了，我们这次来是想帮你，你不配合也没办法，那么你过你的河，我走我的路，两不耽搁。"一席话似乎戳中了对方软肋，刘坤雄问："凭啥相信你们？"老乔拿出一张照片递过去，照片上的男子也四十开外，背景是一座有篱笆的农家小院，院内杂草丛生。刘坤雄问照片的时间，老乔说照片上有，刘坤雄仔细看了看正面又翻过看，背面有一行字："胜利，回来吧，我给你道歉。"刘坤雄突然俯下身，额头贴在照片上，等他抬起头时眼眶明显红了，微突的唇颤动着："他，他没死？"老乔点点头说："他没报案，也不让家里人报案，因为他一直在为你父亲的死而愧疚。知道了你的下落，在你家院门前照张相，先托我带给你，说有机会还要郑重地给你认错道歉。"说着老乔又拿出那人在他父母坟前祭扫的照片，接下来是刘天禄、刘兰香生前遗照，还有李铁江、刘根柱、刘海涛的照片，这一系列照片，加上老乔声情并茂的解说，搞得刘坤雄涕泪纵横。

解除了对立情绪，接下来的讯问就轻松多了。刘坤雄，不，现在恢复了刘胜利的身份。刘胜利先讲述了他逃亡的经历，其中涉及许多闻所未闻的事。最具传奇色彩的是他遇见的一帮知青。他说他去过的地方和所接触的人和事可以写一部大书。我不能把他所有的交代都一一记录在案，有用的供述必须具备和其他证据相互印证的客观性和真实性。

刘胜利回忆："那天早上，造反派通知父亲开会。本来我是要陪他一起去的，父亲却说没事，让我在家照顾生病卧床的母亲，顺便劈柴喂猪，把院子里外拾掇一下。出事的时候我正在院里劈柴。师弟小罗慌慌张张跑来说，他们批斗我父亲时，父亲不服，大声叱骂，被那帮人脚踢拳打，倒在了台上。我当时提着斧头就奔了公社会场。造反头头武某见父亲昏倒还在呵斥：'不准装死，不许自绝于人民！'我当时气得两眼冒火，提着斧头纵身一跃上了戏台，吓得武某和那帮人抱头鼠窜。见父亲躺在戏台上口吐白沫，我也顾不了许多，慌忙把斧头递给小罗，背上父亲就往卫生院跑。但医生说晚了一步，父亲已经气绝身亡。他们说我爸是因为脑出血去世。如果不是小罗和村里乡邻劝阻，想着病中的母亲，我非把那帮人给灭了不可。为了照顾母亲，杀父之仇一压就是五年。母亲去世后，家里就剩我了，当时还没结婚，不是没人介绍，也不是没姑娘看上，主要是因为看上我的我看不上她，我看上又情投意合的，对方家里又嫌我出身不好。父母含恨而死，姐姐没音讯，万念俱灰时，脑子蹦出父亲去世前的一幕。姓武的已当上了公社革委会副主任，怒火蹿上心头，我揣把刀子等在半道，给那家伙来了两下。从来没伤害过别人的我，下手时忽然心软，没往要害处捅。事后又有点后悔，想着听天由命吧，反正家里也待不成了，就开始逃亡。先到西安见了个朋友，他也家庭出身不好，我不想连累他。我不辞而别，也想去碰碰运气。爬货车到了南方某市，抱着破釜沉舟的决心，给我姐所在的南坡村寄出最后一封信，信上没写回信地址，也不期待回音，但还是希望姐姐能够知道家里的变故，没承想我的信或许成为她自杀的原因……我不应该打电报写信，不告诉家里的变故，或许她就不会走上绝路……”

说到这儿，刘胜利沉默片刻，调整了一下因为痛楚而显得语无伦次的情绪：“还有水仙，我对不住她，他们带来的消息说她是自杀，而公安局的消息却是他杀，其实我也想知道她到底是怎么死的。”

老乔问道：“他们是谁？”

刘胜利又是一阵沉默，之后似乎下了很大的决心提出个要求：“我全交代，但你们一定要保证季晓莹的安全。”

老乔痛快答应：“没问题，你可以一百个放心！”

“张龙和赵虎你们可能知道，我要说的不是戏台上的人。张龙真名叫于彪，云南昆明人；赵虎本名木康，果敢人。两人都是制毒的高手，来自缅甸掸邦产毒区。那儿有很严格的规定，可以制贩毒品但不能吸毒，对待吸毒的人，轻者没收财产，重则处死，因此，他们都不敢吸毒。于彪做事谨慎周密但嗜赌贪财，木康则胆大狡诈心狠手辣还好色，把水仙的事交给木康去办是我最后悔的决定。当时我正为丢失了重要物品而焦虑，钱无所谓，几克海洛因和记录毒品交易的笔记本丢了可要人的命。我知道这事是水仙干的，所有能够想到的地方都找了，所有办法都想了就是没找见，她也死活不承认。我知道，水仙因为我和季晓莹的事记恨我，没想到她会恨到毁我的地步。

“缅甸那边答应，等把木康、于彪和宋黑娃一帮人拉扯到一起，事情理顺，就可以让我金盆洗手，妻儿老小皆可保全。怪我想法简单，把水仙控制到身边想让她戒毒，毒没戒掉却让她枉送了性命。水仙是因为季晓莹的出现、经营的商行关闭，心情不好才吸上毒的，等我发现为时已晚。由于被警方盯上，不得已关闭了商行。当她回到我身边时，已经深陷毒品不能自拔，每次毒瘾犯了都生不如死，我不得不准备点白粉（海洛因)，实在熬不过时就给她一点。后来她吸毒的次数越来越频繁，提出的要求越来越不靠谱，比如她要当歌舞厅经理，要一大笔钱，要大量海洛因，我肯定不能答应她。一个瘾君子是不可靠的，而获得白粉的渠道愈来愈窄。那段时间我很焦虑，除了替境外贩毒集团办事，还要寻找姐姐刘兰香和她现在的家人。为了不暴露自己的身份和意图，这个秘密只能烂在肚子里。

“1984 年的夏天，为拉拢宋黑娃一伙，我经常邀请他们晚上来歌舞厅跳舞玩耍。白天，我脱掉西装革履，扮成当地人到集市上转悠，了解当地风土人情，遇见南坡村的老乡就和他聊，探知我姐已经殁了，留下两个娃，一个跟着李铁江叫根柱，另一个是和刘天禄生的叫海涛。想到小时候姐姐对我的好，心里非常难过，稍觉安慰的是她留下了两个孩子，思谋今后如何补偿他们。这当口，发生了东西丢失的事。毫无悬念是水仙干的，但不知道她把东西藏在哪里。水仙出事前两天，我在焦虑中想到宋黑娃，设了个局，让宋黑娃配合我，以水仙当赌博的庄家，许以高额回报把她骗到砖厂。当晚周二虎用蓝鸟把我和水仙、木康三个接到厂里。宋黑娃约好几个心腹，在厂长室拉上窗帘玩骰子，晚上十一点左右，按照事先约定，宋黑娃把那几我都不认识的人打发走，我和水仙到地下室的套间休息。套间很小，席梦思床就占了一半，靠大厅一侧有一个五十厘米见方带钢筋的窗口，窗帘被褥和墙纸都是新的，看得出，宋黑娃在我来之前做了精心准备。当天晚上，我百般劝说甚至跪下哀求，她都不肯说出东西的去向。我知道她是铁了心，打感情牌也无济于事。我克制住愤怒道：‘不说也罢，只要东西没交到公安手里就好。’一夜无眠，我盘算再有五六个小时她犯了毒瘾，就用毒品引诱她说出实情。结果，一大早接到于彪的电话，说是云飞找我，听声音很着急的样子，我让于彪把砖厂的座机电话号告诉云飞，直接把电话打过来。云飞说季晓莹被人控制在宾馆里，如果二十四小时见不着我的人，就让我给她收尸。我猜到那帮人肯定是岳父派来的。因为季晓莹，我动了和妻子离婚的念头，还给缅甸的家里去信求他们放过我。岳父是商人，后来成为毒枭，我回国不易，迟早要摆脱他们的控制。季晓莹无异于羊入虎口，我不敢耽搁，把仅有的几克白粉交给木康，让他务必迫使水仙说出被盗物品的下落，临走时我明确提醒要保证她的安全，事妥后送她去戒毒。匆忙中，宋黑娃安排蓝鸟直接把我送到中川机场，当天飞回云南。后来的情况你们都知道，我进了监狱，委托季晓莹去了西北。听到水仙死讯，我着实内疚和后悔。

“前年你们来这里审讯我之后，我让云飞给于彪电话指令，一定要查清水仙的死因，否则我不会放过害死她的人。去年春节前，云飞来探监时，说这个情况是从木康那儿得来的，那木康说水仙死了好，没有水仙，我和季晓莹就可名正言顺了，你说这是人说的话吗？他们带给我的结论是：水仙熬不过毒品的诱惑，说出她把偷走的东西交给了周二虎的对象柯梅。在第二天早上，他们发现水仙拿床下放的一卷电线拴在地下室窗户的钢筋上把自己吊死了，上吊的姿势很奇怪，是一种匍匐式。当时天降大雨，现场只有木康、宋黑娃、周二虎三个，害怕我追究，也害怕公安找上门来，便商量趁着当晚发洪水，天黑后将电线和尸体抛进了南峪河。可我到现在都不相信水仙会自杀，而且公安机关鉴定是他杀。再者水仙如果自杀，他们没对水仙干过什么出格的事，完全可以选择报警，就算公安追究，也不会以杀人的罪名把他们给抓起来，何苦毁尸灭迹呢？我真的不想让水仙死，漂亮听话、聪明能干的水仙，如此信任和依赖我，我却间接害死了她……”

此刻的刘胜利与贩毒团伙的大哥判若两人，像一个无助的孩子，双手揪着自己的头发喃喃道：“我真后悔，如果不是身陷囹圄，我绝对饶不了他们……”

谈到于彪和木康，刘胜利道：“他们的任务，就是利用歌舞厅合伙人身份掩护，暗中联络当地人在西北山区种植罂粟。制毒地点设在四川某市，具体地址我不清楚。表面上他们是我的马仔，其实就是受上线指派监视我。如果稍有闪失，我倒没啥，季晓莹就很危险。”老乔说：“这点你放心，我们在抓捕宋黑娃一伙后，你所说的这两个人就再没出现。”刘胜利交代道：“这个季节他们正忙着把收来的鸦片制成海洛因，知道宋黑娃一伙被抓也暂时不敢回去。估计一旦腾出手，他们就会去找季晓莹的麻烦。前几天，帮我经营宾馆的兄弟白云飞来探监，说木康派人打听过我的情况，指不定派来的那小子还在云飞所在的宾馆没走，我想，你们要不要采取行动，把他抓起来。前年木康对水仙自杀的结论，也是通过他告诉云飞的。”

刘胜利又交代了几处罂粟种植地点，都在人迹罕至、杂树丛生的山区。

老乔警觉地问道："你能确定那人是木康派来的吗，给你没带什么东西?"

刘胜利说："那人没露面，是云飞传的话，同时带来一套冬天换洗的衣服，看守所民警说经过检查后才能给我。其实我怀疑那人不是木康派来的，而是来自缅甸我岳父那边……"老乔说他出去一下，便把本地的一位同志叫进来盯着，让我继续记录。如果没有十拿九稳的重大发现，老乔断不会中途离场。

十二

老乔出去后，我让刘胜利继续交代。下面的内容只是他自由陈述的一部分，没有形成正式笔录。但我考虑可当副本，仍然做了必要的记录。

"那是1974年夏天，日期记不准了，我在广东准备爬火车去香港边境，结果在车站被戴红袖章的巡逻人员发现，慌不择路的时候，遇见了白云飞。云飞突然出现在一列货车连接处，扯住我的胳膊，越过一排铁轨，从另一列火车下钻过去。我定了定神，狐疑地盯着这个眉清目秀的年轻人。他二十岁左右，背红卫兵常用的黄挎包，一身旧军服。我疑心他也是巡逻队一伙的，想挣脱跑，却被抓得更紧。刚要动粗，他出声了，一口纯正的普通话：'别跑，我可以救你!'他机警地四下扫了一眼，拉着我拐入一个侧门，进到一座废弃的大修厂房。他急切地做着自我介绍：‘我叫云飞，北京人，你呢?’我说：‘我没名没姓也没有家，流浪人一个。’他又说：‘我一早就注意到，你翻墙跳跃的动作非常灵活，不是一般的流浪人员。你比我年长，看来也不像坏人，就叫你大哥如何？哦！你饿了吧！’云飞说着从挎包里掏出一包饼干。我俩边吃边聊，得知他的父母都是老干部，被打成走资派后，他被取消了红卫兵的资格。他不甘心，约了几个同样境遇的年轻人跑到广东想着偷渡，结果那几个被抓，只逃掉他一个。

“他带着我这个漫无目的逃亡的罪人一路奔向云南。路上他给我讲格瓦拉名言：‘我想，革命是不朽的。’背诵格瓦拉最喜欢的诗：‘没有什么东西可以把我们系住/没有什么东西可以把我们绑在一起/我喜欢海员式的爱情/接个热吻就匆匆离去/我要走/我心里难受/我心里总是很难受……’他说这是一首智利诗人聂鲁达的诗，古巴领导人卡斯特罗对他的亲密战友格瓦拉的评价是：‘如果作为一名游击队员，他还有什么阿喀琉斯之踵的话，那就是他过于旺盛的斗志和对于危险的完全蔑视……’格瓦拉把生命献给了拉丁美洲的革命斗争，最后牺牲在玻利维亚的丛林里……”

我没有打断，只是提醒他别扯得太远。刘胜利抬了抬眼皮道：“那就直接说云南。我和云飞到云南外五县的一个镇子上巧遇于彪和另外几个知青，基本都出身不好，有的才十五六岁，怀着和云飞同样的梦想，去缅甸寻找自身的价值和尊严。说实在的，我漫无目标地跟他们走，主要是为了摆脱一个逃亡者的命运。在那帮知青里面，于彪年龄最大，和云飞相仿，看样子他是撑头的。他们计划在第二天晚上带我们涉过那条清浅而狭窄的孟古河。当天午饭后，趁他们狂热聚会我溜出来，想找个理发的地方，结果碰见季晓莹被人欺负。我把几个流氓打跑救了她，季晓莹见我浑身脏兮兮，头发老长胡子拉碴，请我去她所在的橡胶农场。她说这镇子上没有理发的地方，农场才有。一则被她的天生丽质吸引，二来怕她再遇到麻烦，我随她回到了农场。在那里，我刮完胡子理完发还美美洗了个澡。季晓莹借来一套男知青的旧军装让我换上，安排我当晚在农场住下，和那几个男知青挤着睡。我因为惦记第二天晚上的事，又怕暴露身份，当晚后半夜偷着跑了。回到于彪他们聚会的竹楼时，只有云飞和一位老乡等在那儿。一问才知道，他们没有政府的证明，所以当晚的行动是一次偷渡。天黑没见我，他们害怕节外生枝就转移了。云飞相信我不会出卖他们，便和向导一直在那儿等我。

“我跟着他们按计划出境，在一处秘密营地集训了半个月。凭我的武功底子，很快学会了枪械武器分解组装使用技巧，尤其是我的射击要领掌握到位，稳定性好，枪法不赖，就在营地当起了教练。云飞留在我的身边当助手。翻年的一天，训练营地遭到缅甸政府军的偷袭。分头突围时，我领着几名学员冒死保护营地负责人离开，刚进入一片雨林，一发五七炮弹飞过来，我把云飞扑倒在旁边的草坑里救了他。那位负责人从前面不远处站起来，向我竖起大拇指。正是这位缅甸负责人，后来成了我的岳父。

“当地老百姓那时的生活比我们国内富足，根本不希望打仗。好在缅北地区山高林密，毒枭、宗族、割据等武装势力错综复杂，给了我们赖以生存的空间。当时彭家声在自己控制的地盘种植罂粟，逐步演化成金三角地区又一制贩毒集团。我岳父变成了他们手下的一名毒枭。幸存下来的失去动力和人生目标的知青们陆续回国。

“五年前，我以刘坤雄的身份带资金归国。本想做一些正经生意，但摆脱不掉岳父的控制，始终在贩毒这条不归路上提心吊胆。第二年夏天，我在广东一座城市遇见水仙，我看上了她，给那家发廊老板一笔钱把她带回云南。先在云南租房同居，之后开了一家商行，交给水仙打理。其间，于彪带着木康通过我岳父的关系找到我，非要给我当马仔，不得已收留了他们俩。走投无路的时候，于彪结识了木康。木康竭力拉拢他，给钱还给找女人。木康说自己的老板非常慷慨，只要跟着他就会过上富贵的日子。于彪把他当成了救命稻草，成为木康所在贩毒团伙的一员。他们参加了制贩毒特种训练，学成后被派往国内。名义上当我的马仔，其实听命于他们的团伙。或许是毒枭之间有着某种利益交换，岳父才命我帮助他们。木康和于彪行事诡秘，上线下线、制毒地点我都一无所知。老实说我想尽快脱离贩毒行当，对他们的事情也不想过问。我们之间的关系，不过是相互利用各取所需罢了。这次云南警方破获的案件，上家是我岳父所在的贩毒组织。损失这么大，他们绝不会轻易放过我。我无所谓，就怕他们拿季晓莹开刀……现在云飞是我唯一能靠得住的人……于彪因为在训练营的那段交情，做事还讲点良心和底线。木康则完全不同，表面上尊重我，其实没把我放在眼里。于彪也想摆脱他，虽然跟我走得近，但只可利用不能完全信任。因为在他们内部，于彪还得听命木康……”

我不想在与案件无关的琐事上浪费时间，提醒他不要重复已经交代过的，要彻底放下包袱交代隐瞒的问题，主动检举立功赎罪，争取宽大处理。其实，老乔一出去，审讯就成了一种程式，每次问话都像逢场作戏。

正当我感到审讯无法继续的时候，老乔拿着一个牛皮纸袋风风火火闯进来。他用镊子从袋里夹出指甲盖似的一小块，展开是一张折叠的半透明浆色字条，上书一行蚁状小字：“旬余送小白廿块来接卖米可食。”后面还有一行，却是四句诗：“伤君传离纸，条条语千万。此情须久别，石畔并已难。”落款一个“玉”字。老乔说字条是从带给刘胜利的那件冬装边缝发现的，正准备拿去化验。老乔让我把字条内容抄写下来，然后用纸袋托着送到刘胜利眼前，刘胜利仔细一看，脸色渐渐变得蜡黄，头上渗出细密的汗珠。他很紧张，说：“你们不能碰字条！”老乔赶忙用镊子把字条放回纸袋里。刘胜利长吁一口气，说：“你们的手没接触字条吧？”老乔说：“没有，拆出字条都用的剪子和镊子。”刘胜利如释重负：“我岳父原是解放战争时期出逃缅甸的国民党军官。他上过旧社会的私塾和军校，所以喜欢搜集中国古代典籍比如《孙子兵法》、四书五经、唐诗宋词等，他的女儿也就是我的妻子名叫覃秀玉，诗词功底很深，婚后她要求我背唐诗宋词，读《论语》《孟子》，时间一长我也受她的影响，学会了一点咬文嚼字。你根本想不到，毒枭的女儿却是个才女。大概认为我来自中国，他们才高看我一眼，虽然自己文化程度不高，秀玉却非常爱我，而我始终认为和他们是两个世界的人，我是迟早要回国的。字条上的字是秀玉的笔迹，四句藏头诗加字谜意思是：‘字条千万别碰。’说明字条可能有剧毒。前一句是黑话，‘小白’是海洛因，云飞也姓白，‘廿块’即二十块包装，七八公斤，是让我通知白云飞去接货，这都是烟幕，关键是后面几个字‘卖米可食’，并不是让我去卖米，而是说这个字条是糯米做的，让我看后吃掉，弦外之音是说，用出卖给警方的毒品，能否保住自己的性命，之后是否还需要靠出卖上线换取自己的生存，明显有着讽刺和警告的意味。后面几句诗让我别碰字条，说明秀玉是真爱我，不想让我死。遭受巨大损失的贩毒集团是想借我岳父和妻子的手除掉我，妻子却写诗救我。如果他们知道我还活着，岳父和妻儿就危险了。”这一席话，令我们大吃一惊，老乔果断地结束了审讯。

刘胜利的话得到了证实，字条用氰化钾处理过。住在云飞宾馆的那人落网后，交代了贩毒集团报复杀人的阴谋。后来得知，刘胜利的岳父在缅甸自杀身亡，云南警方将他的妻儿带回国内秘密安置。在刘胜利和白云飞的配合下，四川警方顺利抓捕了木康和于彪，破获特大制贩毒团伙。西北公安同时行动，对几处罂粟种植地进行了拉网式清除。水仙的案件也有了结果，尸检体内提取物和木康、宋黑娃、周二虎的检材血型比对成功。调查得知，前一次以卫生防疫体检名义抽取血样时，宋黑娃和周二虎心里有鬼，提前安排了厂医室帮忙的人将他两人的血样调包，直接导致前一次检材比对失败。不过，这只是案件侦破过程的小插曲，反映了案犯千方百计逃避打击的普遍心态。

我和老乔直接到成都提审了木康。在确凿的证据面前，木康做出了真实的供述。我和老乔关注的是关于水仙的一段交代：

“……水仙是个风骚的女子，很对我的胃口，但大哥的女人是不能碰的。就在大哥有了季晓莹之后，水仙主动勾引我。开始我还不敢对水仙下手，后来见大哥对水仙越来越疏远，就打起了歪主意。心想大哥身边不缺女人，而且和季晓莹水乳交融双飞双宿，水仙在他身边也是个累赘。在一次酒后趁大哥高兴的时候，我斗胆表示要娶了水仙，当时大哥的脸就一沉，我吓得差点没给他跪下。私下他又缓和态度，诚恳地对我说：‘水仙不错，我很喜欢她，她也非常爱我依赖我，我想和她结婚，为此得罪了缅甸的老婆。只不过最近她很在意我和季晓莹的关系，闹了些别扭，过一阵兴许就好了。大哥瞅机会给你介绍个更好的……’大哥看来没打算放弃水仙。那段时间我像着了魔似的，满脑子都是水仙。大哥不在场的时候，我就和她打情骂俏，心里却想着如何把她搞到手。那次水仙勾引我大概是出于女人的嫉妒，或只是为了引起大哥的关注。而对于我来说，却像干柴遇到烈火，欲罢不能。想让水仙离开大哥，死心塌地地跟我，就要下得去手。我在水仙喝的饮料里放了白粉，当她上瘾身不由己的时候，我就说是大哥下的毒，并故意透露让她产生怀疑的场景，我告诉她的事让她千万保密。后来她质问大哥，大哥自然一脸无辜。大哥认为水仙是因为季晓莹而产生抵触，颓废进而寻求毒品安慰才染上毒瘾的。他一直试图让水仙戒掉毒瘾，所以从此不再让水仙插手毒品交易，但交易的账目钱款还让她管。如果非她出面不可，都有人陪着，决不许她接触毒品。把水仙接到西北县城的歌舞厅后，大哥把钱款和笔记本等保密贵重的东西都收回自己保管。财务室雇了专门的会计出纳，大事秘事都防着水仙。大哥还放出话，除了他自己，谁也不能让水仙得到毒品，如果谁破了规矩就是找死。回国时我私下带了点高纯度海洛因，这事瞒着于彪，大哥就更不知道了。大哥怕水仙，主要是水仙知道他所有的秘密，他希望水仙戒掉毒瘾只是个美好的愿望。在国外，我见得多了，那些溜冰吸毒抽大麻的没一个戒掉的，下场都很惨，不是家破人亡，就是妻离子散。我也知道干的这些事是造孽，是十恶不赦，但抵不住巨大利润的诱惑。成本低，来钱快，谁不想一夜暴富，谁不想快快活活过有钱人的生活……”

老乔听到这儿突然喝止：“够了，木康，你还没认识到自己的罪行吗？甭扮那没用的话。”木康愣了愣继续交代：“我和于彪到西北去的目的和干过的那些坏事之前都交代了。水仙的事一直搁在心里，我有罪，我不该那么对她。在歌舞厅的那段时间，刘坤雄把水仙交给我和于彪看管，于彪兼歌舞厅的经理，事务多，因此，看管任务多是我和两个女服务员负责，只准水仙在划定区域活动，不能和外人接触，一方面好让她戒毒，另一方面是防止她毒瘾发作时无法控制，泄露内部秘密。刘坤雄慢慢减少给水仙的吸毒量，水仙毒瘾发作时越来越疯。开始用带子绑，后来哀求吵闹得不行，害怕外面人知道，也是造孽，我偷着给她毒品。只要给毒品，水仙就对我百依百顺。刘坤雄不在时，我们俩发生了性关系。我骗刘坤雄说，水仙的毒瘾在慢慢减轻，而且她的情绪看起来好多了。为拉拢宋黑娃那帮人死心塌地跟我们干，我不时给他们点小恩小惠，晚上请他们来歌舞厅玩。经不住水仙的央求，我给大哥建议，多和人交往对水仙戒毒有利，在保证不出问题的情况下，能否让她到包厢接待一下圈子内的人。没想到大哥竟然同意了。水仙接触过的有宋黑娃、周二虎和柯梅。

“水仙戒毒不但没效果，而且陷得更深。这事刘坤雄不可能毫无察觉，但他表现得很不在乎。东西被盗的前几天，水仙曾对我说，她偷着吸毒的事被大哥发现了，大哥问毒品来历，她不说，大哥也再没追问，估计我们两个偷情的事大哥也知道。她叹口气：‘大哥不会要我了……’见她失魂落魄的样子，我点支烟递给她，安慰她尽管放心，大哥不敢对我们咋样，天塌下来我顶着。她突然情绪失控：‘就你这样的，给大哥拾鞋都不配。你就说，你敢娶我吗？天塌下来才好，把你们这些坏人都给灭了。’她一阵哭一阵笑，说话的方式很瘆人：‘咋不说话，谅你没那个胆！’我由她骂，也不接茬，是因为心里有愧。为把她搞到手，我用卑劣的手段害了她一辈子。不过再一想，都是相互利用。干了我们这行，为达目的不择手段，就算结婚也不可能过回正常生活。不过水仙的确是自杀的，当时她被关在砖厂的地下室，大概后悔出卖了柯梅，几个土鳖都能任意糟践自己，说明大哥已经彻底放弃她了，她也不再相信我……一个吸毒女的想法谁知道呢？不过有一点可以肯定，一个人万念俱灰才会选择自杀。她是用双股花电线拴在地下室窗户的钢筋上自杀的。”

老乔严厉地追问：“水仙是被谁糟践的？”木康翻了翻死鱼眼：“我想把这事忘掉，但还是忘不了，容我慢慢想一下。”他要烟，老乔让我给他点上。在一团烟雾的笼罩下，木康开始供述那些细节：“那天一大早，听说季晓莹在云南有危险，大哥着急忙慌地要赶回去，临走把剩下的几克海洛因给了我，让我必须追查出东西的下落。大哥的确吩咐过不许伤害水仙。尕喜送大哥去机场后，宋黑娃把其他人全打发走，安排牛雄、李尕蛋在厂区望风。灶上留个做饭的，厂长办公室只有宋黑娃、周二虎和我三个人。对水仙的追查并没费多大劲，她的活动区域接触过的人我都清楚，所以猜都能猜到东西在谁手里。不过我需要确认一下，就算东西在柯梅手里，也得过宋黑娃和周二虎这一关。那天上午她毒瘾犯得凶，四肢和头在墙上撞，我用事先准备的布带把她捆住，拿出毒品连骗带哄让她当着宋周二人，说出了东西交给柯梅的实情。宋黑娃当时还说，东西能不能找回来要看二虎兄弟的能耐。宋黑娃和周二虎在办公室商量如何从柯梅那儿找回东西。我一直在地下室陪着水仙。水仙就等着我给她一口白粉。等她过足了瘾，我又和她发生了性关系。下午四五点时，水仙厌恶地把我推开说要见大哥。我说大哥为季晓莹的事回云南了，她不信，说我骗她然后就哭了。过一阵她又说饿了，要跟我一起出去吃饭，我说还是地下室安全，让她安心待着，想吃啥我上去取。

“看着水仙吃完饭，我把碗筷一收拾，出去顺带把捆她的布条拿走，地下室的门也上了锁。到办公室，我和宋黑娃、周二虎一块儿用餐。他们两人轮番劝我喝酒吃肉，不断恭维我说，大哥办不到的事让我三两下就办成了。我说：‘办女人容易，有海洛因就行，可这东西精贵不好找。种罂粟容易收获难，这次我找的人轮换住在胡麻湾的山洞里，把罂粟果轮番割了几遍收回来的生烟膏子制成烟土才二十来斤，提纯后能制成一百多克海洛因就不错了。’我拿出纸包着的五号海洛因让他们见识，我说：‘这东西一次只能吸一小包，如果一次超过六七包就会出人命。你们这儿能见到的白粉都不纯，有时一克至少掺进去几十克淀粉甚至安定等西药片片，有人吸这样的包包，两三次都不会上瘾，更不会要命，但赚到的钱就会翻多少倍。这些都是行内的秘密，如果不是过命的交情我不可能透露给你们……’不知不觉酒就喝多了。酒后高言低语没个遮拦。我吹嘘自己有多大能耐，他刘坤雄都得听命于我。我说刘坤雄就是中国的陈世美，有了季晓莹就当累赘一样抛弃水仙，连缅甸那么好的老婆都不要了……刘坤雄回不回来无所谓，包括胡麻湾租地的钱、你们的辛苦费都是我出的。只要你们把东西从柯梅那儿找回来，钱一个子儿都不会少，说不定还有奖励。后来我醉迷糊了。等我醒来时，发现自己躺在沙发上，办公室灯亮着，宋黑娃和周二虎都不在。我想去陪水仙，起身往地下室走，厕所通下面的门开着，刚一进去，就听见水仙的尖叫和哭骂声。透过小小的窗口，我看见周二虎赤身裸体压在同样赤裸的水仙身上，显然，水仙已经筋疲力尽，叫骂的声音渐渐弱下去，变成了沉闷的喘息和哀求似的哭喊。我怒不可遏地冲进去，却正好被宋黑娃抱住。我气急了：'你们这么干就不怕天打雷劈，就不怕大哥回来要了你们的小命！'他俩慌忙穿好衣服跑了。我扶起水仙，给她道歉求她原谅，拿衣服给她穿上，我说他们把我灌醉了，谁知道他们这么坏。她流着泪狰狞地盯着前方，突然发出歇斯底里的哭喊：'滚，滚出去！'然后是撕心裂肺的号哭尖叫。我知道，她遭受那样的打击，说什么都没有用，我让她好好休息，天亮前不会再有人打扰她。我答应第二天带她离开这鬼地方，我说要出去收拾那两个畜生，就退出了地下室。没想到她当晚就寻了短见……宋黑娃和周二虎也承认强暴了水仙，他们解释说是喝醉了，酒壮㞞人胆。我骂他们狗胆包天，大哥回来肯定会找他们算账。两个贼鬼却说：'一个吸毒女值得发那么大火吗？'说他们也是酒醉才干下的蠢事，求我原谅。毕竟我们的合作才刚有起色，后面的发展还要靠这帮地头蛇。他们答应把柯梅交出来由我处置。

"当天下起了暴雨，天快黑的时候，周二虎说以前这儿有个习俗叫水葬，洪水裹挟着泥浆，最后都进了黄河，什么东西掉进洪水就会消失在滚滚波涛里，找不到一丝痕迹，包括人的灵魂。所以我们把水仙的尸体扔进了南峪河。后来的事情你们都知道，和上次交代的一样……"

他们三人的供述一致了，但法医结论还有瑕疵。老乔建议按照罪犯供述复原第一现场。我绘制了体位现场图，排除导致被害人昏厥后伪造现场的可能性，加之对受害者颈部勒痕细部照片综合分析，由上级技术部门法医重新做出结论。尸体已经火化，那些细部照片和常见的电线就非常关键了，最后由上级专家做出权威鉴定，致命勒痕确实是自缢形成。案件破了，水仙之死虽非他杀却在意料之外。这一连串的案中案，对于一名初涉警界的年轻人来讲，内心的震撼和冲击不言而喻。那些驱之不散的阴影并非一年半载能够消除。世界上存在死亡的方式多种多样，有的叫人怜惜无奈，有的让人痛彻心扉，有的令人义愤填膺，有的使人震惊齿寒。

回到南峪乡，老乔长叹一声，前所未有地撂下一句废话：“所谓过去，就是给自己讲的故事画上个圆满的句号。”而对于我来说，从警的生涯才刚刚开始。老乔正当扛大梁的年纪，更多复杂琐碎而又诡谲莫测的工作仍在前方等待。事实上，案件侦破后，我不但没有感觉轻松，反而有一团莫名的郁结无法排解。

那一夜出奇安静。躺在床上，我竟又一次失眠。和刚到派出所时的失眠有着本质的不同，没有了空虚无聊。除了些许兴奋和满足，脑子里仍然回旋那些鲜活的人物和事件。虽然案结事了尘埃落定，那些触目惊心的罪恶却令人反思。剖析宋黑娃和周二虎的犯罪根源，感慨刘根柱和杏花的爱情，溯源李铁江、刘天禄、刘兰香那一代人的经历，探究犯罪生成的土壤，是否能够找到一把避免悲剧的钥匙呢？无论地椒花还是罂粟，这些素淡或者艳丽的花朵，它们的一枯一荣是否又能给人们以启迪呢？譬如那些对弱小的关爱、对生命的基本尊重、对大地苍生的感恩和悲悯心。物欲和功利的追逐足以让人失去自我，甚至万劫不复，但对美好生活的向往也可以拯救一个有良知的人。一位社会学家说过，罪犯不是天生的，家庭的堕落和潜移默化、社会不良群体的诱惑、邪恶欲望的放纵加之生存环境的落差也许都是犯罪的诱因。我始终认为，灵魂的塑造是个复杂的命题，而内在的良知和向善比任何道德法律的约束都更为重要。

十三

直到天色微明，我才沉沉睡去，一觉睡到日上三竿。晌午时分，老乔叫上我，说是去外面打牙祭。我想他大概是不想做饭又要请客。出门时，老乔提一个黑色塑料袋。奇怪的是，那天风和日丽凉爽宜人，街道上却空空如也。大概人们都在各自的家里享用午餐。突然，一家新开的饭馆涌出几十个人，接着噼里啪啦的鞭炮声打破了正午的宁静。领头鼓掌的人正是拄拐的李铁匠，后面跟着刘根柱、陶杏花、刘海涛等人。大门头牌匾额上盖着红布，铁匠请老乔为南峪饭庄揭牌。老乔被眼前的景象弄糊涂了：“哎，不是说李家爸杀了只鸡，请我们吃顿便饭吗？我的云南普洱茶都提着呢。”李铁匠说：“多亏你们为民除害，大伙儿想给你个惊喜。正好根柱的饭馆开张，附近乡邻把打鸣的鸡都送来，说要开个雄鸡宴乐呵一下。鸡我们是市场价收购，我的那只也算在里面。知道你们刚从云南回来，正好乡上的杨书记也在，请你揭牌是领导的主意！”果然，杨书记笑吟吟过来和我们握手，拉着老乔上下瞅了个遍：“黑了，瘦了，不过比原来更精神。你们辛苦了，我是借花献佛，乔所长揭牌后，请乡亲们入座。不过今后街道附近听不见鸡叫，恐怕大家都要失眠了！”周围爆发出一阵心领神会的笑声。杨书记说，“南峪饭庄”几个漂亮的金字出自杏花父亲陶志远的手笔。

那天的大盘鸡和地椒花炝的浆水饭味道极好。起初我以为都出自杏花之手，后来老乔说：“你可能没注意到，饭庄真正的主厨是那个中年妇女，她就是张翠环，大盘鸡是她做的。”我如梦方醒地记起那个一直在后厨忙碌的女人。从这件事，我切身体会到百姓的善良朴实，更感受到了肩扛蓝盾、头顶金徽的责任和使命。

虽然只和老乔搭档了一年，但那些经历足以帮助一个刚刚步入警营的年轻人尽快走向成熟。而真正把案件画上句号，是在我即将离开南峪乡之前。那天，老乔神秘地告诉我：“你马上要调走了，走之前我们得出一趟差。”我愣了一会儿说：“是我不够努力？还是你不够满意想着‘退货’？只要师父在这儿我就不走。”他却装作轻松地笑：“我能舍得放你？只是这穷乡僻壤怕耽误年轻人的前程，再说你一个城里长大的后生，还牵扯找对象的事。”后来才知道，这么短时间能进城，得益于老乔的大力推荐。至于出差，我马上就想到了天水。

宋黑娃一案早已由检察院提交法院进行公诉。按说柯梅无法做证是由于不可抗拒的客观原因，有精神病权威机构的鉴定结论，能够充分证明受害人遭受非法拘禁及性侵后造成的严重后果。有没有柯梅的证词都不会影响相关案犯主要罪行的认定。老乔却告诉我，法庭审判质证时，所有证据都确实充分，只有牵扯周二虎对受害人柯梅的部分犯罪事实存在异议。案犯律师辩称，柯梅是周二虎对象，他不可能害她，柯梅住到砖厂地下室经过本人同意，也是为了保护她。那几天，木康一伙逼得很紧，如果再找不到东西，他们就要对柯梅下手。刘海涛救走柯梅实际上是周二虎预设的套路，这件事上，他不但无罪还应该有功。再者，柯梅自愿和他发生性关系，不存在强奸的主观要件，因此，非法拘禁和强奸罪名不成立。当时，刘海涛也在被告席上，虽然有协助警方工作的证明，但如果救人的重大立功表现得不到认定，仍将面临赌博罪的指控。重罪轻判，轻罪重判，都是老乔不愿看到的。因此，柯梅是否有能力做证显得至关重要。老乔还有个观点，就是在不影响侦查工作前提下，应当及时向被害人通报案情结果，以安抚受害人和她们的家属。我想，在刑事诉讼程序还不完善的年代，这种人性化补救措施是具有进步意义的。我似乎理解了老乔经常和天水保持电话联系的良苦用心。出发的时候，他才告诉我，柯梅出院了。

天水的春天比残雪未尽的陇中来得更早一些。当我和老乔抵达柯梅家的时候，村庄已是麦苗青青，一片葱绿。

柯梅把录音机音量调到最低，清秀的鹅蛋脸上略显憔悴。面对老乔温和的询问，她放下了女孩子的矜持。不甚连贯的叙述冷静得超乎我的想象。那些痛苦经历仿佛发生在别人身上。一个饱受折磨又大病初愈的人竟可以这样波澜不惊。老乔完成了本案最后一次询问。我则以笔录的方式，定格了那份沉甸甸的证词。柯梅没有忘记带给刘海涛的问候，说有机会她将和家人一起登门致谢。我和老乔也为她能够走出阴影，开启未来美好的生活而祝福。送我们出门时，柯梅深深地鞠了一躬，她说，那台录音机和磁带都是乔所长寄来的，她非常喜欢。当她抬头，我似乎看见她水汪汪的眼睛，像村口清澈的小潭，倒映着感恩的梅朵和大地回春的暖意。

我们还得去医院取回柯梅病愈的诊断结论。顺道拜访了柯梅的主治大夫，她在精神病学研究上有很高的造诣，临床方面也有着丰富的经验。她管柯梅叫梅姑娘，虽然和老乔只见过一面，但似乎已是老熟人了。她说，梅姑娘能够从阴影里走出来，恢复得这么快这么好，首先感谢公安人员把那些坏人绳之以法，消除了使病人惧怕的根源；其次是遇到乔所长这么热心的民警，及时通报案情进展，使大夫能够根据梅姑娘的经历，不断有针对性调整治疗方案。特别是乔所长寄来的邓丽君的歌曲，还有《月光下的凤尾竹》等原声磁带，在治疗柯梅的病中起到了很好的作用。那些歌曲令她着迷，缓解了偏执的念头，晚上轻柔的音乐又成了很好的催眠曲。要知道患者能够心安，有规律的睡眠是治愈这类精神疾患的前提条件。我不懂医学，特别是精神疾病方面，更是个门外汉。但我知道录音机刚传入内地，原声磁带在当时的西北小城更是难求。老乔说，单卡录音机是他给柯梅的，磁带是通过季晓莹搞来的。他没想到，那些歌曲还对治疗这类疾病有用，就像这儿的农村女人喜欢地椒花的香味，艺术家沉醉于性灵的释放是一个道理。我想，老乔即便对琼瑶和她作词的歌曲《月朦胧鸟朦胧》不认同，大概也不会反感了吧。

天水之行后，我如愿以偿成为一名刑警。不久，老乔调往另一个更为复杂的乡镇当所长，后来又调整过几个部门。这一年，周炳坤和陶志远先后离退休。案件中那些人物的命运，还是老乔陆续告诉我的：宋黑娃、牛雄、木康被判死刑已经执行，刘胜利、周二虎、李尕蛋死缓；孙尕喜、杨玉珠、邮局老王等被判有期徒刑缓刑；于彪和其他同案犯按照所列罪行轻重分别被判处无期、有期徒刑不等；

刘天寿和宋黑娃父亲被开除党籍，免去村支书和其他一切职务。总而言之，所有案犯和与案件有牵连的人，都得到了应有的惩罚。

刘胜利委托白云飞协助季晓莹处理了县城歌舞厅。合法财产大多用以资助刘根柱和刘海涛，部分捐给了希望小学。接手西北歌舞厅的正是那晚遭遇抢劫的广东夫妇。在刘胜利的说合下，季晓莹最终嫁给了白云飞。临走时她要求再见一次老乔，一是表达自己最深的祝福和诚挚的谢意，最重要的就是转达一位戴罪之人对老乔十二分的感谢。刘胜利带话说，乔玉川不但拯救了自己的灵魂，而且还引导两个外甥走上了正道。季晓莹告诉老乔一个秘密，坤哥（她还是喜欢刘胜利的这个称呼）早就知道云飞是警方的人，他说自己最大的安慰就是保全了白云飞和季晓莹，而且缅甸老婆答应等他一辈子，这是他最好的结局。

湖北佬回老家发展去了。根柱和海涛成立了南峪商贸有限公司。刘根柱任董事长，刘海涛为总经理。公司办得风生水起，现在发展成为陇声集团，涉足房地产、食品加工、文化旅游等多个行业，配合政府着重开发了南峪峡风景区。景区设计，新农村建设，公路、栈道、桥梁、绿化、农家乐等配套工程全部由公司承担。虽然杏花即将调进城里中学当校长，但她还是喜欢周末或假期住在南坡村。那里的居住条件和城里差别不大，却能享受到纯净的阳光、空气、水，还有宁静的时光。

最出乎意料的，就是在我们离开南峪乡的第二年，李铁匠和张翠环结婚了。老乔说，那是他这辈子参加过的最特别的婚礼。婚礼在铁匠父母的坟前举行，参加人只有根柱和刘天寿两家，乔玉川受铁匠临时邀请作为媒人和证婚人。两人一身新做的青色裤子、驼色半袖，胸前佩戴新郎新娘的红花，拜完天地拜父母，夫妻对拜，铁匠把那只翡翠玉镯套在了张翠环的右腕，张翠环则把杏花提前准备的一束地椒花交到铁匠手里。鞭炮响起来，铁匠把花敬献在墓前。之后给围观的村民们散了喜糖。老乔说，那是唯一一次为年长者证婚，也是唯一一次墓地婚礼。快六十岁的残疾老汉娶个四十岁出头的寡妇本就稀罕，更为稀罕的是，第二年他们生下一个男孩。据南坡村的老人们说，那娃就像是铁匠小时候一个模子倒出来的。

在我的印象中，张翠环再婚那年，她最小的儿子都应该十六七岁了。

“大的两个儿子都成家了，老三在城里打工，也说下媳妇了。老尕最争气，考上中专上学去了。其实，张翠环也不容易，几个娃都反对她再婚，和李铁匠能在一起大概也是天意。那时候，别人说张寡妇赖上了李铁匠我还不信，毕竟铁匠是个残疾老汉，年龄比她大了将近二十岁。人家张翠环年轻，病好后恢复起来，模样在农村还是挑梢子[①]的，再说人也勤快，找个不信邪、年龄相仿的男人应该不难。据说，自从那女人在铁匠铺透过玻璃窗户，看到铁匠光膀子打铁，铁花飞溅到他棱角分明的脸庞和依然强健的黝黑的肌肤上，就挪不开步子，赖在铺子里不走了。真假姑且不论，刘天禄死后，铁匠不再赶她走却是真的，偶尔还留她过夜。又听说，张翠环几个娃结婚上学都是李铁匠在资助。这些事，李铁匠请我做媒时得到了印证，他说给根柱娶媳妇的钱根柱没要，却给自己用上了。婚事过后，铁匠送我一双上好的皮鞋。他说这不是贿赂，是当地做媒

①挑梢子：方言，意为出类拔萃。

的规矩，给媒人跑路的谢礼，鞋和‘谢’同音……”

听着老乔的叙说，我又记起一同出差去云南的往事了。我说：“师父，你这个媒人当得好，可惜还有一双皮鞋你没有赚到。”老乔一听，不禁哈哈大笑。回顾往昔，那是他笑得最开怀的一次。

我始终认为，师父是当刑警大队长的料，如果不出意外，当个局长什么的应该没有悬念。而师父临退休却成了一名屁股后面挂三斤铜的老看守，年轻人叫他乔老或乔老爷子。当我也头发花白的时候，便把师父叫成了老哥，如果我还抱怨级别低待遇薄，老哥就会语重心长地说：“当警察，看得多经得多，啥都应该看开了。职务待遇无所谓，一辈子不就图个平顺吗？能够基本健康活着退休才是王道。”

多年之后，当我和白发苍苍的老乔再次登上牛背梁时，已经恍若隔世。往昔植被稀少的童山秃梁被大片的人工林覆盖，上山的水泥步道和石阶将几处别致的中式翘檐凉亭连为一体。对面的堡子岭依然高峻挺拔，裸露的地方已被绿色占据。近处破败分散的土墙庄窠变成了集中连片的红顶二层小楼院落。绿植花草和周围错落有致的白杨、垂柳、老榆树以及晕染开去的一碧如洗的缓坡梯田，构成了一幅和谐美妙的新农村画卷。最别致的楼在村东头，那栋引人注目的蓝灰色红顶西式三层建筑就是刘根柱的家，现在是远近闻名的农家乐。楼前平整硬化的水泥场院停着几辆越野车，其中一辆接送过我和老乔。沟底的漫水石桥变成了能通大巴的石栏水泥拱桥，把南峪沟两岸的柏油路连为一体。

正当我和老乔感慨沧桑巨变，回顾往昔畅叙别情的时候，一阵银铃般的笑声从凉亭那边传来。接着是一个年轻女子的声音：“尕爸，快点，快点呀……”很快，两个年轻人闯入了视线，前面的女子二十出头，头上扎条马尾辫，活脱脱杏花年轻时的模样。只见她身着长袖驼色衬衣，一条磨破了几个洞的牛仔裤，显得休闲活泼非主流。小伙子则是个大块头，看起来和她年龄相仿，腼腆地跟在后面。乔老主动给我介绍，姑娘叫刘念香，是根柱和杏花的女儿，现在上大三；小伙子小她三岁，叫李根富，小名福娃，是李铁匠和张翠环的儿子，在城里上高中，估计明年考大学，他是趁暑假来给爸妈经营的农家乐帮忙的。我即刻明白过来，按辈分，念香确实应该管福娃叫尕爸。到午饭时间了，因为我和老乔都没带手机，两个娃专门找了上来。

饭后的安排，是在根柱一家三口陪同下去堡子岭。越野车很快停在了堡子岭下，那片荒草萋萋承载一座村庄的历史变迁，见证生离死别、凄风苦雨的坟地不见了，取而代之的是一个不大不小的停车场，每排车位都被布局合理的绿带隔开。上山的路明显经过改造，为尽量保持原貌，除了拓展石阶加宽栈道，部分旧路段和栈桥遗迹加了围栏，以供游客观山望景。嘴头崖建成了一座观景亭，一条宽约两米结实美观的水泥仿古栈道绕过山腰直通胡麻湾，险要路段全部安装护栏，游客再也不用为安全担心了。

杏花风采依旧，一袭暗花景泰蓝职业裙装稳重得体，齐耳短发自然拢于脑后，白皙的肤色略施粉黛，俨然一位冻龄女神。谁能想到，这位称职的导游，不但是现任南峪中心学区校长，还是南峪集团董事长夫人。从杏花的解说中，我们大体可以了解到根柱对景区开发建设的资金投入和倾注的大量心血。特别是提到她和根柱几十年来的风风雨雨，那种自然流露的幸福无法掩饰。这让我记起莫泊桑一篇叫作《幸福》的小说，描述一位贵族小姐苏姗娜和轻骑兵私奔的爱情故事。那个轻骑兵特别帅，却是一介平民，两个人逃到荒凉的科西嘉岛隐居，直到五十年后被作者发现。他们住最简陋的房子，吃最粗粝的食物，但是面对耳聋眼花、老态龙钟的牧羊人丈夫，同样上了年纪却衣衫整洁的苏姗娜说："……他曾经使我幸福。我从来没有后悔过。"我想，杏花和根柱的经历或有一比，只不过对应那位当过骑兵的牧羊人，根柱的结局要好很多，至少我是这样认为。问到君宝，杏花带着自豪的微笑："君宝现在外地，回来一次可不容易。"乔老接过话头："君宝出息了，人家可是南峪乡走出去的第一位博士。"

一路美景一路欢笑，不知不觉就上了堡子岭。向南望去，胡麻湾尽收眼底，蓝莹莹的胡麻花开得一片烂漫，中间的古墓变成了一座飞檐翘角的仿古建筑。杏花指着那儿道："那里只是墓穴展馆，几年前，省上的专家对古墓进行了保护性发掘，出土了大量文物，有重大考古价值的被省级博物馆收藏，其余陈列在本县博物馆。现场展馆只展示墓穴原状及研究成果的照片资料，我们返回时可以参观一下。那个溶洞也是景点之一，里面除了泉水和旧有陈设，只多了新发现的玛尼石，石上刻有藏文。"她指向更远的地方，"溯峡而上隐约看见的半山，正重建一座藏式白塔，因出土的藏文佛教六字真言玛尼塔名世，据说是西夏驸马禹藏花麻占据时期的遗存。景区开发主要以保护南峪峡的原始风貌为基调。明天我和根柱陪你们去峡里走走，也顺便参观一下白塔遗址。"

在年轻人的怂恿下，我们相携上了烽火台。狼烟早已没了踪迹，黄土夯筑的古垒低凹处则被骆驼蓬和狼毒花占据。面对岭下一览无余的南坡村，乔老说出了自己的心事："这三十多年，最对不住的还是你嫂子。人都说，嫁女别嫁警察郎，嫁了警察守空房，十天半月不回家，归来一堆脏衣裳。你嫂子特别贤惠，跟了我注定命苦，一家老小全靠她，两个孩子培养成才去了远处，我的父母呢也先后善终。寻思趁岳父岳母还健在，准备带妻子一块儿回云南，也好尽一份人子之孝。接到根柱邀请之前，我已经打了提前退休的报告。”乔老说着说着，眼圈便红起来。我还从未见过师父如此伤感的神情，像留恋又像是背后藏着难言的苦衷。我说：“最近警察的工资待遇都要大幅调整，你就不怕吃亏？”他说：“我对不住自己的岳父母，很大程度是因为你嫂子唯一的弟弟前段时间殁了，他是由于吸毒成瘾、注射毒品死亡，这件事对你嫂子和她父母的打击可想而知……”这消息顿时像一块骨头卡在了我的嗓子眼。我不知道如何安慰他，好一阵才憋出一句：“师父，你应该领嫂子一块儿过来，也散散心。”乔老恢复了平静，他说：“你嫂子的弟弟扔下双亲和老婆娃娃走了，她还没缓过劲来。她在家收拾东西，后天去云南的机票都买好了。再说，她对咱们这儿的干山枯岭还是老印象。”我有意岔开话题：“云南四季如春，有机会我一定去旅游，美美地浪一回。”乔老掏出一次性打火机，把夹在熏黄的中指和食指间的那支烟点着，深深地吸了一口：“到时候你一定来看我。皮鞋没戏了，总得给我带一把地椒花吧，干的湿的，只要嗅一嗅那香味，兴许就能多活十年……当下能做的事情就是换个角度，再好好看一眼这南峪峡……”那支烟他上山时一直夹在指间，我知道他正在强迫自己戒烟。见此情此景，我知道这位须发斑白的老警察已沉浸在往事的回忆中了。

我把目光投向对面的牛背梁，往昔光秃的牛脊背上一片葱茏。

一排排人工林如同守护水土的哨兵，站满了整道山梁。突然，乔老指着牛背梁西头问道："那是什么?"就见一小块暗下去的山弯，在西斜阳光的照耀下，氤氲着粉红的霞彩，边沿一道道虹霓若隐若现，直达天际。杏花说，那里正是南坡村迁葬的墓地，隐约的一片霞，其实是公墓前的绿植和花圃，除了牡丹、玫瑰、月季、大丽花，还分布着众多自然生长的地椒儿，这个季节，正是地椒花盛开的季节。

我不再打听别人的结局，也不再追索内心的疑虑，没有任何事物永恒。我在想，能否把握住一些相对长久的东西呢?比如：只要人类存在就得讲人性；国家没有消亡就得讲家国情怀和律法规矩；社会上混也得有底线和边界，就是人人应该自觉遵循的公德。总之，人要懂得敬畏，中国人敬畏自然和道："人法地，地法天，天法道，道法自然。"我没研究过老子的学说，读书也往往囫囵吞枣、不求甚解，但知道西方有位哲学家康德曾经说过："有两种东西，我对它们的思考越是深沉和持久，它们在我心灵中唤起的惊奇和敬畏就会日新月异，不断增长，这就是我头上的星空和心中的道德法则。"

按照传统逻辑，寿终正寝、归厝南山才符合道和自然。而对于任何一座黄土地上普通的村庄，对于这片产生过"马家窑""大地湾""齐家"文化以及传说中人文始祖伏羲女娲的故地，又何尝不是如此呢?这片土地上的先民还有孑遗的洋芋土著，如同那一丛丛不起眼的地椒花，开了败了，荣枯自如，冷暖自知。它们不是仙草，没有起死回生的力量，但那漫山遍野弥漫的香或许真的可以抚慰这方水土以及它所养育的生生不息的灵魂。

记于2008年